Ephraim

KISHONs

beste Geschichten

LANGEN MÜLLER

Ins Deutsche übertragen
von Friedrich Torberg

Innenillustrationen von Rudolf Angerer

Besuchen Sie uns im Internet unter:
http://www.herbig.net

29. überarbeitete und aktualisierte Auflage

Schutzumschlag: Wolfgang Heinzel, unter
Verwendung einer Zeichnung von Rudolf Angerer
Satz: Filmsatz Schröter, München
Gesetzt aus 11.5/15.1 New Caledonia
auf Apple Macintosh in QuarkXPress
Druck und Binden: GGP Media, Pößneck
Printed in Germany
ISBN 3-7844-2875-4

Inhalt

Jüdisches Poker

Jossele langweilte sich. »Weißt du was?« sagte er endlich. »Spielen wir Poker!«

»Nein«, sagte ich. »Ich hasse Karten. Ich verliere immer.«

»Wer spricht von Karten? Ich meine jüdisches Poker.«

Jossele erklärte mir kurz die Regeln. Jüdisches Poker wird ohne Karten gespielt, nur im Kopf, wie es sich für das Volk des Buches gehört.

»Du denkst dir eine Ziffer und ich denk mir eine Ziffer«, erklärte mir Jossele. »Wer sich die höhere Ziffer gedacht hat, gewinnt. Das klingt sehr leicht, hat aber viele Fallen. Nu?«

»Einverstanden«, sagte ich. »Spielen wir.«

Jeder von uns setzte fünf Pfund ein, dann lehnten wir uns zurück und dachten uns Ziffern aus. Jossele deutete mir durch eine Handbewegung an, daß er eine Ziffer hätte. Ich bestätigte, daß auch ich soweit sei.

»Gut«, sagte Jossele. »Laß hören.«

»11«, sagte ich.

»12«, sagte Jossele und steckte das Geld ein. Ich hätte mich ohrfeigen können. Denn ich hatte zuerst 14 gedacht und war im letzten Augenblick auf 11 heruntergegangen, ich weiß selbst nicht warum.

»Höre«, sagte ich zu Jossele. »Was wäre geschehen, wenn ich 14 gedacht hätte?«

»Dann hätte ich verloren. Das ist ja der Reiz des Pokerspiels, daß man nie wissen kann, wie es ausgeht. Aber wenn deine Nerven zu schwach dafür sind, dann sollten wir Schluß machen.«

Ohne ihn einer Antwort zu würdigen, legte ich zehn Pfund auf den Tisch. Jossele ebenso. Ich kam mit 18 heraus.

»Verdammt«, sagte Jossele. »Ich hab nur 17.«

Zufrieden strich ich das Geld ein. Jossele hatte sich wohl nicht träumen lassen, daß ich die Tricks des jüdischen Pokers so rasch begreifen würde. Er hatte vielleicht an 15 oder 16 gedacht, aber bestimmt nicht an 18. In seinem Ärger verdoppelte er seinen Einsatz.

»Wie du willst«, sagte ich und unterdrückte nur mühsam den Triumph in meiner Stimme, weil ich mittlerweile auf eine phantastische Ziffer gekommen war: 35!

»Komm heraus«, sagte Jossele.

»35!«

»43!«

Und nahm die vierzig Pfund. Ich fühlte, wie mir das Blut zu Kopf stieg. Meine Stimme zitterte.

»Warum hast du vorhin nicht 43 gesagt?«

»Weil ich mir 17 gedacht hatte«, antwortete Jossele entrüstet. »Das ist ja das Aufregende an diesem Spiel, daß man nie ...«

»Fünfzig Pfund«, unterbrach ich trocken und warf die Banknote auf den Tisch. Jossele legte seine Pfundnote herausfordernd langsam daneben. Die Spannung wuchs ins Unerträgliche.

»54«, sagte ich mit gezwungener Gleichgültigkeit.

»Zu dumm«, fauchte Jossele. »Auch ich habe mir 54 gedacht. Wir müssen noch einmal spielen.«

In meinem Hirn arbeitete es blitzschnell. Du glaubst wahrscheinlich, daß ich wieder mit 11 oder etwas Ähnlichem herauskommen werde, mein Guter. Aber du wirst eine Überraschung erleben! Ich wählte die unschlagbare Ziffer 69 und sagte zu Jossele:

»Jetzt kommst einmal du als erster heraus, Jossele.«

»Bitte sehr.« Verdächtig rasch stimmte er zu. »Mir kann's recht sein. 70.«

Ich mußte die Augen schließen. Meine Pulse hämmerten, wie sie seit der Belagerung von Jerusalem nicht mehr gehämmert hatten.

»Nun?« drängte Jossele. »Wo bleibt deine Ziffer?«

»Jossele«, flüsterte ich und senkte den Kopf. »Ob du's glaubst oder nicht, ich hab sie vergessen.«

»Lügner«, fuhr Jossele auf. »Du hast sie nicht vergessen, ich weiß es. Du hast dir eine kleinere Ziffer gedacht und willst jetzt nicht damit herausrücken. Ein alter Trick. Schäm dich!«

Am liebsten hätte ich ihm die Faust in seine widerwärtige Fratze geschlagen. Aber ich beherrschte mich, erhöhte den Einsatz auf hundert Pfund und dachte im gleichen Augenblick »96«, eine wahrhaft mörderische Ziffer.

»Komm heraus, du Stinktier!« zischte ich.

Jossele zischte zurück: »1683!«

»1800«, flüsterte ich kaum hörbar.

»Gedoppelt«, rief Jossele und ließ die hundert Pfund in seiner Tasche verschwinden.

»Wieso gedoppelt? Was soll das heißen?!«

»Nur ruhig. Wenn du beim Poker die Selbstbeherrschung verlierst, verlierst du Hemd und Hosen«, sagte Jossele von oben herab. »Jedes Kind kann dir erklären, daß meine Ziffer als gedoppelte höher ist als deine.«

»So einer bist du also«, brachte ich mühsam hervor. »Mit solchen Mitteln versuchst du's. Als hätte ich's beim letzten Mal nicht genauso machen können.«

»Natürlich hättest du's ganz genauso machen können«, bestätigte mir Jossele. »Es hat mich sogar überrascht, daß du es nicht gemacht hast. Aber so geht's im Poker, mein Junge. Entweder kannst du's, oder du kannst es nicht. Und wenn du es nicht kannst, dann laß die Finger davon.«

Der Einsatz betrug jetzt zweihundert Pfund.

»Deine Ansage«, knirschte ich.

Jossele lehnte sich ganz langsam zurück und sagte aufreizend ruhig: »4.«

»100000«, trompetete ich.

Ohne die geringste Erregung verkündete Jossele: »Ultimo!«

Und nahm die zweihundert Pfund.

Schluchzend brach ich zusammen. Jossele streichelte

meine Hand und belehrte mich, daß nach dem sogenannten Hoyleschen Gesetz derjenige Spieler, der als erster »Ultimo« ansagt, auf jeden Fall und ohne Rücksicht auf die Ziffer gewinnt. Das sei ja gerade der Spaß beim Pokern, daß man innerhalb weniger Sekunden…

»Fünfhundert Pfund!«

Wimmernd legte ich mein letztes Geld in die Hände des Schicksals.

Josseles Pfunde lagen daneben. Auf meiner Stirn standen kalte Schweißperlen. Ich sah Jossele scharf an. Er wirkte völlig gelassen, aber seine Lippen zitterten ein wenig, als er fragte: »Wer sagt an?«

»Du«, antwortete ich lauernd. Und er ging mir in die Falle.

»Ultimo«, sagte er und streckte die Hand nach dem Geld aus.

»Einen Augenblick«, sagte ich eisig. »Ben Gurion.« Und schon hatte ich das Geld bei mir geborgen. »Ben Gurion ist noch stärker als Ultimo«, erläuterte ich. »Aber es wird spät. Wir sollten Schluß machen.«

Schweigend erhoben wir uns. Ehe wir gingen, unternahm Jossele einen kläglichen Versuch, sein Geld zurückzubekommen. Er behauptete, das mit Ben Gurion sei eine Erfindung von mir.

Ich widersprach ihm nicht.

»Schau«, sagte ich, »darin besteht ja gerade der Reiz des Pokerspiels, daß man gewonnenes Geld niemals zurückgibt.«

Kein Weg nach Oslogrolls

Das ganze Malheur wäre nicht geschehen, wenn Sulzbaum sich nicht eingebildet hätte, daß ich der richtige Mann für diesen Posten wäre. Sulzbaum hatte schon seit langem nach einem Mann mit Hirn Ausschau gehalten, nach einem wirklichen Kopf, dem er wirklich vertrauen konnte. Von grauen Zellen hat er anscheinend noch nichts gehört. Jetzt, nachdem wir einige Zeit verhandelt hatten, deutete er unmißverständlich an, daß er die Sache in meine Hände legen wollte und daß wir alles persönlich besprechen müßten.

Als ich ihn an jenem schicksalsträchtigen Abend anrief, bat er mich, ihn gleich aufzusuchen. Meine Freude läßt sich in Worten gar nicht schildern. Sulzbaum ist immerhin Sulzbaum, das steht außer Zweifel. Ich fragte ihn also ohne Umschweife nach seiner Adresse. »Helsingforsstraße 5«, sagte er.

»Fein«, sagte ich. »In ein paar Minuten bin ich bei Ihnen.«

»Ausgezeichnet«, sagte er.

Ich machte mich unverzüglich auf den Weg. Aber schon nach wenigen Schritten stellte sich mir ein Hindernis entgegen: Ich hatte den Straßennamen vergessen. Glatt vergessen. Ich konnte mich nur noch erinnern, daß der erste Buchstabe ein P war. Rasch entschlossen betrat ich eine Telefonzelle und wollte Sulzbaums Adresse aus dem Telefonbuch heraussuchen.

Es war kein Sulzbaum im Telefonbuch. Um ganz sicher zu gehen, sah ich noch unter Z nach. Es war auch kein Zulzbaum im Telefonbuch.

Wahrscheinlich hat er einen neuen Anschluß, dachte ich. Ein Glück, daß ich mir die Nummer aufgeschrieben hatte. Ich rief ihn an.

»Mir ist etwas Komisches passiert«, sagte ich. »Ich habe den Namen Ihrer Straße vergessen.«

»Helsingfors«, sagte Sulzbaum. »Helsingforsstraße 5.«

»Danke vielmals.«

Durch Schaden gewitzt, wiederholte ich unablässig und leise »Helsingfors ... Helsingfors ...«, bis ich endlich, hoch oben im Norden der Stadt, einen Passanten nach der genauen Lage der Straße fragen konnte.

»Entschuldigen Sie bitte, wo ist hier die –«

»Leider«, unterbrach mich der Befragte. »Ich bin selber fremd hier. Ich suche die Uziel-Straße.«

»Uziel-Straße ... Zufällig weiß ich, wo die ist. Geradeaus, und dann die zweite rechts.

»Vielen Dank. Ich bin Ihnen sehr verbunden. Übrigens – wie heißt die Straße, die Sie suchen?«

»Ich? Ich suche ... nein, so was!«

Tatsächlich, dieser verdammte Uziel hatte mich meinen eigenen Straßennamen vergessen lassen. Ich erinnerte mich nur noch, daß die Straße mit einem K anfing. Die Nummer war 9 oder 19, das wußte ich nicht mehr so genau.

Es widerstrebte mir, nochmals bei Sulzbaum anzurufen. Sonst hielt er mich vielleicht für einen jener gedächtnisschwachen Menschen, die imstande sind, Straßennamen zu vergessen, auch wenn man sie ihnen zweimal sagt. Ich zermarterte die Reste meines Gehirns nach dem vergessenen Namen. Aber da bestätigte sich wieder einmal die alte Erfahrung, daß ich – wie jeder höher organisierte Intellekt – ein plötzlich aufgetretenes Problem nicht lösen kann. Unter solchen Umständen tat ich das einzig mögliche: Ich setzte mich in ein Kaffeehaus, entspannte mich und wartete auf die Erleuchtung. Sie kam nicht. Der einzige Straßenname, der mir einfiel, war Schmarjahu Levin (an den ich mich bis dahin niemals hatte erinnern können, weiß der Teufel warum). Nun wußte ich aber, daß der Name, den ich suchte, nicht Schmarjahu Levin war. Es war ein ausländischer Name, das schon, und er begann mit einem L. Aber weiter kam ich nicht.

Also rief ich nochmals bei Sulzbaum an.

»Hallo«, sagte ich, »ich bin bereits unterwegs. Könnten Sie mir sagen, wie ich am schnellsten zu Ihrem Haus komme?«

»Wo sind Sie jetzt?«

»Ben-Jehuda-Straße.«

»Da sind Sie schon ganz in der Nähe. Lassen Sie sich's von irgendeinem Passanten zeigen.«

»Mach ich. Und wie buchstabiert man den Straßennamen?«

»So wie man ihn ausspricht. Warum?«

»Ich habe den Eindruck, daß die Leute hier den Namen nicht recht kennen. Es scheint eine neue Straße zu sein.«

»Gar so neu ist sie nicht.«

»Trotzdem. Ein so langer Straßenname ...«

»Wieso? Da gibt es noch viel längere. Die Hohepriester-Matitjahu-Straße zum Beispiel. Oder die Straße der Tore von Nikanor. Oder die Akiba-Kolnomicerko-Straße.«

»Gewiß, gewiß. Aber bei Ihrer Straße verstaucht man sich die Zunge.«

»Kann ich nicht finden. Man gewöhnt sich. Und überhaupt: Warum machen Sie sich plötzlich soviel Sorgen über einen Straßennamen? Ich warte auf Sie. Kommen Sie oder nicht?«

»Natürlich. In fünf Minuten.«

»Gut.«

Sulzbaum legte den Hörer auf, und ich stand in der Zelle. Es waren vielleicht die schwierigsten Augenblicke, seit ich geheiratet hatte. Die Namen »Hohepriester Matitjahu«, »Tore von Nikanor« und »Akiba Kolnomicerko« hatten sich unauslöschlich in mein Gedächtnis eingegraben, ohne daß ich die geringste Verwendung für sie gehabt hätte.

Eine Weile verstrich, ehe ich mich entschloß, den Hörer abzunehmen und meinen Finger an die Wählscheibe zu setzen.

»Sulzbaum«, flüsterte ich, »lieber Sulzbaum. Wie heißt Ihre Straße?«

Sulzbaums Stimme kam mit eisigem Zischen.

»Helsingfors. Vielleicht schreiben Sie sich's auf!«

Ich griff in die Tasche nach einem Kugelschreiber, fand aber keinen.

Und bevor ich Sulzbaum noch informieren konnte, daß ich in fünf Minuten bei ihm sein würde, hatte er schon aufgehängt.

Diesmal würde ich die Fehler der Vergangenheit nicht wiederholen. Diesmal machte ich's mit der Mnemotechnik. Ich analysierte den Namen Helsingfors. Der erste Teil erinnert an die finnische Hauptstadt Helsinki. Der zweite Teil ist nahezu identisch mit der bekannten amerikanischen Automarke Ford. Und die beiden sind durch ein »g«, den siebenten Buchstaben im Alphabet, miteinander verbunden. Ganz einfach. Helsin(ki)-g-for(d)-s Nummer 5.

Schon war ein Taxi zur Stelle. Ich warf dem Fahrer ein gleichgültiges »Helsingforsstraße 5« hin.

»Helsingforsstraße 5«, wiederholte er und gab Gas.

Ich lehnte mich in die Kissen zurück und sinnierte, wie seltsam es doch war, daß ein Mann meines geistigen Kalibers, der sich noch an die entlegensten Antworten längst vergangener Mittelschulprüfungen erinnert, zum Beispiel: »Die Hauptstadt von Dazien heißt Sarmisegetuza« – daß ein solcher Mann, der fast schon ein Elektronenhirn sein eigen nennt, einen so kindisch einfachen Straßennamen vergessen konnte wie … wie …

»Entschuldigen Sie.« Der Fahrer wandte sich zu mir um. »Wie heißt die Straße?«

Graue Schleier senkten sich über meine Augen. Alles, was mir einfiel, war »Sarmisegetuza«, aber so hieß sie bestimmt nicht. Ich tat das Nächstliegende und verfluchte den Fahrer. Er schwor, daß er den Namen an der Ecke der Fischmannstraße noch gewußt hatte.

»Na schön.« Ich fand die Ruhe wieder, die meiner intellektuellen Überlegenheit angemessen war. »Wir wollen versuchen, den Namen zu rekonstruieren. Gehen wir systematisch vor. An was erinnern Sie sich?«

»An nichts«, lautete die unverschämte Antwort. »Höchstens an die Hausnummer 173.«

»Konzentrieren Sie sich, Mann! Denken Sie nach!«

»Seeligbergstraße … Salmonowskistraße … irgend so was.« Plötzlich fiel mir die Mnemotechnik ein. Ich war gerettet. Die Hauptstadt von Norwegen heißt Oslo – in der Mitte kommt ein »g« – und dann der erste Teil dieser berühmten englischen Automarke.

»Oslogrollsstraße, Sie Vollkretin«, sagte ich mit schneidendem Hohn.

Der Fahrer nickte dankbar, machte eine scharfe Kehrtwendung und sauste nach Süden. An der nächsten Ecke blieb er stehen.

»Tut mir leid. Eine solche Straße gibt es nicht.«

Offen gesagt, auch ich hatte nicht recht daran geglaubt, daß es sie gäbe. Aber der prompte Start des Fahrers hatte mich wieder unsicher gemacht. Jetzt wußte ich sogar, wo mein Irrtum steckte: Es war kein »g« in der Mitte. Oslorolls … Osloroyce …

»Was jetzt?« fragte der Fahrer. Tatsächlich, er fragte: »Was jetzt?«

In stummer Verachtung schleuderte ich ihm eine Pfundnote ins Gesicht, sprang aus dem Wagen, eilte federnden Schrittes auf die nächste Telefonzelle zu und rief bei Sulzbaum an.

»Ich bin sofort bei Ihnen«, beschwichtigte ich ihn, »aber es ist etwas geradezu Unglaubliches geschehen. Ich …«

»Helsingfors!« brüllte Sulzbaum, daß die Wände der Telefonzelle zitterten. »Helsingfors!! Und sie brauchen überhaupt nicht mehr zu kommen!!«

Peng. Er hatte aufgehängt.

Na, wenn schon. Kann mir nur recht sein. Schließlich bin ich nur ein einfacher Familienvater mit einigen Dutzenden todmüder grauer Zellen und kein Schachcomputer.

Ich verließ die Telefonzelle. Sie befand sich unterhalb einer Straßentafel. Sie lag in der Helsingforsstraße.

Ein Oldtimer

Neueinwanderer können im allgemeinen tun, was sie wollen. Im ersten Jahr ihrer Ansässigkeit brauchen sie nicht einmal Einkommensteuer zu zahlen. Manche unternehmungslustigen israelischen Bürger machen einen ganz anständigen Lebensunterhalt daraus, daß sie in bestimmten Zeitabständen das Land verlassen und als Neueinwanderer wiederkommen. Trotz dieser Vergünstigung gilt ein Neueinwanderer, der sich über nichts beklagt, entweder als Idiot oder als Großkapitalist. (Das gesamte Großkapital ist hierzulande in jüdischen Händen, ein Umstand, der allseits heftigen Unwillen erregt.)

Auch die Lage der mittellosen Neueinwanderer, die sich seltsamerweise in der Überzahl befinden, ist keineswegs hoffnungslos. Es gibt Leute, die vor zwanzig Jahren mit einem einzigen Koffer ins Land gekommen sind, und heute besitzen sie diesen Koffer noch immer. Sie sind die sogenannten »Oldtimer«, die um ihrer Ideale willen gelitten haben, als sie jung waren. Sie haben sich bis heute eine gesunde Feindseligkeit gegen alle jene bewahrt, die erst später gekommen sind und die – nach Meinung der Oldtimer – das reine Luxusleben führen.

Zorn und Abscheu spiegelten sich in den Gesichtszügen jenes älteren Herrn, der mich eines Tags vor dem Eingang zum Kino anhielt.

»Wohin so eilig, Jossele?«

Ich gestand ihm, daß ich mir eine Eintrittskarte fürs Kino gekauft hätte.

»Eintrittskarte fürs Kino?« wiederholte er voll Verachtung. »In deinem Alter war ich froh, wenn ich mir eine Gurke zum Nachtmahl kaufen konnte. Aber Kinokarten? Vor dreißig Jahren hat kein Mensch daran gedacht, ins Kino zu gehen. Damals sind hier noch die Tragkamele vorbeigezogen, und von den Boulevards konnte man aufs offene Meer hinaussehen.«

»Interessant«, sagte ich. »Aber jetzt muß ich nach Hause.«

»Nach Hause?« Er nickte bitter. »Wir hatten kein Zuhause. Wir pflegten ein paar Schachteln und Konservenbüchsen übereinanderzuschichten, verklebten das Ganze mit Packpapier – und das war unser Zuhause. Hast du Möbel?«

»Nicht der Rede wert.« Ich wurde vorsichtig. »Meistens sitzen wir auf Ziegelsteinen.«

»Ziegelsteine?! Von Ziegelsteinen wagten wir nicht einmal zu träumen! Wo hätten wir das Geld für Ziegelsteine hernehmen sollen?«

»Ich weiß nicht«, gestand ich kleinlaut. »Um die Wahrheit zu sagen: Ich habe die Ziegelsteine nicht gekauft, sondern von einem unbewachten Bauplatz gestohlen.«

»Gestohlen!« Die Stimme des alten Herrn bebte vor Zorn. »Ich habe achtzehn Jahre lang hier gelebt, ehe ich es wagte, meinen ersten Ziegelstein zu stehlen! Wir hatten damals nicht einmal Sand, um darauf zu liegen. – Trinkst du Wasser?«

»Sehr selten. Vielleicht einmal in der Woche.«

»Einmal in der Woche?« Er packte mich an den Schultern und schüttelte mich, als ob er mich mixen wollte. »Bist du dir klar darüber, Bürschchen, daß man seinerzeit in Jerusalem für Wasser bares Geld zahlen mußte? Die Zunge klebte uns am Gaumen, aber wir konnten unseren Durst nicht löschen. Wir hatten nicht einmal den lumpigen Piaster, Jossele, um uns ein Glas Wasser zu kaufen!«

»Ich heiße nicht Jossele«, warf ich ein. »Und überhaupt, ich kenne Sie nicht, mein Herr.«

»Du kennst mich nicht?« brüllte mein Gesprächspartner. »Wenn wir in deinem Alter die Frechheit gehabt hätten, jemanden nicht zu kennen, hätte man uns windelweich geprügelt! Aber ihr jungen Grünschnäbel von heute könnt euch natürlich alles erlauben ...«

Damit ließ er mich stehen und ging zornig seines Weges. Ich war niedergeschmettert. Der Boden schwankte unter meinen Füßen. Ich mußte mich hinlegen. Ein Taxi überfuhr mich. Früher einmal mußten die Pioniere achtzehn bis zwanzig Jahre warten, bevor sie zum ersten Mal von einem Taxi überfahren wurden. Die Zeiten haben sich geändert.

Brautkauf im Kibbuz

Mein langweiliger Cousin Schimon konnte sich vor Freude über meine Ankunft nicht fassen, als ich ihn damals im Kibbuz besuchte. Er war gerade an diesem Tag in ein neues Zimmer übersiedelt, sein kleiner Junge lag mit Masern im Bett, seine Frau spielte Hebamme bei einer widerstrebenden Kuh, und er selbst mußte dringend in den Speisesaal, wo eine Vollversammlung über den Fall eines Kibbuzmitgliedes beraten sollte. Dieses Mitglied hörte auf den Namen »Ricki der Verrückte« und verlangte aus der Kibbuzkasse schon seit Wochen eine Summe von 4400 Pfund.

»Wozu braucht ein Kibbuznik Geld?« fragte ich meinen Cousin, während ich hinter ihm zum Speisesaal rannte. Schimon, der Schatzmeister des Kibbuz war, antwortete:

»Er will eine Frau kaufen.«

Vor einiger Zeit war nämlich Ricki der Verrückte mit der Funktion eines »Einkäufers« betraut worden, hatte in einer von Jemeniten bewohnten Nachbarsiedlung zu tun gehabt und sich dort Hals über Kopf in ein jemenitisches Mädchen namens Chefzibah verliebt. Daß Rickis Familienname Kraus war und Chefzibahs Familienname Habifel, störte ihn nicht.

Papa Habifel erteilte sofort seine Zustimmung. Mehr

als das, wegen der Jugendlichkeit des Bräutigams verlangte er für seine Tochter nur 4400 Pfund in bar.

Herrn Habifels Forderung verblüffte Ricki, aber der alte Mann erklärte ihm mit patriarchalischer Geduld, daß er als Vater Anspruch darauf hätte, die in seine Tochter investierten Spesen zurückzubekommen. Ricki der Verrückte mußte einsehen, daß es sich hier um eine uralte, unabänderliche jüdische Sitte handle.

Was tut ein normaler Stadtbewohner unter solchen Umständen? Er nimmt ein Darlehen bei einer Bank auf, verkauft den Familienschmuck seiner Großmutter, veruntreut Firmengelder oder macht Überstunden. Ein Kibbuznik hat aber keine Großmutter mit Familienschmuck, keine Bank und keine Firmenkasse. Er hat nichts zu verkaufen, außer seinem reinen Gewissen, und dafür bekäme er höchstens fünfzig bis sechzig Pfund. Er kann also nur von der Kibbuzverwaltung das Geld zum Kauf einer Gattin verlangen.

Die Kibbuzverwaltung lehnte den Wunsch Rickis des Verrückten nach kurzer Debatte ab, und zwar aus drei Gründen: 1. Man kauft keine Frau für bares Geld. 2. Wir leben nicht mehr in der Steinzeit. 3. Hat man so etwas je gehört?

Das Sekretariat bot jedoch an, mit dem alten Herrn

Habifel zu verhandeln. Und so begaben sich der Kibbuzsekretär und die Vorsitzende des Sozialausschusses in die jemenitische Nachbarsiedlung. Nach zwei Tagen kamen sie zurück und berichteten der Vollversammlung, daß schließlich und endlich, bei nüchterner Betrachtung der jemenitischen Lebensformen, daß also, kurz und gut und im Grunde, gegen die Forderung von Herrn Habifel nichts einzuwenden sei. 4400 Pfund sei aber ein exorbitant hoher Preis, den man unmöglich zahlen könne. Für 400 Pfund bekäme man ja schon eine Kuh oder eine Dieselpumpe.

Ricki der Verrückte schlug Krach, daß die Wände zitterten. Er verwahrte sich dagegen, daß man seine Chefzibah mit einer Kuh vergliche, und verlangte auf der Stelle das Geld, sonst würde er sofort aus dem Kibbuz austreten.

In der folgenden Vollversammlung herrschte gespannte Stimmung. In den ersten Reihen saßen die Funktionäre, dahinter die übrigen männlichen Kibbuzmitglieder. Die weiblichen saßen an den Wänden und strickten warme Pullover. Die Kinder standen an den Fenstern und gingen trotz wiederholter Strafandrohungen nicht schlafen.

»Genossen«, begann der Kibbuzsekretär. »Wir stehen vor einem völlig neuen Problem. Wir alle kennen und lieben unseren Ricki. Er ist ein alter Kibbuznik und ein guter Arbeiter. Deshalb schlage ich vor, daß wir die Hälfte des Brautpreises bezahlen und ihm für die andere Hälfte einen in zwanzig Jahren rückzahlbaren Kredit geben.«

»Ich brauche keine Gefälligkeiten von euch«, schrie

Ricki der Verrückte aufgebracht. »Heiraten ist eine biologische Notwendigkeit. Ihr könnt mich also, wenn ihr wollt, krank schreiben lassen und die 4400 Pfund für meine Heilung bewilligen.«

Der Vorsitzende wollte wissen, von welchem Budget man eigentlich die 200 Pfund nehmen wollte?

»Von unserem Erziehungsbudget«, schlug ein friedfertiger Kibbuznik vor, aber der Protest war einhellig.

»Was fällt dir überhaupt ein? Sollen unsere Kinder darunter leiden, daß Ricki verrückt ist?«

»Und was ist mit meinen Kindern?« brüllte Ricki. »Haben sie kein Recht, geboren zu werden?!«

»Wir müssen eine Lösung finden.« Der Sekretär bat um Ruhe. »Mißversteh mich nicht, Ricki, vielleicht könnten wir das Geld aus dem Viehbestandsbudget freimachen. Wir haben nämlich, unterbrich mich nicht, Ricki, wir wollten nämlich gerade eine Kuh kaufen.«

»Mörder!« klang es im Chor der entfesselten Mütter. »Du spielst mit dem Leben unserer Kinder! Milch für unsere Kleinen! Milch! Milch! Milch!«

Die Diskussion eskalierte. Ricki der Verrückte bat ums Schlußwort. Bis morgen mittag, so sagte er mit zitternder Stimme, hätte das Geld zur Stelle zu sein, auch wenn man zu diesem Zweck einige Kibbuzmädchen verkaufen müßte. Wenn nicht, würde es dem ganzen Kibbuz noch sehr, sehr leid tun.

In die Stille meldete sich abermals Schimon, mein langweiliger Cousin. Wie wäre es mit einem »Heiratsfonds«, in den künftig jeder Junggeselle zwischen fünfundzwanzig und fünfzig Pfund pro Braut einzuzahlen hätte, je nach Gewicht und anderen besonderen Merkmalen?

Erlöst schloß der Vorsitzende die Versammlung.

»Genossen«, sagte er, »das ist ein sehr vernünftiger Vorschlag. Ich möchte nur noch unseren Junggesellen raten, ihre Bräute möglichst unter den Kibbuzmädchen zu wählen. Oder wenn es schon unbedingt eine Braut von auswärts sein muß, dann wenigstens keine überbezahlte Schlampe.«

Kettenreaktion

Es war ein kühler Sonntagabend, als wir die Spiegels besuchten und uns zwei Stunden lang so tödlich langweilten wie nie zuvor. Ich sage das ungern, denn die Spiegels, besonders Aurel, sind nette Leute und liebenswürdige Gastgeber. Aber irgendwie ging uns der Gesprächsstoff aus, und um zehn Uhr abends konnten wir unsere Augen nur noch mit Hilfe von Daumen und Zeigefinger offenhalten. Um halb elf schliefen auch meine Finger ein, und es wurde mir unweigerlich klar, daß wir sofort aufbrechen müßten, weil ich sonst nicht mehr die Kraft hätte, die beste Ehefrau von allen zu wecken. Unter Mobilisierung aller noch vorhandenen Energie erhob ich mich und erklärte unseren Gastgebern, daß wir sie verlassen würden.

»Nein, das dürfen Sie nicht!« Frau Spiegel fuhr aus ihrem Schlummer hoch. »Warum die Eile?«

»Es tut mir leid«, stammelte ich. »Trotzdem … wir müssen jetzt unbedingt gehen … weil … nun ja … ich habe eine wichtige geschäftliche Verabredung. Es tut mir wirklich leid.«

»Sei nicht ungemütlich«, sagte Aurel Spiegel. »Die Leute können warten.«

Ich verlieh meiner Stimme einen Unterton von Trauer.

»Ich würde ja selbst viel lieber hierbleiben. Aber was

hilft's. Und wenn wir uns nicht beeilen, versäumen wir noch den letzten Bus.«

»Wohin wollt ihr denn so spät?«

»Nach Petach Tikvah, siebzig Kilometer von hier. Dort habe ich nämlich meine Verabredung. Leider …«

»Na schön.« Aurel resignierte. »Dann bringe ich euch also mit dem Wagen zur Haltestelle.«

»Nein, nein!« protestierte ich. »Bitte nicht! Wir wollen euch keine Mühe machen.«

»Lächerlich«, sagte Aurel und hatte bereits den Mantel angezogen.

Als wir an der Haltestelle aus seinem Wagen stiegen, bedankten wir uns sehr herzlich, warteten noch ein paar Sekunden und machten uns dann zu Fuß auf den Weg nach Hause.

Wir hatten nicht mit Aurels goldenem Herzen gerechnet. Schon stoppte er den Wagen und kam herangelaufen.

»Wohin denn, ihr Kretins? Das ist ja gar nicht die Haltestelle für den Bus nach Petach Tikvah!«

Damit faßte er uns unter, der Gute, und führte uns zur richtigen Haltestelle, wo keine Menschenseele mehr zu sehen war. Aurel ließ sich die Mühe nicht nehmen und studierte sorgfältig den schlecht beleuchteten Fahrplan. Ein Seufzen entrang sich seiner Kehle.

»Mein Gott, der letzte Bus ist vor fünf Minuten abgefahren. Das ist ja schrecklich. Jetzt versäumt ihr unseretwegen diese wichtige Verabredung!«

»Macht nichts«, begütigte ich. »So wichtig war sie gar nicht.«

»Doch, doch. Sonst hättest du ja nicht zum Aufbruch gedrängt. Weißt du was? Ich fahre euch in meinem Wagen hin.«

»Das erlaube ich nicht!« rief ich gepeinigt. »Auch Gastfreundschaft muß ihre Grenzen haben!«

»Kein Wort weiter«, entschied Aurel. »Ich könnte heute nacht nicht schlafen, wenn ich euch jetzt nicht sofort nach Petach Tikvah fahre ...«

Und so fuhren wir los. Während der ganzen eineinhalb Stunden knieten die beste Ehefrau von allen und ich im Fond, die Augen starr auf die langsam entschwindenden Lichter von Tel Aviv gerichtet, schwarze Verzweiflung im Herzen.

Petach Tikvah lag in lieblichem Mondschein, als wir ankamen.

»Wohin genau?« fragte Aurel und unterdrückte ein Gähnen.

Mein Hirn begann fieberhaft zu arbeiten. Die einzige Adresse, die ich in Petach Tikvah kannte, war das Hotel Grienspan. Und auch das nur, weil dort einmal einer meiner Gläubiger gewohnt hatte. Ich wandte mich an Aurel.

»Bitte laß uns beim Grienspan aussteigen.«

Endlich waren wir aus dem Wagen draußen, bedankten uns nochmals für Aurels überwältigende Güte und betraten das Hotel. Ein mißgelaunter Nachtportier empfing uns.

»Nur einen kleinen Augenblick«, sagte ich, indem ich ihm zuzwinkerte. »Wir gehen gleich wieder.«

Während wir noch dastanden und auf das Geräusch des abfahrenden Autos warteten, begann mein Eheweib plötzlich zu wanken.

»Er kommt zurück«, wimmerte sie.

Da setzte sich auch schon die Drehtür in Bewegung, Aurel trat ein, erklärte, daß ihm ein wenig kühl sei, und verlangte eine Tasse Tee.

Der Portier wurde noch um einige Grade mißgelaunter.

»Was ist hier los? Wen suchen Sie eigentlich?«

»Wer? Ich?«

»Ja, Sie.«

»Wenn Sie mich meinen – ich habe hier eine Verabredung mit einem gewissen … also kurz und gut … und den muß ich sofort sprechen.«

»Wie heißt er?«

»Was heißt das: Wie heißt er? Ach ja … richtig. Sie wollen seinen Namen wissen. Herschkowitz, wenn ich nicht irre. Tatsächlich. Ist Herr Herschkowitz schon angekommen?«

»Jawohl«, antwortete der Portier. »Er ist hier.«

»Bitte schauen Sie noch einmal nach«, sagte ich mit erhobener Stimme. »Er muß hier sein. Ich habe eine Verabredung mit ihm.«

»Ich sage Ihnen ja, daß er hier ist. Auf Nummer 23.«

»Das ist wieder einmal echt Herschkowitz. Ich hätte geschworen, daß er nicht kommen würde.«

»Aber er ist gekommen«, röhrte der Portier. »Wie oft soll ich Ihnen noch sagen, daß er hier ist?!«

»Wer ist hier?«

»Herschkowitz. Auf Nummer 23. Ich werde ihn sofort rufen.« Und ehe ich es verhindern konnte, hatte er nach dem Telefon gegriffen: »Herr Herschkowitz? Entschuldigen Sie die Störung … ich muß Sie leider wecken … jemand ist hier, der Sie dringend sprechen möchte.« Er wandte sich an mich: »Herschkowitz will wissen, um was es sich handelt?«

»Eine persönliche Angelegenheit«, antwortete ich. »Streng vertraulich.«

Als Herschkowitz die Stiege herunterkam, im Pyjama und mit halb geschlossenen Augen, hatte ich das Gefühl, daß mein Kragen um zwei Nummern zu klein wäre. Auf der Stirn meiner Ehegattin sammelten sich mit unglaublicher Schnelligkeit zahllose kleine Schweißperlen. Wir schielten beide nach der Tür. Nur Aurel saß da und schlürfte behaglich seinen Tee.

Herschkowitz kam mit unheilvoller Miene auf uns zu. Plötzlich aber, wie durch einen Zauberschlag, heiterte sein Gesicht sich auf.

»Hallo, alter Junge!« rief er strahlend zu Aurel hinüber. »Was machst denn du hier? Das ist aber eine frohe Überraschung!«

Für die nächsten Minuten waren die beiden Freunde damit beschäftigt, sich gegenseitig auf den Rücken zu schlagen, während wir unseren glasigen Blick auf die Tür hefteten. Schließlich erfuhr Herschkowitz von Aurel, daß eigentlich wir es waren, die mit ihm sprechen wollten.

»Was wünschen Sie von mir?« fragte mich Herschkowitz mit freundlichem Lächeln.

»Tja – das ist nicht so einfach. Rauchen Sie?«

»Nein.«

»Ich auch nicht. Früher habe ich Pfeife geraucht, aber mein Arzt –«

»Was wünschen Sie von mir?«

»Also, Herr Herschkowitz – ich habe Interesse.«

»Interesse an was?«

»Sie wissen doch …«

»An den Waschmaschinen?«

»Natürlich!« jauchzte ich auf. »An den Waschmaschinen.«

»Dann kann ich Ihre Eile verstehen«, sagte Herschkowitz. »Ich werde sofort Neumann in Chaderah anrufen.«

»Bitte nicht jetzt«, sagte ich flehend. »Es ist schon spät. Wir können ja morgen mit Neumann sprechen.«

»Sind Sie verrückt? Morgen fliegt Neumann nach Mailand!«

Und schon wählte er eine Nummer, entschuldigte sich bei dem offenbar wütenden Neumann, daß er ihn so spät im Schlaf störe – aber der Mann aus Tel Aviv sei soeben angekommen, und vielleicht könnte man die Sache jetzt gleich unter Dach und Fach bringen.

Eine Minute später kam Herschkowitz an unseren Tisch und teilte uns mit, daß wir sofort nach Chaderah fahren müßten. Aurel würde sicherlich so freundlich sein, uns hinzubringen.

Aurel brachte uns hin. Neumann, allem Anschein nach ein cholerisches Temperament, ging sofort in medias res und informierte mich, daß 30 Prozent der Aktien noch zu haben wären.

»Kaufen Sie – ja oder nein?«

»Ich ... kann ich mir das noch ein wenig überlegen?«

»Wie Sie wünschen.« Neumann stand auf. »Nur um ganz sicher zu gehen, wollen wir jetzt noch Weingartner aufsuchen. Kommen Sie.«

»Ich brauche keinen Weingartner«, stieß ich heiser hervor. »Ich kaufe die Aktien.«

Nachher hatte ich noch alle möglichen Papiere zu unterzeichnen, aber das spielte sich bereits in einem rosafarbenen Nebel ab. Als es vorbei war, rüttelte ich die beste Ehefrau von allen wieder ins Bewußtsein zurück, und bei Morgengrauen waren wir in Tel Aviv. Auf dem Weg zu meinem Büro kaufte ich eine Zeitung. Balkendicke Lettern auf der Titelseite verkündeten, daß die »Neumann-Kishon Trust Company« in Chaderah die größte Waschmaschinenfabrik des Landes gegründet hatte. Die Gewerkschaft hatte 42 Prozent, ich selbst 30 Prozent. Die Fabrik, so hieß es, würde sofort die Produktion aufnehmen und den ganzen Mittleren Osten mit Waschmaschinen versorgen.

Ein wundertätiger Arzt

Meine unvergeßliche Begegnung mit dem Privatdozenten Prof. Dr. Großlockner, den der dankbare Volksmund »der Wundertätige« nennt, begann mit einem sonderbar leeren Gefühl in der Magengrube, gefolgt von einem dumpfen inneren Grollen. Zuerst schenkte ich der Sache keine Beachtung. Aber als sich jenes Gefühl der Leere verstärkte, besonders nachdem ich einmal acht Stunden lang nichts gegessen hatte, wurde ich unruhig und erkundigte mich bei meiner alten Tante, was ich tun sollte. Nach kurzem Nachdenken empfahl sie mir, ärztliche Hilfe in Anspruch zu nehmen.

»Geh zum Professor Großlockner«, sagte meine Tante. »Er ist ein Wunderdoktor. Und sei unbesorgt – er wird schon etwas Ernstes finden.«

Ich wollte mich sofort auf den Weg machen, wurde jedoch von Tantchen belehrt, daß man sich bei dem Wundermann telefonisch anmelden müsse. Am Telefon bestellte mich eine weibliche Stimme für Dienstag in drei Wochen um 17 Uhr 26. »Bis dahin wollen Sie bitte nicht essen, nicht trinken, nicht schlafen und nicht rauchen«, fügte sie hinzu.

Als ich auf die Minute ankam, fand ich das Wartezimmer mit fünfzig bis sechzig Patienten gefüllt. Mein freundlicher Gruß blieb unerwidert.

Über dem Raum lag eine Atmosphäre religiöser Weihe. Die Türen öffneten und schlossen sich lautlos, weißgekleidete Schwestern huschten hin und her, von Zeit zu Zeit wankten halbnackte Männer herein und verschwanden wie Schemen, dann reihten sich mehrere Patienten hintereinander auf und wurden im Gänsemarsch durch eine der Türen befördert. Das alles geschah mit einer beängstigenden Präzision. Es war ein geölter Musterbetrieb.

Ich bestaunte ihn etwa eine halbe Stunde lang mit wachsender Ehrfurcht, als eine Schwester auf mich zukam und mich aufforderte, ihr zu folgen.

Wir betraten das Aufnahmezimmer. Die Nurse griff nach einer gewaltigen Kartei und fragte mich nach meinen Personaldaten: Name? Geboren? Herkunftsland? Beruf?

»Journalist.«

»Sechsundzwanzig Pfund.«

»Warum so viel?«

»Das ist das Honorar für die erste Untersuchung. Nur Kollegen und Angehörige verwandter Berufe bekommen eine Ermäßigung.«

»Sehr gut. Ich repariere auch Schreibmaschinen.«

»Einen Augenblick, bitte.« Sie schlug in einem abgegriffenen Handbuch nach. »25,50.«

Ich zahlte das ermäßigte Honorar und kehrte auf meinen Posten im Wartezimmer zurück. Knapp zwei Stunden später wurde ich von einer anderen Schwester in ein anderes Zimmer geführt, das lediglich ein Bett enthielt. Da die Schwester eine ältliche, vertrauenerwekkende Person war, riskierte ich die Frage, wofür dieser alte Gauner eigentlich so unverschämt viel Geld verlangte.

»Mein Mann ist kein Wohlfahrtsunternehmen«, antwortete Frau Großlockner. Dann schlug sie ein dickes Buch auf und fragte mit eisiger Stimme, warum ich hier sei.

Es klingt vielleicht ein wenig sonderbar – aber ich unterhalte mich nicht gern mit Personen weiblichen Geschlechts über meine körperlichen Beschwerden, am allerwenigsten in einem Zimmer, in dem sich nichts weiter befindet als ein Bett. Ich verweigerte Frau Großlockner die Auskunft. Daraufhin wurde ich wieder auf meinen Warteplatz zurückgeschickt. Die Zahl der Krankenschwestern, die allein oder mit Patienten unterm Arm den Raum durchquerten, schien sich immer noch zu vermehren. Ich tippte meinen Sitznachbar an:

»Wo nimmt er nur die vielen Krankenschwestern her?« fragte ich leise.

»Lauter Großlockners«, flüsterte er zurück. »Der Professor hat sieben Schwestern und drei Brüder. Sie alle arbeiten hier.«

Einer der Brüder führte mich bald darauf in ein Badezimmer, drückte mir ein Glasröhrchen in die Hand und hieß mich etwas zu tun, was mir die Frage »Warum?« entlockte. Weil man nie wissen könne, antwortete er. Und weil mich der Professor erst dann persönlich empfangen würde, wenn alle Vorbereitungstests durchgeführt wären.

Kaum war ich mit dem Glasröhrchen fertig, als eine Großlocknersche Schwester mich in die Küche bugsierte, um mich einer Blut- und Magensaftprobe zu unterziehen. Dann ging es wieder zurück zu meiner Ausgangsbasis. Bei Einbruch der Dämmerung erschien eine weitere Schwester, die mich und zwei andere Patienten aufforderte, uns bis zum Gürtel zu entkleiden, unsere Plätze nicht zu verlassen und uns auf Abruf bereit zu halten. Zu dieser späten Stunde war es im Wartezimmer bereits so kalt, daß unsere Zähne klapperten. Es täte ihr leid, sagte die Schwester, aber die kostbare Zeit des Professors dürfe nicht verschwendet werden.

»Ich gebe Ihnen jetzt ein paar Anweisungen, an die Sie sich strikt zu halten haben«, fuhr sie fort. »Um Zeit zu sparen, wollen Sie bitte beim Betreten des Ordinationszimmers jede Begrüßung unterlassen. Setzen Sie sich sofort auf die drei Stühle in der Mitte des Zimmers, atmen Sie tief und strecken sie die Zungen heraus. In dieser Position verbleiben Sie, bis Sie andere Instruktionen bekommen. Belästigen Sie den Professor nicht mit Fragen oder Bemerkungen. Er weiß alles aus der Kartei. Sollte er seinerseits eine Frage an einen von Ihnen richten, dann antworten Sie nicht, oder – falls sich das wirklich nicht umgehen läßt – antworten Sie in reinen, einfachen

Hauptsätzen von drei bis fünf Worten. Und dann ohne Gruß hinaus. Wiederholen Sie!«

Wir wiederholten die Regeln. Dann öffnete sich die Tür des Allerheiligsten. Ein leiser Pfiff ertönte.

»Jetzt!« rief unsere Schwester. »Marsch hinein!«

Wir marschierten hinein und folgten den Vorschriften. Der Professor nahm die Zungenparade ab. »Was für Krankheiten hat es in Ihrer Familie gegeben?« fragte er mich.

»Verschiedene«, antwortete ich (ein Wort).

»Wie alt sind Sie?«

»Sechzig.« (Korrekterweise hätte meine Antwort »vierundsechzig« lauten müssen, aber ich wollte keine Zeit verschwenden.)

Mit seiner wundertätigen Hand ergriff der Professor ein spitzes Instrument, stach mich in den Rücken und fragte mich, was ich fühlte.

»Ein Stechen im Rücken«, sagte ich.

»Herr Kleiner«, sagte der Professor. »Ihre Wirbelsäule braucht gründliche Behandlung.«

»Entschuldigen Sie«, sagte der Patient zu meiner Linken, obwohl ihm seine immer noch heraushängende Zunge das Reden sehr erschwerte, »aber ich heiße Kleiner, und ich –«

»Unterbrechen Sie mich nicht!« unterbrach ihn der Professor in begreiflichem Ärger, ehe er sich wieder mir zuwandte, um die Diagnose zu stellen. Sie lautete auf leichte Erkältung, wahrscheinlich verursacht durch längeres Sitzen mit nacktem Oberkörper in ungeheizten Räumen. Therapie: zwei Aspirin.

Ein Wink des Professors entließ uns. Die beiden anderen wollten noch etwas sagen, wurden aber von den Schwestern hinausbefördert.

Einer der Patienten, ein kleines engbrüstiges Männchen, beklagte sich während des Ankleidens bitterlich, daß er der Postbote sei und nur versucht hätte, einen eingeschriebenen Brief zuzustellen. Er sei heute zum dritten Mal zwangsweise untersucht worden, ungeachtet seiner Proteste. Letzten Montag hätte man ihn bereits zum Zweck einer Blinddarmoperation ins Krankenhaus verfrachtet, und er wäre nur mit knapper Not aus dem Ambulanzwagen entkommen. Diesmal empfahl ihm Professor Großlockner, intensiver Sport zu treiben. Am besten, er ginge täglich eine Stunde spazieren.

Nehmen Sie Platz

Eines heißen Sommertages bekam mein Schwiegervater Bernhard, ein alter Zionist, der erst kurz zuvor nach Israel gekommen war, ein Empfehlungsschreiben an die städtische Wohnungsbaugenossenschaft mit der Bitte, ihm eine Wohnung zu beschaffen und ihm womöglich nicht mehr zu berechnen als den üblichen Mietpreis.

Auf Wunsch meines Schwiegervaters ging ich selbst auf das Amt. Man schickte mich auf Zimmer 314, zu einem Herrn Cheschwan.

Zimmer 314 war leer. Im Nebenzimmer erfuhr ich, daß Herr Cheschwan gerade eine Besprechung mit Herrn Stern hätte, aber jeden Augenblick zurückkommen müßte. Ich sollte solange Platz nehmen. Ich nahm Platz. Ich saß eine Weile. Ich ging eine Weile auf und ab. Ich nahm abermals Platz. Dann öffnete sich die Tür. Ein Mann steckte den Kopf herein und fragte: »Wo ist Cheschwan?«

»Er ist in einer Besprechung mit Stern«, sagte ich. »Nehmen Sie Platz.«

Der Mann schien es eilig zu haben, denn er verschwand wortlos. Wenige Minuten später erschien ein anderer Mann, offensichtlich ein Beamter, und sah sich nervös im Zimmer um.

»Seien Sie nicht nervös«, beruhigte ich ihn. »Cheschwan ist in einer Besprechung mit Stern, aber er muß jeden Augenblick zurückkommen. Nehmen Sie Platz.«

»Keine Zeit. Wenn Cheschwan zurückkommt, bestellen Sie ihm bitte, daß Mayer ihn zu einer dringenden Besprechung erwartet. Er soll sofort kommen.«

»In Ordnung«, sagte ich.

Eine knappe Viertelstunde war vergangen, als wieder ein Beamter hereinkam und fragte: »Wo ist Kirschner?«

»Er war gerade hier«, antwortete ich. »Wenn Cheschwan von Stern zurückkommt, schicke ich ihn sofort hinüber. Nehmen Sie Platz.«

»Danke. Wissen Sie zufällig, ob er schon etwas wegen des Wohnbauprojektes Ramat Aron unternommen hat?«

»Das ist sehr wahrscheinlich«, sagte ich.

»Dann nehme ich die Mappe gleich mit. Wenn er nach Feintuch fragt, sagen Sie ihm, daß ich eine Besprechung mit Mayer habe.«

Einige Sekunden später stand Kirschner atemlos vor mir: »Wo ist die Mappe Ramat Aron? Der Alte wird tobsüchtig, wenn sie nicht sofort auftaucht.«

»Um Himmels willen«, rief ich. »Vor einer Minute hat Feintuch die Mappe zum Alten mitgenommen.«

»Und wo ist Cheschwan?«

»Er konferiert noch immer mit Stern. Ich warte hier auf ihn.«

»Gut«, meinte Kirschner. »Wenn das so ist, dann legen Sie doch bitte den Goldberg-Plan in die Givath-Seren-Mappe!«

»Mit Vergnügen«, sagte ich, übernahm die Papiere, suchte in den Regalen die Mappe Givath Seren heraus und legte den Goldberg-Plan hinein. Kaum war das erledigt, als Feintuch ins Zimmer stürzte.

»Was machen Sie denn hier?« stieß ich unbeherrscht hervor, denn jetzt verlor ich langsam die Geduld. »Warum sind Sie noch nicht in der Besprechung? Wo doch der Alte ohnehin so schlecht gelaunt ist.«

»Ich bin ja schon unterwegs. Ich wollte mir nur den Goldberg-Plan abholen.«

»Wozu brauchen Sie gerade jetzt den Goldberg-Plan, Feintuch? Ich habe ihn eben erst in die Givath-Seren-Mappe gelegt. Soll ich ihn vielleicht wieder hervorkramen? Das ist doch unglaublich. Alle nutzen mich aus. Und ich Idiot lasse mich ausnutzen.«

Feintuch war sichtlich verwirrt.

»Ich wollte den Goldberg-Plan ja nur für Mayer haben«, stotterte er entschuldigend. »Was halten Sie übrigens von dem Plan?«

»Nicht schlecht. Aber ich wüßte gern, was der Alte dazu sagt.«

Feintuch nahm den Plan an sich, um ihn an Mayer weiterzugeben. Bevor er ging, sagte er mir noch, daß der

Alte es sehr gerne sähe, wenn ich die Liste der Mieter des Wohnbauprojektes durchginge und für Stern einen Bericht darüber schriebe.

Ich machte mich sofort an die Arbeit.

Während ich die Liste noch überprüfte, erschien Feintuch: Ich möchte sofort zu Mayer kommen. »Als ob ich vier Paar Hände hätte, wie?« bemerkte ich, raffte die Akten zusammen und ging zum Alten. Mayer wollte meine Meinung über die architektonischen Qualitäten des Projektes Ramat Aron hören. Ich erklärte ihm, daß die Häuser zu nahe beieinander stünden und die Fenster zu klein wären. Kirschner stammelte: »Immer dasselbe«, sagte er. »Um so schlimmer«, gab ich scharf zurück. Und das sei nur ein weiterer Beweis dafür, daß es so nicht weitergehen könne.

Der Alte gab mir hundertprozentig recht, versetzte Kirschner in eine andere Abteilung – der wird mich jetzt mit seinem Haß verfolgen, dachte ich – und erteilte mir den Auftrag, das Ramat-Aron-Projekt zu übernehmen. Ich schickte sofort nach Feintuch und verlangte einen genauen Bericht innerhalb vierundzwanzig Stunden. Dann bestellte ich einen Wagen, fuhr nach Ramat Aron hinaus, führte ein ausführliches Gespräch mit dem Architekten, prüfte die Pläne und nahm ein paar kleine Verbesserungen vor. Dann fuhr ich ins Büro zurück.

Dort erwartete man mich bereits aufgeregt. Kirschner, der mir meinen meteorhaften Aufstieg neidete, hatte gegen mich intrigiert. Er wurde leichenblaß, als Feintuch auf mich zukam und mir mitteilte, daß Stern persönlich mich zu einer dringenden Besprechung erwarte.

Ich gab Stern einen detaillierten, vertraulichen Bericht über den Stand des Projektes und sparte keineswegs mit kritischen Bemerkungen über das langsame Arbeitstempo.

»Aber Sie müssen einsehen, Stern«, sagte ich abschließend, »daß ich ohne die entsprechende Autorität keine Verantwortung übernehmen und das Personal nicht ordentlich führen kann.«

Stern sah das ein, berief ohne zu zögern eine außerordentliche Sitzung und gab bekannt, daß er mich zu seinem Vertreter ernannt hätte. Mayer machte ein paar schäbige Bemerkungen über meine relativ kurze Dienstzeit, aber Stern war an diese Intrigen gegen mich bereits gewöhnt, drückte mir zum Abschied demonstrativ die Hand und sprach mir, für alle hörbar, sein ganz besonderes Vertrauen aus.

Als ich in mein Büro kam, um noch rasch einmal die Akten Givath Seren durchzusehen, begegnete ich einem neuen Mann. Mayer stellte ihn mir vor. Es war Herr Cheschwan, den ich sofort mit einer wichtigen Aufgabe betraute.

»Ich bin gewiß kein Pedant«, sagte ich ihm, »aber ich verlange pünktliche und gewissenhafte Arbeit. Besonderen Wert lege ich darauf, daß meine Leute während der Bürostunden, also während das Publikum Zutritt zu den Amtsräumen hat, an keinen Besprechungen teilnimmt. Es könnten sonst die merkwürdigsten Situationen entstehen.«

Nachdem ich meinem Schwiegervater einen kompletten Wohnblock in Ramat Aron zugewiesen und mir einen kleinen Vorschuß auf mein Gehalt angewiesen hatte, machte ich Feierabend. Seit diesem Tag arbeite ich im Zentralbüro der Wohnbaugenossenschaft. Sprechstunden täglich von 11 bis 13 Uhr, Zimmer 314. Wenn Sie mich in meinem Zimmer nicht antreffen, dann bin ich gerade in einer Besprechung. Nehmen Sie Platz.

Vive l'Empereur

Der durchschnittliche Franzose kann keine Ausländer leiden, weil er das Gefühl hat, vom ganzen Universum einschließlich Sonne und Mond verkauft und verraten worden zu sein. Er liebt Frankreich und Siamkatzen, ehrt General de Gaulle, auf daß er lange lebe auf Erden, verabscheut jedoch die Regierung, den Krieg, den Regen, den Fremdenverkehr, die Franzosen und sich selbst. Nach meiner persönlichen, wissenschaftlich nicht ganz unfundierten Ansicht rührt diese Gemütsverfassung von den allzu steilen Stiegen der Metro her. Es könnte aber auch daran liegen, daß die vorletzte Tour de France von einem Belgier gewonnen wurde. Im übrigen sind nicht die Engländer, wie man allgemein annimmt, die wahren Meister im Distanzhalten, sondern die Franzosen. Sie haben sogar die Namensschilder an den Wohnungstüren abgeschafft, um garantiert unauffindbar zu bleiben.

Dennoch war Jean-Pierres großherzige Geste keiner bloßen Laune entsprungen. Die Israelis werden, seit sie im Suez-Feldzug Schulter an Schulter mit den Franzosen gegen die Amerikaner gekämpft haben, in Frankreich als Bundesgenossen betrachtet, und diese Bundesgenossenschaft trägt manchmal unerwartete Früchte. Ich, zum Beispiel, wurde einmal von einem Franzosen privat eingeladen. Ich. Von einem Franzosen. Privat. In seine

Wohnung. In sein Heim. Ausländer, die seit mehr als zwanzig Jahren in Frankreich leben, versicherten mir, daß es in der glorreichen Geschichte des Landes keinen Präzedenzfall für eine solche Einladung gibt. Noch nie hat ein Ausländer die Wohnung eines Franzosen betreten, es sei denn, um die Fenster zu putzen. Und ich möchte ausdrücklich bemerken, daß mein Gastgeber, als er mich einlud, nicht etwa betrunken war, sondern den Eindruck eines ausgeglichenen, im Vollbesitz seiner gesunden Sinne befindlichen Menschen machte. Es handelte sich ganz offenbar um eine einmalige Naturerscheinung.

Allerdings machte ich seine Bekanntschaft beim Internationalen Theater-Festival, und das bedeutet einige Minuspunkte. Während der Vorstellung einer israelischen Truppe saß ich neben einem älteren Herrn, der ununterbrochen wissen wollte, was zum Teufel denn eigentlich auf der Bühne los sei. Ich erklärte ihm, daß er das Leben in einem sogenannten »Kibbuz« sähe, einer landwirtschaftlichen Kollektivsiedlung, wo die Menschen freiwillig arbeiten, die eine Hand am Pflug, die andre am Gewehr, die dritte auf der Bibel. Mein neuer Freund, Monsieur Rapue, teilte mir daraufhin mit, daß auch er oder genauer gesagt sein Großvater gegen die Preußen gekämpft hätte. Von da wechselte unser Gespräch zu den Chinesen, zu Roulette und zum Jüngsten Gericht. Möglicherweise war es dieses letzte Thema, das Monsieur Rapue veranlaßte, seine traditionelle Zurückhaltung aufzugeben und mich in seine Wohnung einzuladen.

»Kommen Sie Freitag abend nach dem Diner«, sagte

er. »Es kommen auch noch ein paar andere Leute nach dem Diner.«

»Merci«, antwortete ich. »Ich komme also Freitag abend nach dem Diner.«

»Nehmen Sie die Metro Bonaparte bis zum Napoleon-Obelisk. Überqueren Sie die Place de la Grande Armée in Richtung Arc de Triomphe. An der Kreuzung der Avenue du 7 Novembre mit der Rue du 28 Mai finden Sie das Haus Marengo. Sie erkennen es an der links vom Eingang angebrachten Marmorplatte, aus der genau hervorgeht, wann der Grundstein dieses Hauses gelegt wurde. Es war genau 104 Jahre, nachdem Napoleon die italienischen Armeen an der Brücke von Marengo zerschmettert hatte. Auf Wiedersehen Freitag abend nach dem Diner.«

Am Freitag abend nahm ich ein umfangreiches Diner zu mir und machte mich auf den angegebenen Weg. Den zur Erinnerung an Napoleons Sieg bei Friedland errichteten Obelisk fand ich ohne Mühe, aber dort, wo die Place de la Grande Armée sein sollte, stand das Keramische Museum, das im Gebäude einer ehemaligen Kadettenschule untergebracht war. Nach einigen Minuten vergeblichen Wanderns bat ich einen Verkehrspolizisten um Auskunft. Er belehrte mich, daß der von mir gesuchte Obelisk nicht der Friedland-Obelisk sei, sondern der Obelisk zu Ehren des Siegs in Ägypten zwischen der Rue 11 Janvier und der Rue 12 Janvier. Anschließend fragte er mich nach meiner Nationalität. Ich gab mich als Israeli zu erkennen und sah, wie seine Augen aufleuchteten. Napoleon, so erklärte er mir, hätte vor der Unterwerfung Ägyptens bekanntlich Accra und Jaffa erobert. Ich nickte zustimmend, obwohl die Festung Accra gar nicht daran gedacht hatte, sich von Napoleon erobern zu lassen.

Kaum eine halbe Stunde später stand ich vor dem Haus Marengo und eine weitere Viertelstunde später vor der Wohnung von Monsieur Rapue. Dort war bereits eine kleine, aber vornehme Gesellschaft versammelt. Alle sprachen fließend Französisch, eine Sprache, der meine hoffnungslose Liebe gilt. Nach einer Weile wandte sich die Unterhaltung dem Nahen Osten zu. Es herrschte volle Einigkeit über die strategische Bedeutung des Staates Israel.

»Schon zur Zeit, als der Kaiser vor der Unterwerfung Ägyptens Accra und Jaffa eroberte ...«, begann einer der Gäste und verlor sich in einer ausführlichen Schilderung der genialen taktischen Manöver, die der Korse im Schatten der Pyramiden durchgeführt hatte. Besonders an der Erscheinung des großen Feldherrn, wie er auf weißem Zelter einsam einen Hügel heranritt, indessen die Strahlen der untergehenden Wüstensonne seine Gestalt in einen goldenen Schimmer tauchten, entzündete sich die Phantasie des Sprechers. Das, so äußerte er verträumt, müßte eigentlich ein großartiges Gemälde abgeben. (Zwei solche Gemälde hingen in Öl an der Wand.)

Ich meinerseits, als kurzfristiger Besucher mehr von praktischen Interessen beherrscht, erkundigte mich nach den Sehenswürdigkeiten, die ich während meines Aufenthalts unbedingt besichtigen müßte. Man nannte mir die folgenden: Das Grab Napoleons. Den Arc de Triomphe. Sämtliche Kriegsmuseen, besonders die der Schlachten von Jena, von Austerlitz und von Wagram, aber auch alle anderen. Sämtliche Lieblingsschlösser des Kaisers, besonders das in Malmaison, in Saint Germain, in …

Mein Kopf begann sich zu drehen. Gewiß, Napoleon trägt mit Recht den stolzen Beinamen »der Adler«, aber ich habe auch für Spatzen etwas übrig. Vielleicht neide ich ihm nur, daß er die Welt erobert hat und ich nicht. Und außerdem ist es mit seinen Welteroberungen, wenn man näher hinsieht, gar nicht so weit her. Unser Geschichtsprofessor im Gymnasium antwortete einmal auf die respektlose Frage, wozu Napoleon den ägyptischen Feldzug überhaupt unternommen habe: Der General wollte die Pyramiden nach Frankreich schaffen. Niemand weiß besser als ich, daß er statt dessen mit selbstgebastelten Obelisken hat vorliebnehmen müssen …

Während solche und ähnliche Häresien mir durch den Kopf gingen, war die übrige Gesellschaft bei der Schlacht von Wagram angelangt, wo der Kaiser die vereinigten Armeen Rußlands, Preußens und Österreichs aufgerieben hatte, ehe er seinen berühmten Winterfeldzug begann und Moskau eroberte.

»Kein Feldherr außer Napoleon hat jemals Moskau erobert«, bemerkte ein anwesender Sportjournalist im Tonfall absoluter Endgültigkeit.

»Und nachher?« fragte ich.

»Was, nachher?«

»Ich meine, später.«

»Na ja, später ... der Rest ist Geschichte.«

Unser Gastgeber nahm einen Schluck vom Napoleon-Cognac und äußerte mit unüberhörbar gehässigem Unterton: »Später tat sich eine Bande reaktionärer Kaiser und Könige zusammen, um den Genius der Revolution abzuwürgen.«

Ich wagte flüsternd den Einwand: »Aber war denn nicht auch Napoleon ein Kaiser? Und König von Italien?«

»Eben!« lautete die beißende Replik. »Das konnten diese Snobs eben nicht ertragen ...«

»Ich verzeihe den Engländern alles«, ließ sich ein andrer vernehmen, indem er die auf dem Kamin stehende Napoleon-Büste streichelte. »Schließlich sind sie keine Europäer. Aber daß der sadistische Gouverneur von St. Helena den Kaiser mit ›Sir‹ angesprochen hat – das verzeihe ich ihnen nicht.«

Um dem Gespräch eine Wendung zu geben, bot ich einigen zunächststehenden Herren von meinen Zigaretten an. Sie kehrten mir indigniert den Rücken. Erst jetzt entdeckte ich den Fauxpas, den ich begangen hatte: Es waren »Nelson«-Zigaretten, und das Porträt des legendären Admirals prangte deutlich sichtbar auf der Schachtel. Er sah so zufrieden aus, als hätte er gerade die französische Flotte vernichtet. Das Ganze war sehr peinlich. Auch mein verlegenes Gemurmel, daß irgend jemand dieses ungenießbare, ordinäre Kraut in meine Tasche geschmuggelt haben müsse, konnte den Wall eisiger Ablehnung, der mich umgab, nicht mehr durchbrechen. Ich verabschiedete mich, ohne daß mich jemand zurückgehalten hätte. Aus purer Höflichkeit – vermutlich um meinem Aufbruch einen harmlosen Charakter zu geben – fragte mich Monsieur Rapue nach meiner Londoner Adresse. Selig über die Chance, den Zorn der Gäste ablenken zu dürfen, sprudelte ich hervor: »Wellington Circle. Ecke Trafalgar Square. Hotel Waterloo ... um Gottes willen ...«

Niemand reichte mir die Hand. Mein Gastgeber geleitete mich wortlos zur Tür, ungerührt von meinen Beteuerungen, daß es nicht meine Schuld sei, wenn jede zweite Straße in London nach einer Schlacht oder einem Heerführer hieße, und wenn ihnen Namen wie Wellington oder Waterloo ausgingen, erfänden sie sogar andere, die sich darauf reimten, wie Kensington oder Bakerloo ...

Monsieur Rapue warf dröhnend die Tür ins Schloß. Ich taumelte die Stiegen hinunter, überquerte die Rue de Tilsit und steuerte auf den nächstbesten Triumphbogen zu.

Yigal und die Inquisition

Unlängst saß ich im Park auf einer Bank, auf der ein alter Herr in die Lektüre einer jiddischen Zeitung vertieft war. Neben ihm las ein ungefähr zehn Jahre alter Junge in einem blutrünstigen Comic-Heft.

Plötzlich fragte der Junge den alten Herrn: »Großpapa, was ist die Inquisition?«

Großpapa faltete die Zeitung zusammen und holte genießerisch aus.

»Vor Hunderten von Jahren, mein kleiner Yigal, im finsteren Mittelalter, hatten unsere Vorväter ein sehr schweres Leben. Man sperrte sie in Gettos, die von hohen Mauern umgeben waren, und jeder Christ konnte sie treten und anspucken und nach Herzenslust erniedrigen. Ja, ja. So war das damals. Die Steuereintreiber der Fürsten und Bischöfe raubten ihnen das letzte Geld, wenn es ihnen nicht schon die lieben Nachbarn geraubt hatten. Unsere Waisen wurden lebendig verbrannt, unsere Männer wurden zu den niedrigsten Diensten gezwungen, unsere Frauen wurden ...«

»Schon gut«, unterbrach ihn Yigal. »Das genügt. Ich habe dich gefragt, Großpapa, was Inquisition bedeutet.«

»So warte doch. Ich bin gleich soweit. Die Inquisition war ein fürchterliches, grausames Verfahren zur Einschüchterung all derer, die an den Dogmen der Kirche zweifelten. Natürlich waren die Opfer fast immer Juden.«

»Warum ›natürlich‹?«

»Wirst du mich endlich in Ruhe weiterreden lassen?« ärgerte sich der alte Herr. »Hör doch zu. In den Folterkammern der Inquisition wurden die Opfer von Mönchen in roten Kapuzen entsetzlich gequält. Man zwickte sie mit glühenden Zangen, hängte sie verkehrt herum auf, zog unseren Märtyrern bei lebendigem Leib ...«

»Genug«, unterbrach Yigal aufs neue. »Den Rest bis zur Revolution kannst du überspringen.«

»Bis zu welcher Revolution?«

»Na, der Aufstand der Juden gegen die Mönche.«

»Laß deine dummen Reden, Yigal. Unsere Vorfahren waren fromme, gottesfürchtige Juden, die sich gegen den Willen des Ewigen nicht auflehnten.«

»Was heißt das? Willst du etwa sagen, daß Gott diese Dinge, daß er die Inquisition wollte?«

»Schäm dich, Yigal. Spricht man so von Gott? Unsere Vorfahren waren große Helden, die nicht einmal auf dem

Scheiterhaufen von ihrem Glauben abließen. Ihre Überzeugung war unerschütterlich, und ihre innere Stärke war gewaltig.«

»Fein. Und dann sind sie schließlich doch auf die Mönche losgegangen?«

»Schweig, du mißratenes Kind. Deine einzige Entschuldigung ist, daß du nicht weißt, wovon du sprichst. Unsere Vorfahren glaubten so fest an Gottes Gerechtigkeit, daß selbst ihre Folterknechte von bleichem Schrekken erfaßt wurden und aus Angst immer mehr und mehr unschuldige Opfer töteten.«

»Ist das ein Witz, Opa?«

»Ruhe. Willst du vielleicht gar das Andenken unserer Märtyrer entweihen? Wenn sie der Inquisition nicht so heldenhaft Widerstand geleistet hätten, wärest du heute kein Jude.«

»Das ist nicht wahr«, empörte sich Yigal. »Ich wäre auf jeden Fall ein Jude, weil ich in Israel geboren bin.«

»Ein Heide bist du, sonst nichts. Weil du überhaupt keine Ehrfurcht vor dem Heldenmut unserer Vorfahren hast.«

»Quatsch«, rief Yigal und sprang auf. »Willst du mir einreden, daß es Gottes Wille wäre, wenn mich die Mönche verbrennen? Sei nicht bös, Großpapa, aber das ist ein Unsinn. Und deine Vorfahren müssen fürchterliche Waschlappen gewesen sein.«

Damit wandte Yigal sich ab, stürzte davon und ließ uns sitzen.

»Was sagst du da, was?« zürnte der alte Herr hinter ihm her. Dann wandte er sich kopfschüttelnd an mich.

»Waschlappen! Ist Ihnen eine solche Unverschämtheit jemals untergekommen? Und für diese Brut haben wir unseren Staat gebaut. Sind sie nicht fürchterlich? Sagen Sie selbst, sind sie nicht fürchterlich?« Er schüttelte nochmals den Kopf, seufzte tief auf und sagte leise: »Gott segne sie.«

Achimaaz und die Schuhe

Das ganze Unglück begann damit, daß ich mir amerikanische Schuhe, ihrer Gummisohlen wegen »Rubber Soles« genannt, kaufen wollte.

»Herr Leicht«, sagte ich zum Besitzer meines Schuhgeschäftes am Mograbi Square, »ich möchte ein Paar echte Rubber Soles, sämisch, mit amerikanischen Spitzen.«

»Einen Augenblick«, sagte Herr Leicht, durchstöberte seine Regale und fand keine. Also schickte er einen Botenjungen in sein Filialgeschäft gegenüber der Hauptpost. »In ein paar Minuten haben Sie Ihre Schuhe«, sagte er und winkte den Jungen heran, einen kleinen Jemeniten von etwa vierzehn Jahren.

»Höre, Achimaaz«, sagte Herr Leicht langsam und deutlich. »Du gehst jetzt in unser Zweiggeschäft gegenüber vom Hauptpostamt und verlangst dort ein Paar Rubber Soles, sämisch, amerikanisch, Nummer 7. Die bringst du her. Hast du verstanden?«

»Wozu?« antwortete Achimaaz.

»Na ja.« Herr Leicht wandte sich entschuldigend an mich. »Es ist vielleicht besser, wenn wir dem kleinen Schwachkopf einen Schuh mitgeben, sonst bringt er die falsche Größe.«

Ich zog meinen linken Schuh aus, den Herr Leicht dem Botenjungen übergab.

»Also, Achimaaz, Rubber Soles, sämisch, amerikanisch, Nummer 7. Wirst du dir das merken? Ja? Dann lauf.«

»Herr Leicht«, stammelte Achimaaz, »ich weiß nicht, wohin ich gehen soll, Herr Leicht.«

»Du weißt doch, wo die Hauptpost ist?«

»Ja, das weiß ich.«

»Also. Worauf wartest du noch? Es eilt.«

Nach zwei Stunden und zwanzig Minuten wußten weder Herr Leicht noch ich, worüber wir noch sprechen sollten. Alle gängigen Konversationsthemen vom Wachstum Tel Avivs bis zur herrschenden Tropenhitze hatten wir durch. Endlich wurde die Tür aufgerissen und Achimaaz trat ein, vollkommen atemlos und mit vollkommen leeren Händen.

Herr Leicht sprang auf ihn zu. »Wo sind die Schuhe?«

»Mit Luftpost abgegangen«, sagte Achimaaz stolz.

Unsere Nachforschungen ergaben schließlich: Achimaaz war, wie befohlen, direkt aufs Hauptpostamt gerannt und hatte sich dort in die Schlange vor Schalter 4 eingereiht, weil sie die längste war. Er kam nur langsam voran, denn an Schalter 4 werden Einschreiben abgefertigt und ein Bote des Postministeriums hatte 200 mitgebracht. Endlich aber war Achimaaz an der Reihe.

Erlöst schob er dem Beamten die Schachtel mit meinem alten Schuh unter die Nase und sagte brav das Auswendiggelernte auf.

»Rubber Soles Sämisch, Amerika, Nummer 7.«

»Schalter 8«, sagte der Beamte. »Bitte weitergehen.«

Achimaaz wechselte zur Schlange vor Schalter 8 und wiederholte sein Sprüchlein.

»Rubber Soles Sämisch, Amerika, Nummer 7.«
»Du hast keinen Brief«, sagte der Beamte. »Das ist ein Paket.«
»Macht nichts«, sagte Achimaaz. »Herr Leicht will es so.«
»Na schön.« Der Beamte zuckte die Schultern und legte die Schachtel auf die Waage. »Das wird ein Vermögen kosten. Wohin soll's gehen?«
»Rubber Soles Sämisch, Amerika, Nummer 7.«
»Macht nach Amerika drei Pfund zehn Piaster«, sagte der Beamte. »Mit Eilzustellung?«
»Warum eil?«
»Ist es eilig?«
»Sehr eilig.«
»Macht achtundfünfzig Piaster mehr. Hast du so viel Geld bei dir, Junge?«
»Ich glaube schon.«

Erst jetzt merkte der Beamte, daß auf der Schachtel keine Adresse stand.
»Was soll das? Warum hast du keine Adresse geschrieben?«
»Ich kann nicht sehr gut schreiben«, entschuldigte sich

Achimaaz und wurde knallrot. »Wir sind acht Kinder. Mein ältester Bruder ist im Kibbuz.«

»Schon gut«, unterbrach ihn der Beamte und griff selbst nach einem Stift. »An wen geht das also?«

»Rabbi Sols Sämisch Amerika Nummer 7«, flüsterte Achimaaz.

»Rabbi Sol Sämisch, USA«, schrieb der Beamte auf das Paket und knurrte etwas von diesen amerikanischen Juden, die sogar ihre biblischen Vornamen abkürzen und statt »Solomon« nur »Sol« sagen. »Welche Stadt, zum Teufel? Welche Straße?«

»Herr Leicht hat gesagt, gegenüber vom Hauptpostamt.«

»Das genügt nicht.«

»Rabbi Sols Sämisch Amerika Nummer 7«, wiederholte Achimaaz tapfer. »Mehr hat Herr Leicht nicht gesagt.«

»Wirklich ein starkes Stück.« Der Beamte schüttelte den Kopf und vervollständigte die Adresse: Postfach No. 7, Brooklyn, N. Y., USA. »Wer ist der Absender?«

»Herr Leicht.«

»Wo wohnt Herr Leicht?«

»Ich weiß nicht. Sein Geschäft ist auf dem Mograbi Square.«

❖

Als ich vor einigen Tagen wieder am Schuhgeschäft Leicht vorbeikam, winkte mich Herr Leicht in den Laden und zeigte mir stolz einen Brief von Rabbi Sämisch aus Hartford, Connecticut. Die falsche Brooklyner Adresse war offensichtlich von der findigen amerikanischen Post richtiggestellt worden. Rabbi Sämisch bedankte sich herzlich für das hübsche Geschenk, bemerkte jedoch, daß er im allgemeinen neue Schuhe vorzöge und wenn möglich einen rechten und einen linken gemeinsam. Im übrigen hätte ihn die kleine Aufmerksamkeit, obwohl er sich seit jeher lebhaft für die zionistische Bewegung interessierte, doch ein wenig überrascht.

Sauberkeit

Unsere erste Begegnung mit der übernatürlichen Schweizer Sauberkeit erfolgte auf der weltberühmten Bahnhofstraße. Wir hatten eines der umliegenden Warenhäuser durchwandert und waren auf der tadellos funktionierenden Rolltreppe in die vierte Etage gelangt, wo wir zwei tadellos verpackte Schokoladenschnitten erwarben, in Zellophan, mit Tellerchen aus Pappe und ebensolchen Löffelchen. Auf dem Weg ins Hotel konnten wir uns nicht länger zurückhalten, öffneten die Verpackung und taten uns an den Schnitten gütlich. Sie schmeckten wunderbar. Noch nie im Leben hatten wir so wunderbare Schokoladenschnitten gegessen, außer vielleicht kurz zuvor in Italien.

Kaum war der letzte Bissen verschluckt, als hinter uns aufgeregte Zurufe erschollen. Jemand kam uns nachgerannt.

»Entschuldigen Sie«, keuchte ein wohlsituiert aussehender Herr. »Sie haben Ihre Tellerchen verloren!«

Damit hielt er uns die beiden schokoladenverschmierten Pappendeckel hin, die wir auf dem Höhepunkt unsrer Völlerei achtlos weggeworfen hatten.

»Entschuldigen Sie«, sagte auch ich. »Wir haben das Zeug nicht ›verloren‹. Entschuldigen Sie.«

»Ja was denn sonst?«

»Was meinen Sie? Wieso ja was denn sonst?«

»Wie hätte ich es sonst auf dem Straßenpflaster gefunden?«

In diesem Augenblick riß die beste Ehefrau von allen den klebrigen Abfall, den der ehrliche Finder noch immer in der Hand hielt, mit einem raschen »Danke schön!« an sich und zerrte mich weiter.

»Bist du verrückt geworden?!« zischte sie mir zu. »Hast du vergessen?!«

Ich erbleichte. Ja, ich hatte vergessen, daß wir uns in der reinlichen Schweiz befanden, in der blitzblanksten Straße ihrer saubersten Stadt. Auch nicht das kleinste weggeworfene Papierchen war zu sehen. Höchstens da oder dort auf dem Straßenpflaster der eine oder andere ausgebleichte Fleck, der beim Scheuern nicht restlos verschwunden war. In der Ferne liquidierte ein gutgekleideter Straßenkehrer mit einem antiseptischen Besen einige Brotkrumen. Sonst nichts als Sauberkeit, Sauberkeit, Sauberkeit. Und dieses makellose Panorama hatte ich durch den frevlen Wegwurf zweier schmutziger Pappendeckel zu verunstalten gewagt!

Von Scham und Reue zerfressen, faltete ich die beiden

Reste behutsam zusammen, mit den Klebeseiten nach innen.

»Das wäre soweit in Ordnung«, sagte ich zu meiner befriedigt nickenden Gattin. »Aber was jetzt? Ich kann das Zeug nicht die ganze Zeit mitschleppen. Schließlich bleiben wir noch zwei Wochen in der Schweiz …«

»Sei unbesorgt. Wir werden schon etwas finden, wo wir's auf gesetzliche Weise loswerden. Eine offizielle Abfallstelle oder so etwas.«

Es war elf Uhr vormittags, als sie das sagte. Um zwei Uhr nachmittags hielt ich die beiden Pappendeckelreste noch immer in meinen von Schweiß und flüssiger Schokolade verschmierten Händen. Wenn wir wenigstens ein Papier zum Einwickeln gefunden hätten! Aber dem sehnsüchtig suchenden Blick zeigte sich nichts dergleichen.

Wir bestiegen einen Triebwagen der sprichwörtlich sauberen Zürcher Straßenbahn und setzten uns an ein offenes Fenster. In ein lebhaftes, gestenreiches Gespräch vertieft, warteten wir auf die erste brauchbare Kurve. Dort warf ich den Pappendeckelbrei mit einer raschen Bewegung zum Fenster hinaus.

Die Bremsen kreischten. Nach wenigen Metern kam der Wagen zum Stillstand. Ich stieg folgsam aus, um den verlorenen Wertgegenstand zu holen, und bedankte mich beim Fahrer. »Sehr aufmerksam von Ihnen. Glücklicherweise ist den Dingern nichts passiert. Danke vielmals.«

In einem alleenreichen Villenort stiegen wir aus. Mein Plan, die Dunkelheit abzuwarten und das Papierbündel unter einem Baum zu vergraben, erwies sich leider als undurchführbar, weil alle Bäume mit schmiedeeisernen Schutzgittern umgeben waren. Hängenden Kopfes trotteten wir in die Stadt zurück.

Und da – plötzlich – mitten in der Stadtmitte – an einem Laternenpfosten – sah ich einen Abfallbehälter hängen, einen wirklichen, wahrhaftigen, zauberhaft gelb gestrichenen Kasten mit der Inschrift: Haltet Zürich rein! Abfälle – hier!

Ich torkelte hin, umklammerte den Kasten wie ein Fliehender die rettende Freistatt, warf den Pappendeckel hinein und schloß meine Frau, deren Antlitz von einem unirdischen Lächeln der Glückseligkeit überstrahlt war, aufschluchzend in die Arme. Dann machten wir uns Hand in Hand auf den Weg in unser Hotel.

»Entschuldigen Sie«, sagte der Polizist, der uns nach wenigen Schritten aufhielt. »Sie müssen Ihr Päckchen wieder herausnehmen. Das ist ein ganz neuer Abfallkorb. Wir wollen ihn rein halten.«

»Ja ... aber ...«, lallte ich und deutete mit einer lahmen Gebärde auf die Inschrift. »Es heißt doch ganz ausdrücklich: Abfälle – hier!«

»Das gilt nur für Kehricht. Nicht für Müll oder sonstige kompakte Gegenstände. Haltet Zürich rein.«

Ich senkte meinen Arm tief in den Abfallkorb und fischte den Pappendeckel heraus. Mir war zumute wie einem verendenden Reh. Meine Stimme klang mir selbst fremd, als ich mich an die beste Ehefrau von allen wandte.

»Es bleibt nichts andres übrig. Ich muß es aufessen.«

»Um Himmels willen! Untersteh dich, dieses dreckige Zeug in den Mund zu nehmen!«

»Gut«, flüsterte ich. »Dann lasse ich's kochen!«

Damit stürzte ich in das Restaurant, an dem wir gerade vorbeikamen. Der Oberkellner sah mich und eilte herbei.

»Abfallpapier?« fragte er dienstfertig. »Wünschen Sie es gedünstet, gebacken oder gebraten?«

»Gebraten, bitte. Halb englisch.«

»Wie üblich«, nickte der Ober, legte das Zeug auf einen Silberteller und trug es in die Küche.

Nach zehn Minuten brachte er es zurück, dampfend und mit Gemüse garniert. Ich nahm den ersten Bissen und spuckte ihn aus.

»Das ist ja angebrannt!« rief ich. »Vollkommen ungenießbar!«

Wir sprangen auf und enteilten. Vor unserem geistigen Auge erschienen wie so oft die guten alten Straßen von Tel Aviv mit Hunderten kleinen Abfallhäufchen, die in der strahlenden Sonne des Mittelmeeres lustig glitzerten.

Chamsin und Silberrausch

Es war ein Tag, an dem der brennende Wüstenwind wehte, den wir Chamsin nennen, und die Luft nur aus heißem Sand zu bestehen schien, als die beste Ehefrau von allen tief aufseufzte und sprach:

»O Gott, welche Hitze! Da fällt mir etwas ein. Unser Petroleumofen ist so verrostet, daß ich am liebsten vor Scham versinken möchte, wenn wir Gäste haben.«

Ich gab keine Antwort, denn ein plappernder Ehemann ist wie ein Brunnen ohne Wasser oder umgekehrt.

Statt dessen beschloß ich, meiner Frau eine Freude zu machen und den Ofen mit Silberlack anzustreichen. Und selbstverständlich würde ich das alles selbst machen, wie es neuerdings Mode geworden ist.

In einem Farbengeschäft in Jaffa kaufte ich eine große Dose »garantiert feuerfesten Silberaluminiumlack« und einen mittelgroßen Pinsel.

Am nächsten Morgen täuschte ich mit Hilfe des immer noch anhaltenden Chamsin tiefen Schlummer vor, bis die beste Ehefrau von allen sich an die Arbeit begeben hatte (irgend jemand muß schließlich unsere tägliche Einkommenssteuer verdienen). Dann stand ich auf. Vorschriftsmäßig öffnete ich die Zinndose mit der glitzerndsilbrigen Flüssigkeit, sorgfältig strich ich den Ofen. Der Lack saß ihm wie angegossen und machte allen Schmutz und Rost vollkommen unsichtbar. Meine natürliche Bescheidenheit zwingt mich zu dem Bekenntnis, daß auch ein mittelmäßig intelligenter Schuljunge diese Leistung zustande gebracht hätte, denn der garantiert feuerfeste Silberaluminiumlack ist ein so hervorragendes Präparat, daß man damit einfach nichts verpatzen kann.

Die Arbeit machte mir große Freude. Ich wartete gar nicht ab, bis »der erste Belag vollkommen getrocknet« war. Ich legte die zweite, um sicherzugehen, sofort auf und eine dritte obendrein.

Da meine Hände nun schon recht kräftige Spuren der geleisteten Arbeit trugen und die Büchse noch nicht annähernd leer war, untersuchte ich, ob nicht noch andere Gegenstände in unserer Wohnung restauriert werden müßten. Ich fand und lackierte zwei schäbig gewordene Türklinken, einen tropfenden Wasserhahn und drei Aluminiumkochtöpfe, die nachher wie neu aussahen; ferner einen Kaktustopf samt Kaktus, den Küchentisch, zwei Fußschemel, einen Aschenbecher, einen Schuhlöffel und andere Kleinigkeiten. Dann wollte ich aufhören, denn ich hatte das Gefühl, ein wenig zu übertreiben.

Aber da fiel mein Blick zufällig auf das abgeblätterte Gestell meines guten, treuen Motorrads – und in Kürze glänzte das Rad in neuer Stromlinienpracht. Jetzt gab es für mich kein Halten mehr. Zweifellos unter der Einwirkung des Chamsin verlor ich jede Selbstbeherrschung und erfüllte mir den lang gehegten Wunsch, das abscheuliche Linienmuster unseres Kachelfußbodens durch reizvoll unregelmäßige Karos zu ersetzen. Die Kontrollfunktion meines Hirns ließ immer mehr nach. Schon kniete ich wieder vor dem Ofen und verpaßte ihm einen weiteren, vierten Silberbelag. Jetzt merkte ich, wie stillos es war, nur zwei silberne Türklinken zu haben, und versilberte auch alle übrigen und die Fenstergriffe dazu. Dann kamen die Bilderrahmen an die Reihe, wobei ich unseren Kunstdruck der Mona Lisa ein wenig verbesserte. Ich versah sie mit einem Silberlamékleid, das viel besser zu ihrem schwachsinnigen Grinsen paßte. Während ich den Radioapparat lackierte, fiel mir auf, daß meine Schuhe mit silbernen Pünktchen gesprenkelt waren, was nicht hübsch aussah; ich bedeckte sie zur Gänze mit Silber. Wie schön sie doch glänzten! Es ist zum Staunen, daß noch niemand auf den Einfall gekommen ist, Aluminiumschuhe herzustellen. Sie würden zum dunklen Anzug hervorragend passen.

Nachdem ich die achtzehn Bände der Encyclopaedia Britannica in Silber getaucht hatte, machte ich aber wirklich Schluß und ließ nur noch einigen Stehlampen die Verschönerung zukommen, die sie nötig zu haben schienen.

Dazu mußte ich eine Leiter ersteigen. Seltsam, nachher hätte ich geschworen, es wäre eine Aluminiumleiter, obwohl ich doch ganz genau wußte, daß es eine gewöhnliche hölzerne Leiter war. Während ich oben stand, verschüttete ich ein wenig Lack auf unseren Perserteppich. Zu meiner Freude entdeckte ich jedoch, daß der Teppich eine außergewöhnliche Saugfähigkeit für Silberlack besaß – ein neuer Beweis für die wachsende Qualität unserer Kibbuzindustrie.

Dann erledigte ich noch rasch die Regale in unserer Küche, die Handtaschen meiner Frau sowie meine eigenen Krawatten und verwandelte den Kaninchenpelz meiner Schwiegermutter in einen Silberfuchs. Jetzt litt es mich nicht länger im Haus. Vor Seligkeit taumelnd, begab ich mich in den Garten, wo ich ein paar jungen Setzlingen täuschende Ähnlichkeit mit kleinen Silberpappeln verlieh und die ersten Silbernelken züchtete. Beim Versilbern unserer Fensterläden überraschte mich der Briefträger, dem ich durch einen leichten Silberbelag auf den Schläfen zu distinguiertem Aussehen verhelfen wollte. Aber der arme Kerl begriff das nicht und entfloh, wobei er eine Menge eingeschriebener Briefe auf unserem Silberrasen verstreute.

Ich war gerade dabei, die Wände unserer Wohnung auf den allgemeinen Charakter des Hauses abzustimmen, als die Tür sich öffnete und die beste Ehefrau von allen auf der Schwelle stand.

»Entschuldigen Sie«, sagte sie höflich. »Ich muß mich in der Tür geirrt haben.«

Nur mit Mühe konnte ich sie zurückhalten, um sie

nach und nach davon zu überzeugen, daß sie sich tatsächlich in unserem Heim befinde und daß ich ihr mit diesen kleinen Verschönerungen nur eine frohe Überraschung hätte bereiten wollen. Sie war überrascht, nicht aber froh, und ließ mich wissen, daß sie bis zur Entscheidung des Gerichts in ein Hotel ziehen würde. Zum Glück konnte sie ihre Habseligkeiten nicht packen, weil alle Koffer mit frischem Silberlack bedeckt waren und sich nicht öffnen ließen. Während sie zusammenbrach und haltlos vor sich hin schluchzte, fand ich noch ein wenig Silberlack für ihre Fingernägel. Dann war die Dose leer.

Im Supermarkt

Ich persönlich bin kein Freund von Supermärkten, vor allem deshalb, weil ich mir da drinnen immer vorkomme, als würde ich einen Kinderwagen schieben, eine Tätigkeit, die nicht unbedingt meiner Lebensphilosophie entspricht. Außerdem habe ich bis heute ein Trauma von der frenetischen Kaufhysterie, die in meiner Familie ausbrach, als der erste Supermarkt in unserer Gegend eröffnet wurde.

Gleich am Eingang herrschte lebensgefährliches Gedränge. Wir wurden zusammengepreßt wie – tatsächlich, da waren sie auch schon: »Sardinen!« rief meine Frau in schrillem Entzücken und machte einen sehenswerten Panthersatz direkt an den strategisch aufgestellten Verkaufstisch, rund um den sich bereits zahllose Hausfrauen mit Zähnen und Klauen rauften. Die aufgestapelten Sardinenbüchsen hätten zu einer kleinen Weltreise inspirieren können: Es gab französische, spanische, portugiesische, italienische, jugoslawische, albanische, zypriotische und heimische Sardinen, es gab Sardinen in Öl, in Tomatensauce, in Weinsauce und in Joghurt.

Meine Frau entschied sich für norwegische Sardinen und nahm noch zwei Dosen von ungewisser Herkunft dazu.

»Hier ist alles so viel billiger«, sagte sie.

»Aber wir haben doch kein Geld mitgenommen.«

»In meiner Handtasche war zufällig noch ein bißchen.«

Und damit ergriff sie eines dieser handlichen Einkaufsgestelle auf Rädern und legte die elf Sardinenbüchsen hinein. Nur aus Neugier, nur um zu sehen, was das eigentlich sei, legte sie eine Dose mit der Aufschrift »Gold-Syrup« dazu. Plötzlich wurde sie blaß.

»Rafi! Um Himmels willen, wo ist Rafi?«

Wir fühlten uns ungefähr wie ein Elternpaar, dessen knapp achtzehn Monate altes Kind unter den Hufen einer einhertrampelnden Büffelherde verschwunden ist.

»Rafi!« brüllten wir beide. »Rafael! Liebling!«

»Spielwarenabteilung, zweiter Block links«, half uns ein leidgeprüfter Verkäufer.

Im nächsten Augenblick zerriß ein explosionsartiger Knall unser Trommelfell. Der Supermarkt erzitterte bis in die Grundfesten und neigte sich seitwärts. Wir seufzten erleichtert auf. Rafi hatte sich an einer kunstvoll aufgerichteten Pyramide von etwa fünfhundert Obstkonserven zu schaffen gemacht und hatte mit dem untrüglichen Instinkt des Kleinkindes die zentrale Stützkonserve aus der untersten Reihe herausgezogen.

Um unseren kleinen Liebling für den erlittenen Schreck zu trösten, kauften wir ihm ein paar Süßigkeiten, Honig, Schweizer Schokolade, holländischen Kakao, etwas pulverisierten Kaffee und einen Beutel Pfeifentabak. Während ich die Kleinigkeiten in unserem Einkaufswägelchen verstaute, sah ich dort noch eine Flasche Parfüm, ein Dutzend Notizbücher und zehn Kilo rote Rüben liegen.

»Weib!« rief ich aus. »Das ist nicht unser Wagen!«

»Nicht? Na wenn schon.«

Diese Antwort hatte tatsächlich etwas für sich, denn es war kein schlechter Tausch, den wir da machten. Unser neuer Wagen enthielt nämlich bereits eine wohlsortierte Auswahl Käsesorten, Desserts in verschiedenen Farben, Badetücher und einen Besen.

»Können wir alles brauchen«, erklärte meine Frau. »Fragt sich nur, womit wir's bezahlen sollen.«

»So ein Zufall.« Ich wunderte mich. »Eben habe ich in meiner Hosentasche die Pfundnoten entdeckt, die ich neulich so lange gesucht habe.«

Von Gier getrieben, zogen wir weiter, wurden Zeugen eines mitreißenden Handgemenges dreier Damen, deren Einkaufswagen in voller Fahrt kollidiert waren. Inzwischen war Rafi aufs neue verschwunden. Wo war er nur? Wir fanden ihn beim ehemaligen Eierregal.

»Wem gehört dieser Wechselbalg?« schnaubte der Obereierverkäufer, gelb vor Wut und Eidotter. »Wer ist für dieses Monstrum verantwortlich?«

Eilig schleppten wir unseren Sohn ab, kauften noch einige Chemikalien für Haushaltszwecke und kehrten zu unsrem Wagen zurück, in den inzwischen irgend jemand eine Auswahl griechischer Weine, eine Kiste Zucker und mehrere Kannen Öl geworfen hatte. Um Rafi bei Laune zu halten, setzten wir ihn auf die Bank und kauften ihm ein japanisches Schaukelpferd, dem wir zwei Paar reizende Hausschuhe für Rafis Eltern unter den Sattel schoben.

»Weiter!« stöhnte meine Gattin mit glasigen Augen. »Mehr!«

Wir angelten uns einen zweiten Wagen, stießen zur Abteilung »Fleisch und Geflügel« vor und ergriffen mehrere Hühner, Enten und Lämmer, verschiedene Wurstwaren, Frankfurter, geräucherte Zunge, geräucherte Gänsebrust, Rauchfleisch, Kalbsleberpastete, Gänseleberpastete, Dorschleberpastete, Karpfen, Krabben, Krebse, Lachs, einen halben Wal und etwas Lebertran. Nach und nach kamen verschiedene Eierkuchen hinzu, Paprika, Zwiebeln, Kapern, eine Fahrkarte nach Capri, Zimt, Vanille, Vaselin, vasomotorische Störungen, Bohnen, Odol, Spargel, Speisesoda, Äpfel, Nüsse, Pfefferkuchen, Feigen, Datteln, Langspielplatten, Wein, Weib, Gesang, Spinat, Hanf, Melonen, ein Carabinieri, Erdbeeren, Himbeeren, Brombeeren, Blaubeeren, Haselnüsse, Kokosnüsse, Erdnüsse, Walnüsse, Mandarinen, Mandolinen, Oliven, Birnen, auch elektrische, ein Aquarium, Brot, Schnittlauch, Leukoplast, ein Flohzirkus, ein Lippenstift, ein Mieder, Ersatzreifen, Stärke, Kalorien, Vitamine, Proteine, ein Satellit und noch ein paar kleinere Gebrauchsgegenstände.

Unseren aus sechs Wagen bestehenden Zug zur Kasse zu führen, war nicht ganz einfach, weil das Kalb, das ich an den letzten Wagen angebunden hatte, immer zu seiner Mutter zurück wollte. Schließlich waren wir soweit, und der Kassierer begann schwitzend die Rechnung zusammenzustellen. Ich nahm an, daß sie ungefähr dem Defizit der staatlichen Handelsbilanz entsprechen würde, aber zu meinem Erstaunen belief sie sich auf nicht viel mehr als 4000 Pfund. Was uns am meisten beeindruckte, war die Geschicklichkeit, mit der unsere Warenbestände in große, braune Papiersäcke verpackt wurden. Nach wenigen Minuten war alles fix und fertig. Nur unser Erstgeborener, Rafi, fehlte.

»Haben Sie nicht irgendwo einen ganz kleinen Buben gesehen?« fragten wir die Umstehenden.

Einer der Packer kratzte sich nachdenklich am Hinterkopf.

»Augenblick. Einen blonden Buben?«

»Ja. Er beißt.«

»Da haben Sie ihn.« Der Packer öffnete einen der großen Papiersäcke. Drinnen saß Rafi und kaute zufrieden an einer Tube Zahnpasta.

»Entschuldigen Sie«, sagte der Packer. »Ich dachte, Sie hätten den Kleinen hier gekauft.«

Wir bekamen für Rafi zwei Pfund dreißig heraus und verließen den Supermarkt. Draußen warteten schon die beiden Lastwagen.

Der Schaukelhengst

Als der Kusine meines Freundes Jossele ein Sohn geboren wurde, wollte ich dem Kleinen ein besonders schönes Geschenk kaufen, ohne Rücksicht auf die Kosten. Daher schrieb ich einen Brief an meinen Onkel Egon nach Amerika. Knappe zehn Tage später wurde ich vom Zoll benachrichtigt, daß ein großes Paket für mich angekommen sei.

Der Zollbeamte, bei dem ich landete, war außerordentlich höflich und schälte mit Engelsgeduld eine Papierhülle nach der andern ab, bis sich schließlich ein stattliches Schaukelpferd zeigte.

Ein wenig ärgerte ich mich über Onkel Egon. Der glückliche Sohn war um diese Zeit zwei Wochen alt, und ein zwei Wochen altes Baby braucht kein Schaukelpferd. Aber nun war es einmal da, und ich wollte es ausprobieren. Doch das erlaubte mir der Beamte nicht. Ich dürfe das Schaukelpferd nicht anrühren, bevor ich nicht die Zollgebühr von 871,30 Pfund bezahlt hätte.

»Das ist ja der helle Wahnsinn! Warum so viel?«

»Sehen Sie selbst«, sagte der Beamte und hielt mir irgendeine Gebührentabelle unter die Nase. »Es handelt sich um ein zu Reitzwecken importiertes Vollblut.«

»Vollblut? Wovon sprechen Sie?«

»Unser beeideter Sachverständiger hat diesen Hengst

als dreijähriges, hochgezüchtetes, normannisches Rennpferd eingestuft. Und erzählen Sie mir gefälligst nicht, daß es aus Holz ist, denn in Paragraph 117/82/kp steht kein Wort davon, aus welchem Material ein Pferd hergestellt wird. Ein Pferd ist ein Pferd.«

Da er jedoch nicht nur Beamter, sondern auch Mensch war, riet er mir, in einer Eingabe an die Zollbehörde das Pferd als »Spielzeug« zu deklarieren.

Die Eingabe ging ihren vorschriftsmäßigen Weg, und schon nach wenigen Wochen erhielt ich den abschlägigen Bescheid. Ich beauftragte sofort einen Rechtsanwalt, der zu dem Schluß kam, daß die Höhe des Zollbetrags auf den Vermerk »für Reitzwecke« zurückginge. Die Zollgebühr für Nutzpferde sei bedeutend niedriger. Wir baten daher, das Pferd als »Nutzpferd« einzustufen.

Bald darauf erschien ein hoher Beamter des Landwirtschaftsministeriums und machte mich darauf aufmerksam, daß ich vergessen hatte, den Namen des Pferdes anzuführen.

»Schultheiß«, sagte ich, denn ich besaß einen pferdegesichtigen Freund, der so hieß. Der Beamte notierte den Namen und übergab mir eine Kopie.

Von da an ging alles glatt. Das Landwirtschaftsministerium verständigte mich, daß ich Schultheiß als Nutzpferd führen dürfe, sobald ich den Nachweis erbracht hätte, daß ich ihn für die Zucht benötige. Da es ein offenes Geheimnis war, daß ich keine Pferdezucht besaß, wandte ich mich von neuem an meinen Anwalt, der mir nach Prüfung der einschlägigen Gesetze mitteilte, daß schon der Besitz einer einzigen Stute mich zur Haltung eines

Hengstes berechtige. Wir verständigten das Landwirtschaftsministerium, daß meine Stute Brunhilde in Jaffa eingestellt sei. Ein Jockey bestätigte mir gegen nur fünfzig Pfund, daß Brunhilde rossig und ein sofortiges Eingreifen Schultheißens von größter Wichtigkeit für die israelische Pferdezucht wäre.

Eine Woche später läutete es an meiner Tür. Zwei Detektive mit Hausdurchsuchungsbefehl drangen ein. Der Staat Israel hatte mich auf Betrug verklagt.

»Sie wollen uns einreden, daß ein Schaukelpferd Fohlen kriegen kann?« schnauzte einer der Detektive mich an. »Halten Sie uns für komplette Idioten?«

Ich bejahte, packte das Nötigste zusammen und nahm Abschied von meinem Weib. Erst im letzten Augenblick fand ich meine oft bewährte Schlagfertigkeit wieder.

»Aber meine Herren«, sagte ich. »Wissen Sie denn nicht, daß auch Brunhilde ein Schaukelpferd ist?«

Die Detektive flüsterten miteinander, entschieden, daß dies natürlich die Sache grundlegend ändere, und verabschiedeten sich. Zwei Stunden später erhielt ich eine Rechnung über 117 Pfund für »Stallgebühren für Hengst Schultheiß«. Ein weiterer Zwischenfall ergab sich mit dem von der Regierung eingesetzten Tierarzt, der den staubbedeckten Schultheiß im Zolldepot untersuchte und einen »unhygienischen Zustand, möglicherweise ansteckend« diagnostizierte.

Das wäre gefährlich geworden, aber zum Glück stellte sich heraus, daß ein Vetter des Pferdedoktors mit dem Schwager von Frau Toscanini verwandt war, die den Zusatz »Die Zeugungsfähigkeit des Hengstes ist zweifelhaft« durchsetzte.

Leider waren damit immer noch nicht alle Schwierigkeiten aus der Welt geschafft. Das Landwirtschaftsministerium wollte wissen, wo ich die Schaukelstute namens Brunhilde gekauft und wieviel Luxussteuer ich für sie bezahlt hätte. Zu diesem Zeitpunkt gab mein Anwalt mit der Begründung, daß er eine Familie erhalten müsse, meinen Fall ab.

In der darauffolgenden Nacht wurde ich verhaftet.

Die Verhandlung war kurz. Dank meiner bisherigen Unbescholtenheit bekam ich nur zwei Jahre Gefängnis. Die drei Monate, die ich in Verkehr mit den Behörden gestanden hatte, wurden mir angerechnet.

Man wies mich in die Zelle Nummer 18 des alten Gefängnisses von Jaffa ein. Anfangs litt ich sehr unter dem ungerechten Urteil und vor allem unter der Einsamkeit, aber eines Tages ging die Zellentür auf, und ich erhielt die Gesellschaft eines gutartigen, wenngleich etwas heruntergekommenen Zugpferdes. Es war gleichfalls wegen Betrugs verurteilt worden, weil es sich vor den Hafenbehörden in Haifa als Schaukelpferd ausgegeben hatte.

Garçon, une entrecôte!

Tief im Bois de Boulogne, an der Kreuzung zweier schwer zugänglicher Seitenwege, liegt ein kleines, unauffälliges Restaurant, das nur von Einheimischen frequentiert wird. An jenem Sonntag barst es schier vor Gästen, und am Eingang wartete eine Schlange eßlustiger Franzosen auf das Freiwerden von Plätzen. Zwischen den dichtbesetzten Tischen eilten zwei schwitzende, unter der Last ihrer Arbeit tief gebückte Kellner hin und her und bestätigten aufs neue die alte Regel, daß es in einem französischen Restaurant entweder zu viel oder zu wenig Kellner gibt, aber nie die richtige Anzahl. So unverkennbar echt war die Atmosphäre, mit so authentischem Zauber nahm sie mich gefangen, daß ich in sträflichem Leichtsinn alle Warnungen der Eule Lipschitz vergaß und mich an einen Tisch setzte, der wunderbarerweise vollkommen leer inmitten des Lokals stand. Lässig ließ ich mich auf den freien Stuhl nieder (es war nur ein einziger vorhanden), räkelte meine drahtigen Glieder und stellte nicht ohne Befriedigung fest, daß ich mich in verhältnismäßig kurzer Zeit bereits völlig an den Lebensstil der Franzosen angeglichen hatte. Dann griff ich nach der Karte, überflog sie geübten Blicks und entschied mich für ein Entrecôte. »Garçon!« rief ich in bestem Französisch. »Une entrecôte!«

Der Kellner, einen Ausdruck aristokratischer Unnahbarkeit im Gesicht und sieben hochgetürmte Teller in den Händen, wischte an mir vorbei, ohne mich auch nur anzusehen. Ich wartete, bis er aus der Gegenrichtung wieder den Tisch passierte.

»Garçon! Une entrecôte!«

Diesmal würdigte mich der Aristokrat wenigstens eines flüchtigen Blicks, aber das war auch alles. Ich strich ihn aus der Liste meiner Bekannten. Ohnehin sah sein Kollege, der einen buschigen Schnurrbart trug, aussichtsreicher aus.

»Garçon! Une entrecôte!«

Der Angeredete – er trug außer dem Schnurrbart eine noch größere Anzahl von Tellern als sein Vorgänger – verschwand wortlos in der Menge. Jetzt wurde ich doch ein wenig unruhig und fragte mich, ob ich nicht vielleicht in die Stoßzeit geraten wäre. Rings um mich löste der größere Teil der Pariser Bevölkerung mit hörbarem Vergnügen das sonntägliche Ernährungsproblem. Und mir als einzigem sollte diese Lösung versagt bleiben? Als ich den Aristokraten wieder herannahen sah, sprang ich auf und trat ihm in den Weg.

»Garçon! Une entrecôte!«

Er rannte mich nieder. Er ging über mich hinweg, als ob er mich nicht gesehen hätte. Ich war unsichtbar geworden. »Lipschitz!« zuckte es durch mein Hirn, während ich mich mühsam vom Boden erhob. Hatte mir Lipschitz nicht noch in Israel gesagt, daß man als Tourist kein Mensch sei? Offenbar war das ganz wörtlich zu verstehen. Vielleicht war ich schon tot und wußte es nicht …

Ein hungriges Knurren aus meiner Magengegend brachte mich in die Wirklichkeit zurück. Als der Schnurrbart wieder an meinem Tisch vorbeikam, erwischte ich ihn an den Frackschößen.

»Garçon! Une entrecôte!«

»Sofort«, antwortete er und suchte sich verzweifelt aus meinem Doppelnelson herauszuwinden. Aber ich ließ nicht locker. Ich stellte ihm die Frage, die mich schon seit einiger Zeit beschäftigte.

»Warum geben Sie mir nichts zu essen?«

»Das ist nicht mein Tisch!« Er begleitete diese Auskunft mit einigen heftigen Tritten gegen mein Schienbein.

Ich ließ ihn los. Wenn das nicht sein Tisch war, dann hatte ich kein Recht, ihn zurückzuhalten.

Mit erneuter Inbrunst wandte ich mich dem Aristokraten zu, suchte durch lautes Klatschen seine Aufmerksamkeit zu erregen und durch körperlichen Einsatz seinen Weg zu blockieren. Er ging abermals durch mich hindurch.

Jetzt begann mein Erfindungsgeist zu arbeiten. Ich konstruierte eine – wenn auch primitive – Falle. Als er das nächste Mal, bepackt mit einer enormen Ladung Desserts, den an meinem Tisch vorüberführenden Engpaß durchbrechen wollte, sprang ich auf, schob meinen Stuhl hinter ihn und schnitt ihm mit einem blitzschnellen Umgehungsmanöver von vorne den Weg ab. Wie ein Obelisk ragte ich vor ihm auf. Jetzt gab es kein Entrinnen für ihn.

»Garçon! Une entrecôte!«

Er versuchte einen strategischen Rückzug, fand aber die Ausfallstraße durch meine Barrikade unpassierbar.

»Monsieur«, sagte er und maß mich mit einem mörderischen Blick. »Das ist nicht mein Tisch.«

Ich verstand. Endlich verstand ich. Das also war der Grund, warum dieser Tisch so wunderbarerweise leerstand. Es war ein Niemandstisch im Grenzgebiet zwischen zwei Großmächten, ein verlassener Vorposten am Rand der Wüste, wo nachts die Schakale heulen und höchstens dann und wann ein Atomphysiker auftaucht. Instinktiv sah ich unter den Tisch, ob dort nicht vielleicht ein paar Skelette lägen. Die Eule Lipschitz fiel mir wieder ein. Ich war ein Tourist. Ich war ein Ausgestoßener. Was sollte aus mir werden? Mit elementarer Gewalt ergriff mich das dem Psychologen so wohlbekannte, urmenschliche Bedürfnis, zu irgend jemandem zu gehören.

»Dein bin ich, dein mit Leib und Seele«, wisperte ich ins Ohr des Aristokraten, der zufällig in meiner Nähe eine kleine Verschnaufpause machte. »Ich gehöre dir, ich schare mich um dein Banner, ich –«

»Lassen Sie mich in Ruhe, oder ich hole die Polizei«, zischte der Aristokrat und brach in westlicher Richtung aus.

Ich begann zu weinen. Nichts ist schlimmer als Einsamkeit. Ephraim, sagte ich zu mir selbst, du mußt etwas tun. Du mußt bei einem Kellner eine De-facto-Anerkennung durchsetzen, sonst hast du zu existieren aufgehört!

Mit letzter Kraft sprang ich auf und winkte dem

Schnurrbart, der mit einer Lieferung angenehm duftenden Geflügels unterwegs war.

»Garçon! L'addition!«

Der Schnurrbart warf mir einen Blick zu, aus dem klar hervorging, daß er auf diesen schäbigen Trick nicht hereinzufallen gedächte, und setzte seinen Weg fort.

Wenn ich jetzt, dachte der Faschist in mir, während ich dem Schnurrbart haßerfüllt nachsah, wenn ich jetzt eine Plastikbombe in der Tasche hätte, dann wäre es um ihn geschehen!

In diesem Augenblick trat eine unvorhergesehene Wendung der Dinge ein, und zwar in Gestalt eines vierschrötigen, glatzköpfigen Mannes, der sich vor der Küchentür aufpflanzte und einen selbstbewußten Feldherrnblick über das Terrain schweifen ließt. Der Chef!

Ich stürzte auf ihn zu und schilderte ihm mit bitteren Worten, wie seine Kellner mich behandelten.

»Schon möglich«, meinte er gleichgültig. »Es sind eingeschriebene Mitglieder der kommunistischen Partei, einer wie der andre.«

»Und was soll ich jetzt machen?«

Der Chef zuckte die Achseln. »Ich habe mit einem dritten Kellner Kontakt aufgenommen. Angeblich kommt er Ende der Woche … vielleicht, daß er …«

»Aber was mache ich bis dahin?«

»Hm. Haben Sie unter den Gästen nicht vielleicht einen Bekannten, der für Sie bestellen könnte?«

Einen Bekannten? Ich? Hier, mitten im Urwald? Ich schüttelte den Kopf.

Der Chef tat ein Gleiches und zog sich in die Küche zurück, während ich – mit jener weichlichen Unentschlossenheit, die ein typisches Merkmal der untergehenden Bourgeoisie ist – meinen hoffnungslosen Platz im Niemandsland wieder einnahm. Der Hunger trieb mich zur Verzweiflung. Ich mußte über die Grenze gelangen, koste es, was es wolle. Unauffällig, mit kleinen, sorgfältig berechneten Rucken, begann ich den Tisch im Sitzen aus dem Niemandsland hinauszuschieben. Zoll um Zoll, langsam, aber unaufhaltsam, kämpfte ich mich zum Territorium des Schnurrbarts durch, von jeder Deckung Gebrauch machend, die sich unterwegs bot. Bald, so ermunterte ich mich, bald bin ich unter Menschen … die Rettung ist nahe …

Nichts da. Die Grenzpolizei schnappte mich. Und an dem Schicksal, das einem ausländischen Infiltranten bevorstand, war nicht zu zweifeln.

»Schieben Sie den Tisch sofort zurück!« herrschte der Schnurrbart mich an.

Was jetzt über mich kam, läßt sich rationell nicht erklären. Es wurzelt tief in archaischen Trieben. Mit einem heiseren Aufschrei warf ich mich über den Kellner, riß vom obersten Teller eine halbe Ente an mich und schob sie in den Mund. Sie schmeckte betörend. Schon streckte ich die Hand nach den Petersilienkartoffeln aus – aber da hatte der Kellner sich aus seiner Starre gelöst und begann zurückzuweichen.

»Monsieur …«, stammelte er. »Monsieur, was tun Sie da?«

»Ich esse«, antwortete ich bereitwillig. »Das wundert Sie, was?«

Aller Augen waren auf mich gerichtet. Das ganze Restaurant verfolgte atemlos den ein wenig ungewöhnlichen Vorgang. Leider kam der Aristokrat dem Schnurrbart zu Hilfe, und auch der Chef schämte sich nicht, mit den Kommunisten gemeinsame Sache zu machen. Es gelang ihm, den Rest der Ente aus meinen Händen zu winden. Dann, unter den Hochrufen der Zuschauer, hoben sie mich hoch und trugen mich zur Tür. Unterwegs entschloß ich mich, ein Trinkgeld zu geben.

»Hunger!« brüllte ich. »Hunger! Ich will essen!«

»Warten Sie, bis Sie bedient werden«, sagte der Schnurrbart.

»Sie sind hier nicht im Ritz«, fügte der Aristokrat hinzu.

Von diesen beiden war nichts zu erwarten. Ich wandte mich an den Chef. »Hören Sie«, beschwor ich ihn. »Engagieren Sie mich als Kellner!«

Es war zu spät. In weitem Bogen flog ich durch die Tür, kam nach einer glatten Bauchlandung auf die Füße und wandte mich um.

Der Chef stand da und sah mich mit einem beinahe teilnahmsvollen Gesichtsausdruck an. »Monsieur – gehen Sie in irgendein Restaurant auf den Champs-Élysées. Das ist das Richtige für Touristen …«

Besuchszeiten: Montag und Donnerstag

Meine Tante Ilka, eine liebenswerte alte Dame, stieß vor einigen Jahren, als sie gerade mit der Säuberung ihres Fußbodens beschäftigt war, einen leisen Pfiff aus und konnte sich nicht mehr aufrichten. Ihr Meniskus oder etwas dergleichen hatte Schaden genommen, und Tante Ilka mußte ins Krankenhaus gebracht werden, wo man sie in der Abteilung 14 unterbrachte.

Kaum untergebracht, trug Tante Ilka der Oberschwester auf, uns alle telefonisch ans Krankenlager zu berufen und uns an ihre, Tante Ilkas, Vorliebe für Käsebrötchen zu erinnern, die im Krankenhaus nur bei schweren Herzattacken verabreicht würden.

Der Familienrat entschied, daß ich der richtige Mann für diesen Auftrag sei. Man händigte mir ein Paket mit in Asche gebackenen Käsebroten aus, und bald darauf stand ich vor der doppelten Stacheldrahtumzäunung, die das Krankenhaus umgab.

Das eiserne Tor war geschlossen. Erst nach längerem höflichen Klopfen erschien ein stämmiger Portier und sagte: »Besuchszeiten Montag und Donnerstag nachmittag von 14.45 Uhr bis 15.50 Uhr.«

»Danke sehr«, sagte ich. »Aber jetzt bin ich schon hier.«

»Lieber Herr«, sagte der Türhüter, »es liegt im Interesse der Patienten. Besuche regen sie auf und verzögern den Heilungsprozeß. Stellen Sie sich doch vor, was geschehen würde, wenn wir pausenlos Besuche einließen.«

»Sie haben vollkommen recht«, sagte ich, »das wäre schrecklich. Und jetzt lassen Sie mich bitte hinein.«

»Nein«, sagte er. »Ich habe strenge Anweisung. Sie betreten das Gebäude nur über meine Leiche.«

»Das möchte ich nicht. Ich möchte zu meiner Tante Ilka.«

»Nichts zu machen. Aber um 14 Uhr werde ich abgelöst. Vielleicht haben Sie bei meinem Nachfolger mehr Glück.«

Der Mann war nicht nur ein Fanatiker, er war auch noch stolz darauf. Ich wandte mich ab, Haß im Herzen und zornige Flüche auf den Lippen.

»Mögen alle hier vertretenen Krankheiten dich gleichzeitig heimsuchen, du tobsüchtiger Maniake!« fluchte ich. »Und wenn du zerspringst: Ich komme zu Tante Ilka hinein.«

Etwas später klopfte ich wieder an das Eingangstor und sagte dem neuen Portier: »Ich bin von der Redaktion der ›Jerusalem Post‹ und soll einen Artikel über Ihr Krankenhaus schreiben.«

»Einen Augenblick«, sagte der Torhüter II. »Ich rufe Dr. Gebennehmer.«

Dr. Gebennehmer, ein ausnehmend höflicher Mann, bot sich sofort an, mir das Institut zu zeigen.

»Vielen Dank, Herr Doktor«, sagte ich. »Aber ich finde mich lieber selbst zurecht. Das ist die neue Reportertechnik, wissen Sie, unmittelbare Eindrücke sammeln. Machen Sie sich bitte keine Mühe.«

»Es macht mir gar keine Mühe. Es ist mir ein Vergnügen.« Dr. Gebennehmer schob freundlich seinen Arm unter den meinen. »Außerdem brauchen Sie gewisse fachliche Informationen. Kommen Sie.«

Er schleppte mich durch die Abteilungen 11, 12 und 13 und sprach dabei sehr anregend über die Hauptaufgabe der Presse, dem Publikum besseres Verständnis für die Medizin im allgemeinen und für das Gebaren der Krankenhäuser im besonderen beizubringen. Ich nickte und machte mir von Zeit zu Zeit Notizen, etwa des Wortlauts: »Eins bis drei und vier bis sechse, Großmama war eine Hexe« oder etwas Ähnliches, meistens Gereimtes.

Die vorbildliche Ordnung, die in sämtlichen Abteilungen herrschte, wurde nur durch die Unzahl der Besucher ein wenig gestört. Im Durchschnitt saßen zwei komplette Familien an jedem Bett.

»Dabei ist gar keine Besuchszeit«, erklärte Dr. Gebennehmer. »Ich weiß wirklich nicht, wie alle diese Leute hereingekommen sind.«

»Macht nichts, macht nichts«, beruhigte ich ihn.

Plötzlich klang aus einem der Betten die Stimme einer alten Dame an mein Ohr.

»Hallo, Feri! Hast du den Käs mitgebracht?«

Es war eine eher peinliche Situation. Dr. Gebennehmer sah mich mit einem unangenehm fragenden Gesichtsausdruck an.

»Schalom, Tante Ilka!« rief ich aus. »Was für ein phantastischer Zufall!«

»Zufall? Hat die Schwester nicht angerufen? Wo ist der Käs?«

Ich übergab ihr rasch das Paket und versuchte Dr. Gebennehmer davon zu überzeugen, daß ich immer ein Paket mit Käsebroten bei mir trüge, aber er zuckte nur wortlos die Schultern und ging.

Tante Ilka verzehrte den Inhalt des Pakets in bemerkenswert kurzer Zeit und bestellte für den nächsten Tag eine Ladung Pfefferminzbonbons. Auch meine Schwiegereltern sollte ich mitbringen. Und natürlich meine Frau. Als ich zaghaft einwarf, daß morgen keine Besuchszeit wäre, deutete Tante Ilka mit einer vielsagenden Geste auf das Gewimmel im Raum und schickte mich nach Hause.

Wir gingen sofort an die Arbeit. Meine Schwiegermutter nähte auf ihrer Maschine kleine weiße Schwesternhauben, dann holte sie von ihrem Friseur drei weiße Kittel, schließlich bastelten wir mit Hilfe zweier Besenstiele eine Tragbahre. Das war alles, was wir brauchten.

Am nächsten Tag brachte uns ein Taxi in die Nähe des Krankenhauses, wo wir unsere Verkleidung anlegten. Meine Frau wurde auf Patrouille geschickt und meldete, daß der Tobsüchtige von gestern, den ich ihr genau geschrieben hatte, jetzt wieder das Tor bewachte. Ich nahm auf der Tragbahre Platz und wurde mit einem weißen Leintuch zugedeckt. Die Schwiegereltern trugen mich, meine Frau hielt mir die Hand und befeuchtete von Zeit zu Zeit meine fiebrig vertrockneten Lippen. Die Invasion glückte. Der maniakische Bulle fiel auf unseren primitiven Trick herein und ließ uns glatt passieren.

Aus Sicherheitsgründen machten wir einen Umweg

durch mehrere andere Abteilungen. Als Abteilung 14 in Sicht kam, riß jemand mein Leintuch zurück.

»Sie sind schon wieder da?« brüllte Dr. Gebennehmer. »Sie sind wohl wahnsinnig?«

»Jetzt ist nicht der Augenblick zum Scherzen«, sagte ich gepreßt. »Ich sterbe.«

»Was ist geschehen?«

»Eine Schlange hat mich gebissen.«

Dr. Gebennehmer erbleichte und zog mich persönlich in sein Ordinationszimmer. Gerade, daß ich die Pfefferminzbonbons noch an die beste Ehefrau von allen weitergeben konnte.

»Rasch«, flüsterte ich, »und küßt Tante Ilka von mir.«

Die andern machten sich aus dem Staub und ließen mich in Dr. Gebennehmers Klauen. Dr. Gebennehmer hantierte bereits an seinen Spritzen und Phiolen herum und kündigte an, daß er mich jetzt mit Curare vollpumpen werde, dem einzigen zuverlässigen Antitoxin gegen Schlangengift. Mir wurde ein wenig unbehaglich zumute. Mehr als das: Ich begann mich zu fragen, ob ich mich hier wirklich malträtieren und vielleicht vergiften lassen müsse, nur weil Tante Ilka vor ihrer Operation unbedingt

Pfefferminzbonbons lutschen wollte? Ich beantwortete diese Frage mit Nein, war mit einem Satz aus dem Zimmer draußen, rannte in den Hof und sprang auf einen der Trolleywagen, die zwischen den einzelnen Abteilungen verkehrten.

»Los!« zischte ich dem Fahrer zu. »Egal wohin! Fahren Sie!«

In einer entfernten Abteilung mischte ich mich unter die Besucher und entkam.

Am Abend stieß ich wieder zu meiner Familie. Tante Ilka, so hörte ich, wäre in bester Verfassung und nur etwas beleidigt, weil ich sie nicht besucht hatte. Sie wünschte sich Schweizer Illustrierte. Meine Schwiegereltern schlugen vor, einen Schacht unter den Stacheldraht zu graben. Aber das hätte mindestens drei Tage in Anspruch genommen, und so lange konnten wir Tante Ilka unmöglich ohne Besuch und ohne Illustrierte lassen. Andererseits konnten wir jetzt keine Kollektivbesuche mehr riskieren, sondern mußten uns mit Einzelaktionen begnügen. Also warf ich mich am nächsten Tag wieder in den Friseurmantel, der am Rücken zugeknöpft wurde, und vollendete meine Kostümierung mit einer dicken Brille und einer Zuckerbäckermütze.

Am Krankenhaustor stand wieder der bullige Maniake. Rasch band ich mir ein Taschentuch vors Gesicht, ging in teutonischem Stechschritt an ihm vorbei und ließ ein scharfes »Jawoll« hören, worauf er die Hacken zusammenschlug. Ich stelzte inspizierend durch die Abteilungen 11 und 12 und näherte mich der Abteilung 13, als ich mich am Arm gepackt fühlte.

»Gott sei Dank, daß Sie hier sind, Herr Professor! Kommen Sie schnell! Eine dringende Operation …«

»Bedaure, Dr. Gebennehmer«, murmelte ich hinter meiner Maske hervor, »ich bin außer Dienst.«

»Aber es ist ein dringender Fall, Herr Professor!«

Dr. Gebennehmer zerrte mich in den Operationssaal, und ehe ich wußte, wie mir geschah, hatte ich mir die Hände gewaschen und stand unter den Halogenleuchten. Da wurde auch schon die Pritsche mit dem Patienten hereingerollt.

»Hast du die Schweizer Illustrierten mitgebracht?« fragte Tante Ilka.

»Sie halluziniert bereits«, sagte Dr. Gebennehmer und versetzte Tante Ilka eilig in den Zustand der Bewußtlosigkeit.

Auch ich fühlte mich einer Ohnmacht nahe. Schließlich hatte ich noch nie einen Meniskus operiert, schon gar nicht an meiner eigenen Tante.

Als die Operationsschwester mich fragte, ob ich ein kleines oder ein großes Skalpell wünsche, wandte ich mich in plötzlichem Entschluß zu Dr. Gebennehmer.

»Bitte übernehmen Sie.«

Dr. Gebennehmer errötete vor Stolz und Freude. Es war das erste Mal, daß ein Professor ihm freie Hand für eine Operation ließ, und er begann sofort, Tante Ilkas Knie aufzuschneiden. Das Gefühl, das dabei in mir hochstieg, glich jenem, mit dem ich gelegentlich in unserer Küche das Tranchieren von Hühnerschenkeln beobachtete, obwohl ich sie dann ganz gern esse, am liebsten mit Gurkensalat.

»Entschuldigen Sie«, sagte ich mühsam und verließ ein wenig taumelnd den Operationssaal. Draußen nahm ich sofort die Maske ab, um Atem zu holen. In diesem Augenblick kam der maniakische Portier vorbei, klopfte mir freundlich auf die Schulter und sagte:

»Sehen Sie – heute können Sie Ihre kranke Tante besuchen!«

Ich hatte vollkommen übersehen, daß es Donnerstag war und kurz nach 15 Uhr. Eigentlich hätte mir das auffallen müssen. Es war nämlich kein einziger Besucher im ganzen Krankenhaus.

Mit Mazzes versehen

Die epochale Erfindung während unseres Exodus war das ungesäuerte Brot, in der Mehrzahl »Mazzoth« genannt, im Sprachgebrauch »Mazzes«. Begreiflicherweise hatten unsere Vorfahren auf der Flucht aus Ägypten keine Zeit, sich mit der Zubereitung von Sauerteig abzugeben, und zur Erinnerung daran essen wir noch heute während des Pessachfestes ausschließlich ungesäuertes Brot, um uns darüber zu freuen, daß wir damals der ägyptischen Sklaverei entronnen sind.

Wir freuen uns volle acht Tage lang, denn so lange dauert das Pessachfest. Falls irgend jemand einmal versucht haben sollte, acht Tage lang von puren Pappendeckeln zu leben, wird er begreifen, warum wir für den Rest des Jahres nur noch auf gesäuertes Brot Wert legen.

An einem dieser Nach-Pessach-Tage, einem Mittwoch, wenn ich nicht irre, nein, an einem Dienstag traf ich in der Stadt meinen Freund Jossele, der unter seinem Arm ein großes viereckiges, in braunes Packpapier eingeschlagenes Paket trug. Wir gingen ein Stück miteinander und unterhielten uns über verschiedene Probleme der Philosophie und über die aktuellen Börsenkurse. Plötzlich blieb Jossele stehen und reichte mir das Paket.

»Bitte sei so gut und halt mir das eine Minute. Ich muß in diesem Haus etwas abholen. Bin gleich wieder da.«

Nachdem ich eine Stunde mit dem Paket in der Hand gewartet hatte, ahnte ich Böses und ging Jossele suchen. Die Bewohner des Hauses, in dem Jossele verschwunden war, waren empört. Jossele hatte die Rückmauer des Hauses gewaltsam durchbrochen und war verschwunden. Meine Ahnungen verstärkten sich. Nervös riß ich das braune Packpapier auf und fand darin eine Schachtel Mazzes mit dem noch unversehrten Siegel des Rabbinats.

Zunächst schien mir Josseles Vorgehen rätselhaft. Was hatte ihn zu seiner Verzweiflungstat veranlaßt? Vor allem aber, was sollte ich mit den Mazzes anfangen? Ich brauchte sie nicht. Ich hatte noch sechs Schachteln zu Hause.

Kurz entschlossen verpackte ich das Paket wieder und reichte es einem Hausbewohner.

»Entschuldigen Sie«, sagte ich. »Könnten Sie so liebenswürdig sein, mir das einen Augenblick zu halten?«

Der Mann drückte das Paket gegen ein Ohr, was ein verräterisches Knacken zur Folge hatte, und riß triumphierend die Verpackung auf.

»Dachte ich's doch!« rief er aus. »Da sind Sie aber an den Falschen geraten, mein Herr. Ich habe selbst noch neun Pakete, die ich nicht loswerde. Verschwinden Sie mitsamt Ihren Mazzes und lassen Sie sich hier nie wieder blicken.«

Jetzt begann ich Josseles Verzweiflung zu verstehen, ja nachzufühlen. Aber das änderte nichts daran, daß ich mich der Brösel entledigen mußte.

In der nächsten Grünanlage legte ich das Paket unauffällig auf eine Bank und machte mich hastig aus dem Staub. Aber schon nach wenigen Schritten meldeten sich die ersten Gewissensbisse. »Schande über dich!« hörte ich meine traditionsbewußte innere Stimme flüstern. »Läßt man Mazzes in der Wildnis liegen? Dazu sind wir aus Ägypten ausgezogen? Hat uns der Herr dazu aus den Banden Pharaos befreit?« Es war die Erkenntnis, etwas Unrechtes getan zu haben, die mich in den Park zum verwaisten Mazzespaket zurückzog.

Zu meiner Verblüffung lagen jetzt zwei auf der Bank. Irgend jemand hatte meine kurze Abwesenheit schamlos ausgenutzt. Was blieb mir übrig, als beide Pakete mitzunehmen. Ich wunderte mich nur, daß ein Jude einem andern Juden so etwas antun kann.

In Schweiß gebadet kam ich zum Haus meines Onkels Jakob, in das ich durchs Küchenfenster einsteigen mußte, weil die Haustür von großen viereckigen Paketen in braunem Packpapier verbarrikadiert war. Wir plauderten ein Weilchen über dies und das, dann tat ich, als wäre mir etwas sehr Dringendes eingefallen, entschuldigte mich ganz plötzlich und sprang zum Fenster hinaus. Unten auf der Straße lachte ich mich halb tot, meine Mazzes waren jetzt beim guten alten Onkel Jakob bestens aufgehoben.

Ich war noch keine zehn Minuten zu Hause, da klopfte es. Ein Jemenite stand vor der Tür, schob sechs Pakete Mazzes herein, warf einen Brief hinterher und verschwand.

»Sende Dir die sechs Pakete Mazzes, die Du bei mir vergessen hast«, schrieb der gute alte Onkel Jakob. »Möchte Dich nicht berauben. Gib nächstens besser acht.«

Am nächsten Tag mietete ich einen dreirädrigen Lieferwagen, beförderte die Pakete zum nächsten Postamt und schickte sie anonym an Schlomo, der in einem weit entfernten Kibbuz lebte. Ich war sehr stolz auf diesen Einfall.

Aber ich war nicht der einzige, der ihn hatte. Drei Tage später brachte mir die Post, gleichfalls anonym, vierzehn Pakete Mazzes. Vier wurden mir von einer internationalen Transportgesellschaft zugestellt, und durch ein Fenster, das ich unvorsichtigerweise offengelassen hatte, flogen mir zwei weitere herein.

❖

Mühevoll bahnte ich mir am nächsten Morgen durch Berge von Mazzespaketen den Weg ins Freie. Da erblickte ich einen betagten Bettler, der an der Hausmauer ein kleines Schläfchen in der Frühjahrssonne hielt. Munter pfeifend, pirschte ich mich an ihn heran.

»Haben Sie Hunger, mein Alter? Möchten Sie nicht etwas Gutes essen?«

Der Bettler sah mich prüfend an.

»Wie viele?« fragte er.

»Sechsundzwanzig«, flüsterte ich. »Kleines Format, dünn, gut erhalten.«

Der alte Bettler dachte über meinen Vorschlag nach. Dann entschied er sich.

»Im allgemeinen bekomme ich fünf Pfund pro Schachtel. Aber bei größeren Mengen gebe ich Rabatt. Macht also 300 Pfund, mit Garantie.«

Ich kann mich jetzt in meiner Wohnung wieder frei bewegen, wenn ich auch gestehen muß, daß mir die Mazzes irgendwie fehlen. Ein Paket hätte ich vielleicht behalten sollen. Moses soll schließlich nicht dafür büßen müssen, daß er Ägypten so rasch verlassen hat.

Der Blaumilch-Kanal

Die Einwohner Israels haben eine gefährliche Manie: Sie wollen unbedingt das Land aufbauen. Aber da die Juden bekanntlich ein arbeitsscheues Volk sind, bauen sie zum Beispiel in drei Tagen ein Haus fertig, um den Rest der Woche faulenzen zu können. Sollte sich ein Leser auf Grund der Lektüre dieses Buchs zu einem Besuch des Staates Israel entschließen, so wird er dort mit eigenen Augen sehen, daß wir an einem chronischen, unheilbaren Baufieber leiden. Niemand wundert sich, wenn irgendein Narr sich's in den Kopf setzt, mitten in der Wüste eine Stadt zu errichten. Wir haben sogar eine ganz hübsche Anzahl solcher Narren. Und folglich eine ganz hübsche Anzahl von Städten mitten in der Wüste.

Bevor ich nunmehr auf den Blaumilch-Kanal zu sprechen komme – so genannt nach seinem Erbauer Kasimir Blaumilch, einem ehemaligen Insassen der Einzelzelle Nr. 7 in Bath Jam –, muß ich den Leser noch mit ein paar einschlägigen Informationen versehen.

In Bath Jam befindet sich eine Irrenanstalt, und es ist keine geringe Leistung, dort Aufnahme zu finden. Wenn anderswo ein Mensch plötzlich zu gackern beginnt, nimmt man an, daß er den Verstand verloren hat. In Israel nimmt man an, daß er ein Neueinwanderer aus der südlichen Mandschurei ist, der sich in seiner Muttersprache verständlich zu machen sucht. Und wenn er sich Spinat ins Gesicht schmiert, darf man die Möglichkeit nicht ausschließen, daß es sich hier um eine alte bolivianische Volkssitte handelt. Ein Wahnsinniger muß schon etwas wirklich Erstklassiges bieten, um in Israel aufzufallen.

So saß ich einmal nichtsahnend am sonnigen Mittelmeerstrand und freute mich der kühlen Brise, als ich plötzlich durch einen schielenden, unrasierten, aber keineswegs ungemütlich aussehenden Menschen aus meinen Träumen geschreckt wurde. Er bat zuerst um die Erlaubnis, sich neben mir niederlassen zu dürfen, und sprach sodann wie folgt: »Es tut mir leid, daß ich Sie belästigen muß, mein Herr – aber ich brauche dringend zehn Pfund.«

Einigermaßen nervös begehrte ich zu wissen, auf welchen Artikel welcher Verfassung sein Anspruch sich stütze. Mein Besucher nickte verständnisvoll und gab mir bereitwillig Auskunft.

»Ich bin geisteskrank, mein Herr«, sagte er mit ruhiger, vertrauenerweckender Stimme. »Sie als intelligenter Mensch werden zweifellos wissen, was das bedeutet. Nach den Gesetzen dieses Landes könnte ich Ihnen jetzt ohne weiteres die Kehle durchschneiden oder Sie erwürgen oder, wenn mein krankhafter Instinkt mich dazu lockte, Hackfleisch aus Ihnen machen. Was würde mir geschehen? Nichts würde mir geschehen. Schlimmstenfalls brächte man mich in das Irrenhaus zurück, aus dem ich – dank der verbrecherischen Nachlässigkeit meines

Wärters – vor zwei Tagen entsprungen bin. Wünschen Sie die notariell beglaubigten Fotokopien meiner Krankheitsurkunden zu sehen? Hier sind sie.«

Die Papiere meines neuen Freundes waren in Ordnung. Auch machte er durchaus den Eindruck eines seriösen, nüchternen Geschäftsmannes, der nicht nur so daherschwätzt, sondern jedes Wort sorgfältig überlegt.

»Nun? Worauf warten Sie?« fragte er, wobei in seinen Augen ein verräterisch fiebriger Glanz aufzuckte. »Haben Sie im Leben so wenig Unannehmlichkeiten, daß Sie sich jetzt noch künstlich eine weitere zuziehen wollen? Wegen lumpiger zehn Pfund? Glauben Sie mir, mein Herr: Es ist nicht der Mühe wert. Ich möchte die Sache viel lieber ohne Exzeß erledigen. Aber wenn Sie mich zwingen … Ich zähle jetzt bis drei. Bei drei, das sage ich Ihnen aus Erfahrung, wird mein Mund zu schäumen beginnen, und ich werde jede Kontrolle über mich verlieren. Und dann, mein Herr, gnade uns Gott. Also: eins – zwei –«

»Einen Augenblick«, unterbrach ich ihn. »Ich fühle mich verpflichtet, Sie auf einen Umstand hinzuweisen, der sich notwendigerweise Ihrer Kenntnis entzieht. Ich selbst bin nämlich auch nicht ganz normal. Unter uns – und wir sind ja zum Glück allein. Ich bin ein behördlich anerkannter Irrer und besitze die Diplome zweier führender europäischer Institute. Ich laufe mit Vorliebe Amok, auch über längere Strecken. Als Spezialität betreibe ich die Vivisektion meiner Opfer. Das liegt bei uns in der Familie, wissen Sie. Deshalb habe ich auch stets ein rostiges Küchenmesser bei mir. Ich trage es hier unterm Hemd, für alle Fälle. Es freut mich, Ihre Bekanntschaft gemacht zu haben.«

Mein Besucher erbleichte. Ich hatte sichtlich Eindruck auf ihn gemacht. Als ich die Hand wie von ungefähr unter mein Hemd schob, stieß er einen heiseren Schrei aus und enteilte mit großen Sätzen.

Auch ich erhob mich, schlenderte gemächlich zur Omnibusstation, trieb die Wartenden mit einem scharfen »Platz da, ich bin verrückt!« zur Seite und stieg ein, ohne auch nur eine Sekunde mit Schlangestehen verloren zu haben.

Was nun also den vorerwähnten Kasimir Blaumilch betrifft, so war er ein fünfundvierzigjähriger, stellungsloser Okarinaspieler und befand sich, wie schon gesagt, in der Einzelzelle Nr. 7 in Bath Jam. Er hatte gerade einen Tobsuchtsanfall erlitten, weil ihm der Schuhlöffel, mit dem er sich einen Schacht in die Freiheit graben wollte, vom Wärter beschlagnahmt worden war. Blaumilch galt als hoffnungsloser Fall. Seine geistige Umnachtung hatte vor ungefähr Jahresfrist eingesetzt, als ihm die israelischen Behörden mit der Begründung, daß er geistesgestört sei, das Ausreisevisum verweigerten. Seit damals versuchte der völlig zerrüttete Mann immer wieder, unterirdische Gänge zum Meer zu graben.

Nach seinem vom Verlust des Schuhlöffels ausgelösten Tobsuchtsanfall beruhigte sich Blaumilch allmählich, wartete das Dunkel der Nacht ab, öffnete seine Zellentür und entwich. Er erreichte noch ganz knapp den Omnibus nach Tel Aviv und begab sich dortselbst schnurstracks zum Solel-Boneh-Warenhaus, in das er unbemerkt hineinschlüpfte.

Das geschah am Mittwoch.

Donnerstags kam der Verkehr an der Kreuzung Allenby Road und Rothschildboulevard in aller Frühe zum Stillstand. Noch im Morgengrauen war in der Mitte der Straße ein Zelt errichtet worden, und vier verrostete, in weitem Quadrat aufgestellte Öltrommeln zeigten an, daß Straßenarbeiten im Gang waren. Um 6 Uhr erschien ein Straßenarbeiter mittleren Alters, der einen fabrikneuen pneumatischen Drillbohrer hinter sich herschleppte. Um 6.30 Uhr zog er mit diesem Bohrer zwei fußtiefe, einander überschneidende Gräben durch das Pflaster, und zwar dergestalt, daß sie die vier Ecken der Straßenkreuzung durch ein »X« miteinander verbanden. Um 7 Uhr ging er zum Frühstück.

Um 10 Uhr war das Chaos nicht mehr zu überbieten. Die Ketten der wild hupenden Autos reichten bis in die Außenbezirke Tel Avivs. Berittene Polizisten, nach allen Seiten Befehle brüllend, sprengten umher, aber auch sie wurden vom höllisch siedenden Durcheinander verschlungen.

Zu Mittag erschien der Polizeiminister, beauftragte die zweiundzwanzig höchstrangigen unter den anwesenden Polizeioffizieren, um jeden Preis die Ordnung wiederherzustellen, und machte sich zornbebend auf den Weg zum Rathaus – selbstverständlich zu Fuß, denn es verkehrten längst keine Omnibusse mehr.

Alle verfügbaren Ambulanzen und Löschwagen der städtischen Feuerwehr wurden zum Einsatz beordert und versuchten gemeinsam einen Durchbruch. Der Versuch scheiterte.

Ein einziger behielt in diesem ganzen unbeschreiblichen Durcheinander den Kopf oben: der Mann, der die Straßenarbeiten durchführte. »Tatatata« machte der Drillbohrer in Kasimir Blaumilchs starken Händen, während er sich langsam, aber sicher die Allenby Road entlanggrub, in Richtung zum Meer.

Der Polizeiminister traf den Leiter der städtischen Straßenbauabteilung, Dr. Kwibischew, nicht in seinen Amtsräumen an. Dr. Kwibischew war nach Jerusalem gefahren, und sein Vertreter zeigte sich nur mangelhaft informiert. Er versprach jedoch dem Minister, die Straßenarbeiten sofort nach Rückkehr Dr. Kwibischews einstellen zu lassen, und telegraphierte in diesem Sinn nach Jerusalem.

Auch der Bürgermeister hatte Wind von der Sache bekommen und entsandte seinen Sekretär zu sofortigen Nachforschungen an Ort und Stelle. Der Sekretär passierte anstandslos den dreifachen Polizeikordon, trat an den drillbohrenden Arbeiter heran und nützte eine kurze Pause im nervenzermürbenden »Tatatata« zu der Frage, wann ungefähr mit der Beendigung der Arbeit zu rechnen sei.

Kasimir Blaumilch gab zuerst keine Antwort. Als er sah, daß er den lästigen Fragesteller auf diese Art nicht loswurde, warf er ihm das einzige hebräische Wort hin, das er kannte: »Chammer!«

Gegen Abend gelang es der Polizei, mit übermenschlicher Anstrengung und stellenweise unter Verwendung von Tränengasbomben eine Art Ordnung in das Chaos zu bringen, ihre berittenen Kollegen und deren Pferde im Zustand völliger Erschöpfung zu bergen und den gesamten Verkehr im Umkreis von zwei Kilometern zu sperren. Das Rathaus und die Direktion des Solel-Boneh-Konzerns wurden hiervon verständigt.

Zwei Tage später, sofort nach Erhalt des Telegramms, kehrte Dr. Kwibischew aus Jerusalem zurück und fand seine Amtsräume völlig auf den Kopf gestellt: Die Beamtenschaft hatte in den Archiven nach dem Straßenreparaturprojekt »Allenby-Rothschild« geforscht, hatte zwei verschiedene Pläne gefunden und wußte nicht, welcher der richtige war. Dr. Kwibischew ließ sich die Pläne vorlegen, fand in beiden verschiedentliche Mängel des Kloakenwesens erwähnt und leitete die Pläne an die Kanalisationsabteilung weiter, deren Chef sich gerade auf einer wichtigen Mission in Haifa befand. Die Pläne wurden ihm durch einen Sonderkurier nachgeschickt, kamen jedoch unverzüglich mit dem Vermerk zurück, daß es sich hier um einen Irrtum handeln müsse, da Tel Aviv kein nennenswertes Kanalisationssystem besitze.

Nach Dr. Kwibischews Strafversetzung ins Handelsministerium machte sich sein Nachfolger, Chaim Pfeiffenstein, an ein gründliches Studium des ganzen Dossiers, versah es mit einem großen roten Fragezeichen, schickte es ans Arbeitsministerium und wollte wissen, seit wann es üblich sei, daß das Ministerium öffentliche Arbeitsprojekte in Angriff nehme, ohne vorher die Stadtverwaltung zu konsultieren.

Inzwischen hatte sich Kasimir Blaumilch bis zur Rambamstraße durchgegraben, vom unablässigen »Tatatata« seines Drillbohrers und von seinen vier rostigen Öltrommeln getreulich begleitet. Fassungslos sahen die Bewohner der Allenby Road diese einstmals so wichtige Verkehrsader in einen von Makadamschotter übersäten Wüstenpfad verwandelt, auf dem sich selbst die Fußgänger nur mit Mühe fortbewegen konnten (Fahrzeuge überhaupt nicht).

Aber die eigentliche Verkehrskatastrophe trat erst allmählich zutage. Infolge des Wegfalls von Allenby Road und Rothschildboulevard waren die Seitenstraßen einer Überlastung ausgesetzt, der sich nur durch sofortige Verbreiterung beikommen ließ. Die Regierung legte eine Anleihe auf, um die erforderlichen Geldmittel flüssig zu machen. Und da sich die Verlegung der Omnibusremise nach Norden als unaufschiebbar erwies, mußte die Wohnsiedlung »Rabbi Schmuck« in aller Eile geschleift werden.

Chaim Pfeiffenstein, dessen Anfrage vom Arbeitsministerium scharf zurückgewiesen worden war, erstattete dem Bürgermeister Bericht und verlangte sodann von Solel Boneh genaue Auskünfte über das Fortschreiten des Unternehmens. Pjotr Amal, Solel Bonehs Generalmanager für Straßenbauprojekte, ließ keinen Zweifel, daß er der Angelegenheit seine volle Aufmerksamkeit zuwenden würde. Eine Abschrift der gesamten Korrespondenz ging an die Umsiedlungszentrale der Jewish Agency.

Der Vorschlag Pjotr Amals, zwischen Tel Aviv und dem Arbeitsministerium zu vermitteln, fand zwar die Billigung der Histadruthexekutive, wurde aber vom Bürgermeister im Einvernehmen mit den Omnibusgewerkschaften abgelehnt, da zuerst die Straßenarbeiten eingestellt werden müßten.

Die Allenby Road war um diese Zeit nicht mehr zu erkennen: Zwischen Beton- und Makadamwällen zog sich ein tiefer Graben, von Wolken feinen Staubes überlagert. Aus geborstenen Wasserleitungen schossen gelegentlich hohe Springfontänen empor. Die Wohnhäuser standen leer.

Jetzt, auf dem Höhepunkt der Krise, zeigte sich der politische Weitblick Pjotr Amals. Er lud Chaim Pfeiffenstein zu einer Konferenz, und nach mehrstündigen, erregten Debatten einigte man sich dahin, daß die Straßenarbeiten so lange suspendiert bleiben sollten, bis eine parlamentarische Kommission den Sachverhalt untersucht hätte. Das Kabinett und die Präsidentschaftskanzlei erhielten je ein Memorandum über diese Vereinbarung.

Sie war bereits überflüssig geworden. Wenige Tage zuvor hatte Kasimir Blaumilch seine Bohrarbeiten durch eine geniale Linkswendung abgekürzt und erreichte noch am selben Abend die offene See. Was weiter geschah, ist nicht mehr aufregend: Das Meerwasser ergoß sich in den vormals als »Allenby Road« bekannten Kanal, und alsbald schäumte es auch an die Ufer des Rothschildboulevards.

Es dauerte nicht lange, bis die Stadt der neuen Möglichkeiten gewahr wurde, die sich da boten, bis die ersten Wassertaxis auftauchten und die ersten Privatmotorboote sich ihnen zugesellten. Neues, pulsierendes Leben griff allenthalben um sich.

Die offizielle Inbetriebnahme der Wasserwege erfolgte in feierlicher Weise durch den Bürgermeister, der dem Solel Boneh für die planmäßige Vollendung des gewaltigen Projektes in bewegten Worten dankte und abschließend bekanntgab, daß Tel Aviv fortan den Beinamen »Das Venedig des Mittleren Ostens« führen würde.

Ihre Zimmernummer, Sir

Letzten Sommer beschloß ich, mir einmal einen richtigen, großzügigen Urlaub in Salzburg zu gönnen. Meine Wahl fiel auf ein Super-de-Luxe-Hotel, das über einen eigenen Golfplatz, eine eigene Kricket-Anlage und, wie man sehen wird, noch über sehr viel anderes Eigenes verfügte.

Ein Page in einer deprimierend vornehmen Livree öffnete mir das Taxi, ergriff meinen Koffer und fragte:

»Welche Zimmernummer, mein Herr?«

»Das weiß ich nicht«, sagte ich. »Ich bin ja eben erst angekommen.«

Der Page dirigierte mich zu der ganz in Marmor gehaltenen Rezeption, wo mir ein Agent des Geheimdienstes meine Zimmernummer bekanntgab: 157. Diese Nummer trug der Page sofort in sein Notizbuch ein. Der Geheimagent übergab mir einen mit Diamanten besetzten Zimmerschlüssel aus 24karätigem Gold. Ich betrat das Zimmer, das die Nummer 157 trug, und begann mit dem Auspacken. Als ich mir die Hände waschen wollte, mußte ich feststellen, daß keine Seife vorhanden war. Ich läutete nach einer Sklavin. Sie brachte mir eine in Zellophan verpackte, aus Hollywood importierte Seife und fragte:

»Welche Zimmernummer, bitte?«

»157«, antwortete ich. Die Sklavin zog ein Notizbuch hervor und schrieb sorgfältig auf ein neues Blatt: »157«.

Mit nunmehr gewaschenen Händen begab ich mich in den Speisesaal des Hotels, wo man – ohne mich mit lästigen Fragen zu behelligen – eine Tasse Tee und zwei Scheiben Toast vor mich hinstellte. Da mir die Toasts vorzüglich mundeten, verlangte ich noch eine Scheibe.

»Zimmernummer?« fragte der Kellner mit der Steifheit eines knapp vor der Pensionierung stehenden Diplomaten. Das »157« wurde gebührlich notiert.

Auf dem Rückweg in mein Zimmer wollte ich von einem der Brigadegeneräle, die als Portiers Dienst taten, die genaue Uhrzeit erkunden.

»Meine Zimmernummer ist 157«, sagte ich. »Wie spät ist es?«

»17.32 Uhr«, antwortete der Brigadier und trug die Nummer 157 in ein dickes Buch ein.

Ich kleidete mich fürs Abendessen um, bat um eine Kleiderbürste (157) und später um eine Zeitung (157). Da mich die ständige Nummernbuchhaltung allmählich zu enervieren begann, machte ich mich zum Boudoir des

Hotelmanagers auf und wurde um eine Audienz vorstellig.

»Warum, o Herr, muß ich bei jedem Anlaß meine Zimmernummer angeben?« fragte ich.

Seine Exzellenz maß mich mit einem mißbilligenden Blick und antwortete in nasalem k.u.k. Österreichisch.

»Alle Dienstleistungen, die nicht im Pauschalpreis inbegriffen sind, werden in Rechnung gestellt, mein Herr. Deshalb müssen die Mitglieder unseres Stabs über die Zimmernummer informiert sein, mein Herr. Wie ist Ihre Zimmernummer, mein Herr?«

»157.«

»Danke, mein Herr«, sagte seine Exzellenz und notierte »Inf. für Nr. 157«.

157 wurde zum Leitmotiv meiner Tage. Kaum wagte ich noch jemanden anzureden, ohne sofort meine Zimmernummer zu nennen. Als ich einmal einen Grapefruitsaft bestellte und keinen bekam, gab ich dem Kellner zu bedenken, ob er jetzt nicht in seinem Notizbuch eine Eintragung vornehmen sollte: »Keine Grpfrt. für 157.« Auch in die Vorstellungszeremonien schlichen sich seltsame Allüren ein. Es war wie im Gefängnishof. Wenn ich auf jemanden zutrat, nannte ich nicht meinen Namen, sondern sagte: »157. Sehr angenehm.«

»Ganz meinerseits«, antwortete Prinz Weingartner, der Sekretär des Hotels, und schrieb sofort in sein Notizbuch: »Vorgestellt Nr. 157.«

Aber mit einem Mal schlug die ganze Situation um. Ich saß gerade auf der Amethystterrasse des Hotels und sog in tiefen Zügen die ozonreiche Abendluft ein, als einer der Aufseher an mich herantrat, das gezückte Notizbuch in der Hand.

»157«, sagte ich höflich. »Frische Luft.«

»57«, notierte der Aufseher. »Danke, mein Herr.«

Ich war drauf und dran, den Irrtum zu berichtigen, fühlte mich jedoch von einer geheimnisvollen Kraft zurückgehalten. Bizarre Überlegungen kreisten in meinem Kopf und konzentrierten sich auf eine völlig neue Möglichkeit …

Abends im Restaurant bestellte ich eine extra große, extra grillierte Portion Kalbsleber.

»Zimmernummer?« fragte der Kellner, ein ehemaliger Oberst der königlichen Leibgarde.

»75«, antwortete ich.

»75«, notierte der Oberst. »Danke, mein Herr.«

So begann es, und so konnte ich mir im Verlauf der nächsten Tage manchen Wunsch erfüllen, von dem ich bisher nur im Opiumrausch geträumt hatte. Zweimal fuhr ich in einer eigens für mich bestellten Luxuslimousine aus (75), dreimal bestellte ich mir ein burgenländisches Bauchtänzerinnenduo (75) und einmal eine Liliputanertruppe (75). Das Beste war mir gerade gut genug. Wenn man schon einmal auf Urlaub ist, sollte man nicht kleinlich sein. Wenn man kleinlich sein will, bleibt man besser zu Hause oder kauft sich eine Orangenplantage.

Nach zwei wunderbaren Wochen verließ ich das Hotel. Prinz Weingartner händigte mir die von Seiner »Exzellenz«, dem Manager, gegengezeichnete Rechnung aus. Sie belief sich auf 12 000 Schilling. In dieser Summe waren auch die nicht pauschalierten Dienstleistungen enthalten, wie Seife (50,–), Information (431,–), Luftschöpfen am Abend (449,–) und ein paar andere Kleinigkeiten.

Mit männlichem Händedruck verabschiedete ich mich vom Personal. Dem Brigadier gab ich 100 Schilling, seinem Adjutanten 50 Schilling.

Während ich ins Taxi stieg, spielte sich an der Rezeption ein peinlicher Auftritt ab. Ein dicker, glatzköpfiger Herr erlitt dort gerade einen Wutanfall, riß allerlei Rechnungsformulare in kleine Fetzen und erging sich dabei in unzusammenhängenden Ausrufen – daß er nicht daran dächte, 2600 Schilling für 29 Portionen grillierter Kalbsleber zu bezahlen, die er weder bestellt noch verzehrt hätte, und dergleichen wirres Zeug. Es war wirklich beschämend. Kann man denn solche Lappalien in einem zivilisierten Land wie Österreich nicht anders regeln als durch unbeherrschtes Brüllen?

Die tanzende Großmutter

Die meisten ausländischen Besucher machen sich von der glitzernden Seine-Metropole ein ganz falsches Bild. Für sie ist Paris gleichbedeutend mit Liebe und Laster, mit einem Spinnennetz von engen Seitengassen, wo in schwülen, halbdunklen Nachtlokalen der Champagner in Strömen fließt und hüllenlose Tänzerinnen zur Begleitung erregender Musik die ganze Nacht lang Erotik produzieren.

Nun, es gibt noch ein anderes Paris!

Dieses andere Paris ist vielleicht weniger schwül und weniger eng, aber wer sich die Mühe macht, es aufzuspüren, wird dennoch reich belohnt. In diesem anderen Paris – dem wirklichen, dem ewigen – bieten keine flüsternden Straßenverkäufer »künstlerische Aktaufnahmen« feil, gibt es keine Schlepper, die den naiven Fremdling in halbdunkle Nachtlokale locken, keine Wolken aus Rauch und Champagnerdunst, keinen billigen Striptease.

Nein! Hier, in diesem anderen Paris, gibt es große, prächtige Kunststätten mit luxuriös eingerichteten Zuschauerräumen, wo der Ausländer bequem in geschmackvollen Fauteuils sitzt, während hüllenlose Tänzerinnen zur Begleitung erregender Jazzmusik die ganze lange Nacht hindurch Erotik produzieren.

Es ist dieses andere Paris, von dem ich jetzt berichten will.

Das Wunder geschah: Wir bekamen zwei Karten zu der seit Jahren ausverkauften Mammut-Musical-Show, die auf der ganzen Welt in aller Munde war. Ein lateinamerikanischer Tourist mußte im letzten Augenblick seine vor Jahresfrist gelösten Karten zurückgeben und nach Hause fahren, weil er übersehen hatte, daß das Datum der Vorstellung mit dem allmonatlichen Staatsstreich in seinem Heimatland zusammenfiel. So kam es, daß meine Gattin und ich in der ersten Reihe saßen, buchstäblich zu Füßen der ausgewählt schönen Girls, mit dem denkbar besten Blick auf die Finessen der Choreographie und die reiche Ausstattung der Bühne (Kostüme gab es nicht). Die Girls waren damit beschäftigt, lebende Bilder historischen Charakters darzustellen, aus der Geschichte der Menschheit im allgemeinen und aus der Geschichte unseres eigenen Volkes; zum Beispiel Judith und Holofernes, Josef und seine Brüder, Potiphars Weib und Salomes Schleiertanz. Das schmeichelte uns und hob unser Selbstgefühl. Nicht einmal die hinter uns erklingenden Rufe »Hinsetzen!« konnten uns etwas anhaben. Wir hatten gar nicht gewußt, daß die Geschichte Israels so voll von Glamour war.

Und dann stieg Großmutti herab …

Sie kam in einem eigens konstruierten goldenen Käfig vom Schnürboden der berühmten Music-Hall auf die Bühne geschwebt, und das ganze Ensemble streckte ihr die Hände entgegen, malerisch gruppiert, teils knieend, teils auf Zehenspitzen, zu einer majestätisch anschwellenden Musik mit der ständig wiederkehrenden Textzeile: »Da kommt sie, da ist sie, die Schönste der Welt!« Bekleidet war sie mit schwarzen Netzstrümpfen, einem eng anliegenden Pantherfell, einer blonden Haarkrone, exquisit verlängerten Wimpern, strahlenden Zähnen und einem gewaltigen Dekolleté, das die ganzen Reize ihrer 70 Jahre freigab. (Die beste Ehefrau von allen tippte sogar auf 71, wenn auch nur flüsternd.)

Damit hier kein Irrtum entsteht: Der Begriff »Großmutter« ist mir heilig. Die Großmutter hat meiner Meinung nach eine überaus wichtige Aufgabe im Schoß der Familie zu erfüllen, sei es als Babysitter oder als Verwalterin altehrwürdiger Kochrezepte, die andernfalls verlorengingen. Großmütter, kurzum, dürfen stets auf meine Liebe und Verehrung zählen. Vielleicht ist das der Grund, warum ich so empfindlich reagiere, wenn eine Großmutter plötzlich auf eine Bühne geschwebt kommt und sich im grellen Scheinwerferlicht der gaffenden Menge darbietet. Noch dazu war diese spezielle Großmutter nicht irgendeine Nummer im Programm, sondern der Star der Show, die göttliche Primadonna, die unvergleichliche Allround-Künstlerin, das Nationalheiligtum. Tatsächlich konnte ihre Stimme noch halbwegs mithalten. Aber Großmutti wollte unbedingt auch ihre tänzerischen Fähigkeiten zur Geltung bringen, ließ niemanden mehr an die Rampe, hopste wild umher, stand Kopf, schlug Räder, erzählte zweideutige Witze und benahm sich überhaupt so, wie Großmütter sich nicht benehmen sollen. Entweder war sie die Gattin des Direktors, oder sie hatte ausgezeichnete Beziehungen zur Artistengewerkschaft.

Indessen kam ich bald dahinter, daß sie ihren prominenten Stand einem ganz anderen Umstand verdankte: nämlich ihrer Meisterschaft in der Herstellung von »Kontakt mit dem Publikum«. Das war es, was ihr keiner nachmachte. Das war ihre Domäne. Die Art, wie sie das Mikrophon in die Hand nimmt … wie sie in den Zuschauerraum steigt … durch die Seitengänge streift … bei einem ausländischen Besucher anhält und mit ihm ein paar Worte in seiner Muttersprache wechselt … wie sie im Vorübergehen ein Scherzwort fallen läßt oder eine schlüpfrige Offerte … wie sie einen friedlich dasitzenden Herrn auf die Glatze küßt … einmalig.

An jenem schicksalsschweren Abend hatte sie für irgendwelche Bühnenzwecke drei männliche Besucher eingesammelt, einen baumlangen Amerikaner, einen eher kurzgewachsenen Spanier und einen beleibten Italiener. Nachdem sie den Widerstand der drei überwunden und sie auf die Bühne gezerrt hatte, wo sie von den kichernden Girls empfangen wurden, stemmte Großmutti die Hände in die pantherfellbekleideten Hüften, ließ ihre Blicke durch das Haus schweifen und verkündete: »Ich brauch noch einen!«

Ohne zu prahlen, darf ich sagen, daß ich mich schon wiederholt in lebensgefährlichen Situationen befunden habe. Ich bin aus mehreren Gefangenenlagern entflohen, habe im israelischen Befreiungskrieg mitgekämpft und einmal sogar an einem Friedenskongreß der »Liga der Völkerverständigung« teilgenommen. Aber noch nie im Leben fühlte ich mich von so panischer Angst durchschüttelt wie in dem Augenblick, da Großmutti auf meinen Sitz in der ersten Reihe zusteuerte. Es war entsetzlich. Ich wurde abwechselnd rot und blaß, schrumpfte zusammen und suchte verzweifelt nach Deckung. Vor meinem geistigen Auge zogen blitzartig die schmerzlichsten Erinnerungen an meine unglückliche Kindheit vorbei.

»Schön …«, zischte dicht neben mir die Schlange, mit der ich verheiratet bin. »Sie kommt dich holen!«

Im nächsten Augenblick stand Großmutti vor mir. Ich schickte ein Stoßgebet zum Himmel, aber da beugte sie sich schon über mich.

Krampfhaft versuchte ich, ihrem Klammergriff zu entrinnen. Aber das war nur Wasser auf ihre klapprige Mühle. Unter dem stürmischen Beifall des Hauses ließ sie sich mit unnachahmlichem französischen Chic auf meinen Schoß fallen. Eine detaillierte Schilderung des Vorgangs möchte ich mir ersparen. Genug daran, daß Großmutti meinen heftig widerstrebenden Kopf gegen ihr Dekolleté preßte und mit rauher Stimme fragte: »Siehst du gut, mein Kleiner?«

»Ich sehe Abscheuliches«, preßte ich mühsam hervor

und mußte gegen den Hustenreiz ankämpfen, den die aufsteigenden Puderwolken mir verursachten. »Gehen Sie von meinen Knien herunter, oder ich rufe um Hilfe ...«

»Ah, Chéri!« Großmutti erhob sich mit krachenden Knochen, küßte meine Nase und wollte mich auf die Bühne zerren. Dabei erwies sie sich als erstaunlich muskulös. Ich merkte das daran, daß der Griff, mit dem ich mich an der Armlehne meines Sitzes festklammerte, immer lockerer wurde.

»Mon choux«, kicherte sie und forderte das Orchester durch ein Nicken auf, einen munteren Cancan zu spielen, indessen hinter meinem Rücken die beste Ehefrau von allen mir scheinheilig zuraunte: »Sei kein Spielverderber, Ephraim! Sie meint es doch wirklich nett! Alle gehen auf den kleinen Spaß ein, nur du nicht!«

Unterdessen hatte Großmutti mit kundiger Hand meine Finger von der Sessellehne gelöst; einen nach dem andern. Das Publikum jauchzte. Aber ich gab mich noch nicht geschlagen. Ich hatte unter meinem Sitz eine eiserne Leiste entdeckt, an der ich meine Füße einhaken konnte.

»Verschwinde, alte Hexe«, keuchte ich. »Ich mag dich nicht.«

»Mon amour«, säuselte Großmutti, hob mich mit raschem Untergriff halb hoch und bugsierte mich auf die Bühne.

Was weiter geschah, habe ich nur nebelhaft in Erinnerung. Laut Bericht meiner Gattin stand ich vollkommen groggy, mit offenem Mund und baumelnden Armen, neben Großmuttis anderen Opfern, ließ mir von einem Girl eine Papiermütze mit wippenden roten Federn auf den Kopf setzen und tanzte, während Großmutti den Takt klatschte, einige Takte Cha-Cha-Cha.

Als ich auf meinen Platz zurückkehrte, empfing mich die beste Ehefrau von allen sehr unfreundlich.

»Ich schäme mich für dich«, sagte sie. »Warum läßt du einen Narren aus dir machen?«

Nach einigen Tagen konnte ich mein Krankenlager verlassen und ein wenig spazierengehen. Durch Zufall traf ich einen mir befreundeten Volkstanzexperten aus Israel. Im Gespräch erwähnte ich auch Großmutti.

»Ja, die kenne ich«, grinste er. »Die kommt schon seit Jahrzehnten mit demselben Trick aus. Holt aus dem Publikum ein paar ›Touristen‹ auf die Bühne und läßt sie tanzen. Das Publikum hat natürlich keine Ahnung, daß es bezahlte Komparsen sind.«

»Wer?« fragte ich. »Wer ist was?«

»Die angeblichen Touristen. Die werden eigens als Komparsen engagiert. Daß sich ein wirklicher Besucher zu diesem Blödsinn hergibt, kommt nur ganz selten vor. Aber warum fragst du? Sag mir nicht, daß sie dich herumgekriegt hat!«

»Mich?!« Mit einem souveränen Auflachen wies ich diese Zumutung glatt von mir. »Bist du verrückt geworden?«

Tagebuch eines Haarspalters

9. Juni. Heute beim Abendessen sah ich im Fernsehen Yul Brynner und mußte laut auflachen. Wie kann ein Mann, und noch dazu ein so berühmter Schauspieler, einen Glatzkopf haben. Einen, der von einer polierten Billardkugel kaum zu unterscheiden ist? So etwas müßte sich doch vermeiden lassen.

Unter Yul Brynners Einfluß trat ich an den Spiegel, um den Zustand meines Haupthaares zu prüfen. Nach einigen Minuten sorgfältiger Beobachtung schien es mir, als wäre der Haaransatz an den Schläfen ein wenig zurückgewichen. Nun, das kann den durchgeistigten Charakter meines Gesichtsausdrucks nur steigern. In meinem Alter und für einen glücklich verheirateten Brillenträger ist das ganz normal. Und weiter existiert dies »Problem« für mich nicht.

10. Juni. Zufällig fiel mein Blick heute nach der Morgentoilette auf meinen Kamm. Ich zählte 23 einzelne Haare. Aber ich mache mir keine Sorgen. Mein Friseur, den ich zufällig in seinem Laden antraf, bestätigte mir, daß ein täglicher Ausfall von 10 bis 23 Haaren allgemein üblich sei. »Hat nichts zu bedeuten«, sagte er (und er muß es wissen). »Kahlköpfigkeit ist erblich. Nur Männer, deren Vorfahren Glatzen hatten, sind in Gefahr.«

Zu Hause geriet mir zufällig ein Familienbild meines Großvaters und seiner acht Brüder in die Hand. Alle hatten Glatzen. Ich finde, daß mein Friseur sich um sein Geschäft kümmern sollte, statt Fragen der Vererbungstheorie zu diskutieren und dummes Zeug zu schwätzen.

3. September. Es ist doch merkwürdig. Seit ich meinen Haaren so viel Aufmerksamkeit schenke, fallen sie aus. Natürlich merkt das niemand außer mir, der ich ihnen so viel Aufmerksamkeit schenke. Immerhin belief sich in der letzten Woche der tägliche Durchschnitt bereits auf 30. Kein Grund zur Beunruhigung, nein, nur zur Wachsamkeit. Ich schrieb an meine Lieblingszeitung um Auskunft und fand in der Rubrik »Ratgeber für Verliebte« folgende Antwort:

»*Wachsam*, Tel Aviv. Das Haar ist ein zarter, fadenförmiger Auswuchs an bestimmten Körperpartien der Säugetiere. Erfahrungsgemäß kann an bestimmten Körperpartien mancher Säugetiere Haarausfall eintreten. Bei Menschen männlichen Geschlechts ist das ein durchaus normaler Vorgang, der erst dann Beachtung verdient, wenn er auffällige Dimensionen annimmt. Konsultieren Sie einen Arzt.«

Ich konsultierte einen Arzt. Er untersuchte mich auf Herz und Nieren, ferner auf Lunge, Blinddarm und Milz, prüfte meinen Blutdruck, röntgenisierte mich, machte einen Grundumsatz-Test, nahm ein Elektrokardiogramm ab und erklärte mich für vollkommen gesund. In bezug auf meine Haare erklärte er, daß man da leider gar nichts tun könne. Wenn sie ausfallen, dann fallen sie aus.

11. Februar. Meine neue Frisur paßt ausgezeichnet zur verschmitzten Koboldhaftigkeit meiner Gesichtszüge. Das ganze Haar vereinigt sich in einem lustigen kleinen Knäuel und reicht bis zu einer imaginären Verbindungslinie zwischen meinen beiden Ohren, von wo es salopp und ein wenig genialisch nach hinten ausstrahlt, über den haarlosen Rest meiner Kopfhaut.

In einem bemerkenswerten Artikel, der sich auf historische Unterlagen stützt, lese ich, daß eine Menge bedeutender Männer teilweise oder zur Gänze kahl waren: Dschingis Khan, Yul Brynner, Chruschtschow. Es gab sogar einen französischen König namens Karl der Kahle.

27. Mai. Mein Friseur sagt, daß glatzköpfige Männer zumeist begabter sind als die nicht glatzköpfigen, besonders auf gewissen Gebieten. Das ist eine wissenschaftlich erhärtete Tatsache. Aber ich hätte trotzdem nichts zu befürchten, sagte er. Er empfahl mir, meinen Kopf zu rasieren, damit das natürliche Sonnenlicht besseren Zutritt zu meinen Haarwurzeln fände. Dadurch wird der Haarwuchs angeregt, und das Haar erhält wieder seine jugendliche Frische. Nicht als ob ich etwas dergleichen nötig hätte – ich ließ es ihn nur spaßeshalber versuchen. Als ich nachher in den Spiegel sah, wurde ich beinahe ohnmächtig: Das jugendlich brutale Gesicht eines Gangsters starrte mir entgegen. Ich versteckte mich in einer dunklen Ecke des Ladens. Nach Einbruch der Dunkelheit schlich ich nach Hause. Den sarkastischen Gesichtsausdruck der besten Ehefrau von allen werde ich nie vergessen. Samson, Samson, wie gut verstehe ich dich jetzt!

27. *August.* Heute habe ich mich zum ersten Mal wieder bei Tageslicht aus dem Haus gewagt. In meiner Klausur las ich zahlreiche Literatur über Chruschtschow und seine großen Leistungen. Chruschtschow hat bereits in früher Jugend sein Haar verloren. Ich kann mir nicht helfen, aber der Kommunismus ist nicht so ohne.

Daß meine Haare mittlerweile zum großen Teil verschwunden sind, rührt wahrscheinlich daher, daß sie drei Monate lang keinem Sonnenlicht ausgesetzt waren. Mein Kopf gleicht einer Mondlandschaft, die nur von einem kleinen Streifen üppiger Vegetation am Äquator unterbrochen wird. Ich war am Rande der Verzweiflung, als ich in der Zeitung das folgende Inserat entdeckte.

Ich war am Rande der Verzweiflung!

Mein Kopf glich einer Mondlandschaft, die nur von einem kleinen Streifen üppiger Vegetation am Äquator unterbrochen wurde.

Ich verzweifelte nicht!

Ich behandelte mein Haar mit dem amerikanischen Wundermittel

Isotropium Superflex

und bin jetzt vollkommen geheilt sowie auch glücklicher Vater dreier Kinder.

Erhältlich in armselig kleinen Probetuben für Geizhälse
zu 1,20 Pfund, in gigantischen Riesentuben für
den ökonomisch denkenden Ehemann zu 9,80 Pfund.

Ich kaufte eine gigantische Riesentube, um den Prozeß zu beschleunigen.

17. November. Eines muß man diesem Isotropium Superflex lassen: Es hat den Prozeß beschleunigt.

Die Zahl meiner Haare ist auf 27 gesunken, und ich beginne die Welt mit abgeklärten Augen zu sehen. Kein Zufall, liebe Leute, daß fast alle großen Industriemagnaten, Wirtschaftskapitäne, Wissenschaftler und Forscher glatzköpfig sind, besonders nach Überschreitung einer bestimmten Altersgrenze und wenn sie verheiratet sind. Bei mir bemerkt man das allerdings noch nicht, weil ich mein Haar auf so raffinierte Weise von hinten nach vorn kämme, daß es den zwingenden Eindruck erweckt, als sei es von vorn nach hinten gekämmt. Dieser kleine Trick wird höchstens im Schwimmbad sichtbar, wenn meine Haare naß sind und an den Schultern kleben, was meine Kinder regelmäßig in Lachkrämpfe fallen läßt.

29. Januar. Ein häßlicher Zwischenfall vergällte mir heute die Laune. Ich hatte mich um Kinokarten angestellt, als ein Halbstarker an seine etliche Meter vor mir stehende Freundin die Frage richtete: »Wo ist Pogo?«

Das Mädchen – ein primitives, taktloses Geschöpf – deutete auf mich und sagte: »Er steht hinter dem Glatzkopf dort.«

Es war das erste Mal, daß ich eine solche Andeutung zu hören bekam. Vorausgesetzt, daß diese Ziege überhaupt mich gemeint hat. Angesichts meiner Frisur möchte ich das eher bezweifeln: Acht Haare laufen wellenförmig von links nach rechts, drei andere – Gusti, Lili und Modche – streben in rechtem Winkel auf sie zu und überschneiden sie schräg. Für den Hinterkopf sorgt Jossi. Nein, je länger ich darüber nachdenke, desto sicherer bin ich, daß dieses dumme kleine Mädelchen einen anderen gemeint haben muß.

Irgendeinen Glatzkopf.

2. *März*. Ich werde immer abgeklärter und reifer. Mein wachsendes Interesse an religiösen Problemen hat ein neues Lebensgefühl in mir geweckt, und die großartige Strahlkraft der Tradition tut ein übriges. Ich entdecke den tiefen Sinn unserer Gebote und Gesetze. Zumal den Sabbat beobachte ich aufs strengste und halte meinen Kopf ständig bedeckt – wie man weiß, ein Zeichen geistiger Überlegenheit (Levicitus VIII, 9). Unter meiner Kopfbedeckung herrscht eiserne Disziplin.

Bei der heutigen Morgenparade fehlte Gusti. Ich führte eine nochmalige Aufrufkontrolle durch und mußte feststellen, daß die Gesamtzahl der Erschienenen sich auf 4 belief. Später fand ich Gusti leblos an meinem Hemdkragen. Es war das längste und stärkste von allen Haaren, die ich noch hatte. Unerforschlich sind die Wege des Schicksals. Ich warf Modche in die Bresche und bürstete ihn ein wenig auf, damit er nach mehr aussähe, als er ist. Abigail wird grau.

13. April. Nun ist Jossi ganz allein. Der Friseur erging sich in Lobeshymnen über ihn und schlug mir vor, ihn im Interesse einer kräftigen Wiedergeburt abzurasieren. Ich ließ das nicht zu. Ich möchte kein zweites Mal wie ein Glatzkopf aussehen. Ich spendierte Jossi ein Chlorophyll-Shampoo gegen Schuppenbildung. Als er trocken war, legte ich ihn im Zickzack über meinen Kopf. Er soll Grund und Boden haben, soviel er will.

28. Juli. Das Unvermeidliche ist geschehen. Jossi ist nicht mehr. Er verfing sich im Innenleder meines Hutes und wurde mit der Wurzel ausgerissen. Mir fiel das tragische Ende der Isadora Duncan ein. Selbstmord?

29. Juli. Die beste Ehefrau von allen wird sich damit abfinden müssen, daß ich eine gewisse Neigung zur Kahlköpfigkeit habe.

Überwältigung in A-Dur

An diesem folgenschweren Tag ging ich zeitig zu Bett, weil ich am Morgen schon um halb zehn aufstehen mußte. Es glückte mir, verhältnismäßig rasch einzuschlafen. Aber nach etwa einer Stunde wurde ich rüde geweckt.

»Wir wollen schlafen!« brüllte eine haßerfüllte Stimme. »Es ist zehn Uhr vorbei. Stellen Sie das Radio ab, Sie Idiot!«

Ich setzte mich im Bett auf. Von fern, aus der äußersten Ecke unseres Häuserblocks, glaubte ich leise Musikklänge zu vernehmen. Ganz sicher war ich nicht, weil das zornig anschwellende Stimmengewirr alles übertönte.

»Wir wollen schlafen! Ruhe! Das Radio abdrehen! Ruhe!« Nach und nach erwachten auch die Bewohner der angrenzenden Häuser. In vielen Fenstern wurde es hell. Der Delikatessenhändler uns gegenüber formte aus seiner Zeitung einen Schalltrichter und verlangte Respekt vor der neuen Anti-Lärm-Verordnung. Der jemenitische Eisverkäufer Salah im Stockwerk unter uns stieß mehrmals den Namen Ben Gurion hervor, was bei ihm ein sicheres Zeichen hochgradiger Erregung ist. Ich selbst schlüpfte rasch in meinen Schlafrock, um mich besser hinausbeugen zu können. Ich liebe es über alles, Leute streiten zu sehen. Das ist ein menschlicher Zug von mir. »Ruhe!« brüllte ich in die Nacht hinaus. »Wo ist das Hauskomitee? Komitee!!«

Manfred Toscanini, den meine Leser bereits aus früheren Geschichten kennen und der mit dem gleichnamigen Dirigenten noch immer nicht verwandt ist, erschien auf dem Balkon seiner Wohnung und murmelte etwas Unverständliches. Manfred Toscanini ist Vorsitzender unseres Hausverwaltungskomitees. Aufmunternde Zurufe klangen ihm entgegen.

»Auf was warten Sie? Sind Sie der Vorsitzende des Komitees, oder sind Sie es nicht? Rühr dich! Mach was! Rufen Sie die Polizei! Für diese Art von Ruhestörung gibt es heute bis zu einem Jahr Gefängnis! Los!«

»Einen Augenblick!« schrie Toscanini. »Wenn ihr so einen Lärm macht, kann ich ja gar nicht feststellen, wo der Lärm herkommt!«

Wir verstummten. Es zeigte sich, daß die Musik aus der rechten Eckwohnung im Parterre kam.

»Katzenmusik!« Das war Salah. Seine Stimme überschlug sich. »Sofort die Katzenmusik abstellen! Ben Gurion!« Toscanini stieg nervös von einem Fuß auf den andern. Er ist keine Kämpfernatur. Wir haben ihn nur gewählt, weil er eine schöne Handschrift hat und leicht zu behandeln ist.

»Bitte das Radio abstellen«, stammelte er. »Bitte. Wirklich.«

Nichts geschah. Die Musik strömte in unverminderter Stärke durch die laue Nacht.

Manfred Toscanini merkte, daß sein Prestige, sein Schicksal, seine Zukunft und das Glück seiner Kinder auf dem Spiel standen. Er hob die Stimme.

»Wenn diese Katzenmusik nicht sofort aufhört, rufe ich die Polizei.«

Einige Augenblicke atemloser Spannung folgten. Der Zusammenstoß zwischen Staatsgewalt und Rebellion schien bevorzustehen.

Plötzlich wurde die Musik noch lauter: Die Tür der Wohnung, aus der sie kam, hatte sich geöffnet. Im Türrahmen erschien Dr. Nathaniel Birnbaum, Seniorchef der nahe gelegenen Zweigstelle des Staatlichen Israelischen Reisebüros.

»Wer ist der Ignorant«, fragte Dr. Birnbaum mit volltönender Stimme, »der die Siebente von Beethoven als Katzenmusik bezeichnet?«

Stille. Tiefe, lautlose Stille. Beethovens Name schwebte zwischen den Häusern einher, drang den Bewohnern in Mark und Bein. Manfred Toscanini, das Gesicht zu einer entsetzten Maske verzerrt, krümmte sich wie ein Wurm. Ich meinerseits trat einen Schritt vom Fenster zurück, um klarzustellen, daß ich mich mit seinem niveaulosen Verhalten in keiner Weise identifizierte.

Während all dieser Zeit blieb die himmlische Musik diskret hörbar. Dr. Birnbaum verabsäumte es nicht, seinen Sieg bis zur Neige auszukosten.

»Nun? Wo steckt der Analphabet? Für wen ist Beethovens Siebente eine Katzenmusik? Beethovens Siebente!« Verlegenes Räuspern. Beschämtes Husten. Schließlich flüsterte der schurkische Delikatessenhändler mit verstellter Stimme:

»Es war der Vorsitzende des Komitees ...«

»Ich gratuliere!« Der Hohn in Dr. Birnbaums Stimme war nur zu berechtigt. »Ich gratuliere uns allen zu einem solchen Vorsitzenden!«

Damit drehte er sich um und verschwand gelassenen Schritts in seiner Wohnung. Eine schwer zu beschreibende Welle kultureller Überlegenheit ging von ihm aus. Kläglich und vereinsamt blieb Manfred Toscanini auf der Walstatt zurück, ein geschlagener Mann.

»Ich war so zornig«, sagte er entschuldigend, »ich war vor Wut so zornig, daß ich vor Zorn die Siebente von Beethoven nicht erkannt habe.«

»Pst!« zischte es von allen Seiten auf ihn los. »Ruhe! Mund halten! Man kann die herrliche Musik nicht hören!«

Mit gesenktem Kopf zog sich Manfred Toscanini in seinen Bau zurück. Wir anderen lauschten im Zustand völliger Verzauberung dem Titanenwerk jenes größten aller Musikgenies. Zahlreiche Hausbewohner streckten sich behutsam auf ihren Liegestühlen aus und schlossen die Augen, um sich den unsterblichen Klängen besser hingeben zu können. Und ich? Ich sah zum sternenbedeckten Himmel empor, und meine Lippen formten leise und demütig ein einziges Wort: »Beethoven.«

Nur der Jemenite Salah und sein Weib Etroga störten die weihevolle Stille mit ihrem Getuschel.

»Wer ist das?« fragte Etroga.

»Wer ist wer?«

»Dieser Herr … wie heißt er nur … Betovi …«

»Ich weiß nicht.«

»Muß ein wichtiger Mann sein, wenn alle solche Angst vor ihm haben.«

»Ben Gurion«, sagte Salah. »Ben Gurion.«

»Und warum hast du geschrien, wenn du nichts weißt?«

»Alle haben geschrien.«

»Alle dürfen. Du darfst nicht. Deine Verkaufslizenz ist nicht in Ordnung. Hast du vergessen, was deinem Freund Schimuni passiert ist, weil er sein großes Maul zu weit aufgerissen hat?«

Salah schlotterte vor Angst.

»Herrlich!« rief er so laut, daß jeder es hören konnte. »Eine herrliche Musik!«

Uri, der Sohn des Apothekers, den die plötzliche Stille geweckt hatte, kam auf den Balkon gestürzt und zeterte: »Katzenmusik!«

Er bekam von seinem Papa sofort eine Ohrfeige, was allgemeine Billigung fand. Ein Kind, dem man nicht schon im zarten Alter den nötigen Respekt für die großen Kunstschöpfungen beibringt, kann niemals ein nützliches Mitglied der menschlichen Gesellschaft werden und endet am Galgen.

Der Professor in der Wohnung rechts von uns, der seit dem letzten Streit mit seiner Frau, also seit ungefähr vierzig Jahren, kein Wort mehr mit ihr gesprochen hatte, stand jetzt friedlich neben ihr am Fenster. Beethovens

Himmelsmusik hatte die entzweiten Ehepartner wieder vereint.

Im Bestreben, seine Blamage gutzumachen, summte Manfred Toscanini demonstrativ ein paar Takte mit. Aber seine schamlose Unterwürfigkeit ging noch weiter.

»Doktor Birnbaum!« rief er. »Bitte drehen Sie den Apparat noch ein wenig stärker auf! Man kann von hier aus nicht so gut hören … Danke vielmals!«

Die Musik war lauter geworden. Wie eine große, glückliche Familie saßen die Hausbewohner beisammen und lauschten. Wir alle liebten einander.

»Gigantisch, dieses Rondo«, flüsterte der Apotheker, dessen ältester Sohn Harmonika-Unterricht nahm. »Obwohl ich nicht ganz sicher bin, ob es nicht vielleicht ein Scherzo ist.«

Der Delikatessenhändler äußerte einige verächtliche Worte über gewisse Zeitgenossen, die zwischen einem Rondo und einem Scherzo nicht unterscheiden können.

Die Gattin des Professors flüsterte mehrmals hintereinander: »A-Dur … A-Dur …«

Salah beugte sich weit aus dem Fenster und legte beide Hände an die Ohren.

Ich schlug verstohlen meinen »Konzertführer« auf und suchte nach der Siebenten von Beethoven. Der »Konzertführer« ist ein handliches Büchlein, das man mühelos vor den Blicken Neugieriger verbergen kann.

»Bekanntlich«, so ließ ich mich vernehmen, »gehört die Symphonie in A-Dur zu Beethovens gewaltigsten Meisterwerken. Die einleitenden Akkorde werden in verschiedenen Variationen wiederholt, ehe sie in das Hauptthema des ersten Satzes übergehen. Moderne Kritiker finden an dieser Exposition etwas auszusetzen ...«

Mein Ansehen unter den Hausbewohnern stieg sprunghaft, ich fühlte das ganz deutlich. Bisher, wohl irregeführt durch mein übertrieben bescheidenes Wesen, hatten sie mich nicht richtig eingeschätzt. Um so zündender wirkte jetzt das Feuerwerk meiner profunden Musikalität. Die Gärtnerstochter von gegenüber schickte ihren kleinen Bruder zu mir und ließ fragen, ob ich ihr nicht mein Opernglas leihen könnte.

In einem lendenlahmen Versuch, mir zu widersprechen, sagte der Apotheker:

»Die Exposition ist vollkommen in Ordnung. Auch ein Bartók hätte sie nicht anders aufbauen können.«

Gleich bei seinen ersten Worten hatte ich eilig in meinem »Konzertführer« zu blättern begonnen.

»Vergessen Sie nicht«, hielt ich dem wichtigtuerischen Tölpel jetzt entgegen, »daß der vierte Satz sich zu unwiderstehlicher Resonanz emporschwingt und besonders im Finale alle irdischen Maße sprengt!«

Der ganze Häuserblock lag mir zu Füßen. Beethovens Genius und meine eigene Brillanz flossen zu sphärischer Einheit zusammen. So stellte ich mir das Nirwana vor.

»Auch Bach ist nicht schlecht«, brummte der Apotheker und hoffte damit sein Gesicht zu wahren.

Die Musik kam noch einmal auf das Hauptthema zurück. Bläser und Streicher entfalteten sich in einer letzten, vollen Harmonie, ehe die unsterblichen Klänge endgültig entschwebten.

Ein Seufzer namenlosen Entzückens entrang sich den

Lippen der Zuhörer. Augenblicke einer nahezu heiligen Stille folgten. Dann meldete sich der Ansager.

»Sie hörten die Suite ›An den Mauern von Naharia‹ von Jochanan Stockler, gespielt von der Kapelle der Freiwilligen Feuerwehr Petach Tikvah. Im zweiten Teil unseres Abendkonzertes bringen wir klassische Musik auf Schallplatten. Als erstes hören Sie Beethovens Siebente Symphonie in A-Dur.«

Abermals Stille. Unheilschwangere Stille.

Manfred Toscaninis Gestalt wurde im Fensterrahmen sichtbar und schien gespenstisch über sich hinauszuwachsen.

»Katzenmusik!« röhrte er, besessenen Triumph in der Stimme. »Hören Sie mich, Birnbaum, Katzenmusik! He, Birnbaum! Das nennen Sie Beethoven? Ich nenne es Katzenmusik!«

Die Empörung griff unter den Hausbewohnern um sich wie ein Waldbrand.

»Beethoven!« kreischte die Gattin des Professors und eilte zu einem anderen Fenster. »Was jetzt Birnbaum?«

Der Jemenite Salah packte sein Weib am Arm.

»Sie haben uns betrogen!« zischte er. »Wieder einer von ihren schäbigen Tricks!«

»Wenn die Polizei kommt, dann haben wir nichts gesehen«, schärfte ihm seine Gattin ein.

»Ben Gurion«, sagte der Jemenite Salah.

Sollte Dr. Birnbaum in seiner lächerlichen Überheblichkeit einem guten Ratschlag noch zugänglich sein, dann sucht er sich eine andere Wohnung. Bei uns hat er ausgespielt.

Unterirdische Abenteuer

Es gibt Zeiten, in denen selbst der gewöhnliche Ausländer in nahen persönlichen Kontakt mit den Engländern kommen kann, meistens zwischen vier und sechs Uhr nachmittags, während der Stoßzeiten.

In London leben ungefährt acht Millionen Menschen. Siebeneinhalb Millionen benutzen zwischen vier und sechs Uhr nachmittags die öffentlichen Verkehrsmittel, um nach Hause zu fahren. Das ist der Grund, warum der Schreiber dieser Zeilen zwischen vier und sechs Uhr nachmittags nie ein öffentliches Verkehrsmittel benutzt hat, außer an jenem unvergeßlichen Donnerstag. Allerdings wurden meine Frau und ich dadurch irregeführt, daß wir am Ansatz der Treppe, die zu der betreffenden Untergrundbahnstation hinabführte, keine Schlange sahen.

Dann wird's schon nicht so schlimm sein, dachten wir und begannen den Abstieg. Unten angelangt, herrschte plötzlich ein solches Gedränge, daß wir sofort umkehren wollten. Es ging nicht mehr, und von da an verloren wir jeden Einfluß auf die Entwicklung der Dinge. Als wir an den Kassenschalter herangezwängt wurden, konnte ich noch mit knapper Not meine Geldbörse hervorziehen, aber sie wieder einzustecken, war mir nicht mehr möglich. Ich mußte sie während der ganzen Fahrt in der

Hand halten. Die geliebte Gestalt meiner Frau sah ich zuletzt hoffnungslos eingekeilt auf der Plattform. Sie wandte mir ihr süßes Antlitz zu, und ich hörte sie etwas rufen, wovon ich nur Bruchstücke verstand.

»Leb wohl, Geliebter … auf ewig bleib ich die Deine … und vergiß nicht … die Schlüssel …«

Dann entschwand sie endgültig meinen Blicken.

Während der Fahrt verspürte ich dann und wann von seitwärts den Griff des Regenschirmes zwischen den Rippen und glaubte ihn an der Form als den ihren zu erkennen. Um mich zu vergewissern, hätte ich den Kopf drehen müssen – aber wie? Ein Herr in schwarzem Mantel stand so dicht gegen meine Brust gepreßt, daß sogar unsere Nasen sich verschwisterten. Ich starrte ihm aus einer Entfernung von höchstens vier Zentimetern in die Augen; sie waren von himmelblauer Farbe, und ihre Pupillen flackerten unruhig. Wie sein Gesicht aussah, konnte ich nicht feststellen. Zu meiner Linken erspähte ich ab und zu die Umrisse einer Sportkappe, die sich an einem Oberschenkel wetzte. Und von der andern Seite her bohrte sich der schon erwähnte Regenschirmgriff in meinen Brustkorb.

»Weib!« rief ich aufs Geratewohl. »Bist du's?«

Nach dreimaliger Wiederholung drang aus meilenweiter Ferne ein schwaches Stimmchen an mein Ohr: »Liebster … ja … ich glaube, daß ich es bin …«

Sie lebte also! Meine freigebliebene Hand – mit der anderen hielt ich noch immer meine Geldbörse umklammert – tastete in die Richtung, aus der die Stimme gekommen war, verfing sich aber in einem fremden Büstenhalter, so daß ich alle weiteren Nachforschungen einstellen mußte. Auf einem meiner Füße – ich wußte nicht, auf welchem, denn ich hatte längst die Kontrolle über sie verloren – stand ein fremder Mensch, was meine Bewegungsfreiheit noch mehr beeinträchtigte. Dafür gelang es in einer scharfen Kurve meinem blauäugigen Gegenüber, seine Nase mit jähem Ruck von der meinen abzuziehen. Unsere Wangen klatschten leise aneinander und blieben fortan in Schmiegeposition, als wären wir ein argentinisches Tango-Tanzpaar. Zum Glück hatte ich einen gut rasierten Partner. Die Verbindungswege zu meiner Frau waren völlig zusammengebrochen.

Dies alles verblaßte jedoch vor einer neuen Katastrophe, die mir drohte: Ich mußte niesen. Schon seit einer ganzen Weile spürte ich das kommen. Jetzt stand es unmittelbar bevor. Und wenn ich jetzt nicht sehr schnell zu meinem Taschentuch käme, würde Fürchterliches geschehen.

Übermenschliche Kräfte durchfluteten meinen linken Arm. Indem ich jedes kleinste Rütteln des Zuges nutzte, gelang es mir, meinen Tangopartner so weit wegzudrücken, daß ich mit der Hand bis in die Hosentasche kam. Damit war aber erst der leichtere Teil des Unternehmens bewältigt. Um die Hand mit dem Taschentuch auch an meine Nase führen zu können, bedurfte ich noch einer gewaltigen Portion Glück.

Es gelang. An der nächsten Haltestelle verließ einer der Fahrgäste den bisher von ihm gehaltenen Posten auf meinem Fuß und stellte dadurch einen Teil meiner Manövrierfähigkeit wieder her. Zwar schloß mich gleich darauf die nachdrängende Menge aufs neue ein, aber in jenem kurzen Augenblick relativer Freiheit hatte ich das Taschentuch tatsächlich in Nasenhöhe gebracht.

Bloß die Lust zum Niesen war mir unterdessen vergangen. So ist das Leben.

Meine Hand mit dem Taschentuch verharrte in der erreichten Position, halblinks vom Mantelkragen des Blauäugigen und schräg unterhalb meines Kinns. Dort begann sie langsam zu erstarren.

Eine Minute später entglitt das Taschentuch meinen fühllos gewordenen Fingern und senkte sich in den Schoß des Sportkappenträgers. Ich hatte keine Möglichkeit, mit dem Mann in Fühlung zu kommen. Ich konnte ihn nur stumm aus meinem rechten Augenwinkel beobachten.

In der nächsten Kurve blickte er zufällig an sich hinab, entdeckte das Taschentuch, hielt es für einen hemdeigenen Toilettefehler und stopfte es, so rasch er konnte, in seine Hose.

Das verursachte ihm einige Mühe und, wie es schien, auch Verlegenheit. Kurz darauf stand er auf und verdrückte sich in der Menge. Möglicherweise ist er sogar ausgestiegen.

Als ich nach Hause kam, wurde ich bereits von meiner Frau erwartet. Wir stellten fest, daß wir das lebensgefährliche Abenteuer mit geringfügigen Bekleidungsschäden und Hautabschürfungen überstanden hatten.

Irgendwo in London, in einem Paar wildfremder Hosen, ruhte mein Taschentuch.

Englischer Humor

Die Londoner Straßen bieten manch sehenswerten Anblick. Während der ersten Tage unsres Aufenthaltes hatten meine Frau und ich immer wieder die größte Mühe, nicht laut herauszulachen, wenn wir die Scharen junger, schnurrbärtiger Engländer sahen, die ganz in Schwarz gekleidet waren, mit schwarzen Melonen auf dem Kopf, einem schwarzen Regenschirm in der Rechten und in der Linken unweigerlich die »Times«. Es war zu komisch.

Nach ein paar Tagen hatten wir uns an diesen Anblick gewöhnt und schämten uns unseres unreifen Benehmens.

Und dann, eines Abends, gingen wir ins Theater. Man gab eine englische Komödie. Auf der Bühne erschien ein Schauspieler in der oben beschriebenen Kleidung, welche auch die Kleidung der meisten Zuschauer war – worauf die Zuschauer in ein so schallendes, immer wieder losplatzendes Gelächter ausbrachen, daß die Platzanweiser Beruhigungstabletten verteilen mußten. Übrigens sind in englischen Theatern während der Vorstellung alle möglichen Dinge zu haben: Cakes, Steaks, Kissen, Bücher, Bilder, Bilderbücher, notfalls auch Haarwasser. Aber warum es die Engländer so sehr erheitert, auf der Bühne ihre eigenen Kleidungsstücke zu sehen, die sie doch an sich selbst in keiner Weise komisch finden – das gehört zu den vielen Geheimnissen des englischen Humors.

Ich gestehe, daß ich die Engländer um ihren Humor nicht weniger beneide als um die unvergleichliche Ausdruckskraft ihrer Sprache. Am meisten jedoch beneide ich die englischen Humoristen. Und zwar beneide ich sie um ihr Publikum, dessen Lachbereitschaft ans Wunderbare grenzt. Es ist nicht bloß ein dankbares Publikum, es ist eine Nummer für sich. Wer jemals einen der orkanartigen Lachstürme miterlebt hat, die von jedem durchschnittlichen Variété-Programm oder von den populären Rundfunksendungen der BBC entfesselt werden, wird mich verstehen. Wir in Israel genießen den Vorzug, diese Sendungen Tag für Tag hören zu können, wenn wir den britischen Militärsender der nahe gelegenen Insel Zypern einstellen.

Den Beginn des Lach-Bacchanals auf Kurzwelle erkennt man an einem donnernd einsetzenden Applaus. Er ist das Zeichen, daß die beiden Protagonisten des Heiterkeitsfestes die Szene betreten haben. Wenn er verklungen ist, fragt der eine von ihnen den anderen in breitem, nicht wiederzugebendem Cockney-Akzent:

»Was'n los mit dir, Charlie?«

Die dröhnende Lachsalve, die darauf folgt, schrumpft alsbald zum verlegenen Hüsteln gegen die orkanartige Reaktion auf die Antwort des Befragten.

»Ich hab heut morgen 'n fürchterliches Sausen im Kopf gehabt, hab ich gehabt.«

»Und was, Charlie«, fragt der erste, »was saust'n in deim Kopfe, was saust da?«

An diesem Punkt nimmt der allgemeine Lachkrampf die Ausmaße einer hemmungslosen Massenhysterie an. Es dröhnt derartig, daß der Apparat zu zersplittern droht. Quer hindurch schrillen die letzten spitzen Aufschreie der in Ohnmacht fallenden Frauen. Im Hintergrund hört man die Sirenen der anfahrenden Ambulanzwagen.

Aber das ist noch immer nicht der Gipfel. Der wird erst nach der nächsten Antwort erreicht. Sie lautet: »Was da saust? Weiß ich nicht!«

Kein Rand und kein Band mehr, aus dem das Publikum jetzt nicht geriete. Brüllendes, tosendes Gelächter von noch nie berechneter Megaphon-Stärke geht in rhythmisches Händeklatschen über, das von gellenden Pfiffen der Begeisterung kontrapunktiert wird. Minutenlang muß der erste Fragesteller warten, um die folgende Vermutung halbwegs verständlich zu machen.

»Vielleicht hast du in der Nacht nicht gut geschlafen, Charlie?«

»Wie soll ich denn schlafen, wenn's mir so im Kopf saust, eh?«

Das gibt dem Publikum den Rest. Das bringt die letzten Säulen der sprichwörtlich britischen Zurückhaltung krachend zum Einsturz. Was sich jetzt abspielt, ist mit

»Erdbeben« nur unzulänglich angedeutet. Es bedarf des prompten Einsatzes aller verfügbaren Platzanweiser, Sicherheitsorgane und Hilfstruppen, um völliges Chaos zu verhindern. Ein Sprecher meldet mit gedämpfter Stimme zwei Todesfälle. Dann ist die letzte noch intakte Röhre des Empfangsapparates durchgebrannt.

Der ausländische Hörer aber sitzt vor den rauchenden Trümmern seines Geräts und fragt sich ebenso verwundert wie vergebens, was da vorgegangen ist und was die eigentliche Ursache dieser orgiastischen Heiterkeitsstürme war?

Jetzt wissen wir's. Und wenn wir von unserem Besuch in England nichts anderes mitgebracht hätten als diese Erkenntnis, so hätte sich's gelohnt. Jetzt wissen wir's: Die beiden Protagonisten müssen schwarze Melonen getragen haben …

Und Moses sprach zu Goldstein

Die Nacht senkte sich über das Zeltlager. Unruhe herrschte unter den Kindern Israels. Jetzt war es schon Wochen her, daß Moses sich oben auf dem Berg befand, und noch immer hatte man nichts von ihm gehört. Die Juden standen in kleinen Gruppen herum und diskutierten. Besonders gern sprachen sie über die vielen Unglücksfälle, die ihnen auf der langen Wanderung aus Ägypten zugestoßen waren.

Ein trockener Wüstenwind wehte den Sand in heißen Wirbeln vom Berge Sinai herab. Das Vieh zerrte an den Halftern und brüllte ängstlich in die dunkle, trostlose Einöde rings herum. Schakale umschlichen das Lager. Ihr Lachen klang beinahe menschlich. Stumm und drohend ragte der Berg in die Nacht.

In einem der größeren Zelte saßen schweigende Männer in farbigen Burnussen. Sie regten sich auf. Ihre Augen zwinkerten durch das Zwielicht. Die Weiber saßen in einer Ecke und trockneten sich mit öligen Lappen den Schweiß von den Gesichtern.

Einer der Männer, eine hohe, bärtige Erscheinung, ergriff das Wort.

»Jochanan gibt«, sagte er. »Doktor Salomon, heben Sie ab.«

Dr. Salomon hob ab, und der untersetzte, kraushaarige

Jochanan begann zu geben. Seit dem frühen Nachmittag war die Pokerpartie im Gange. Vor Jochanan häuften sich die Goldkörner.

»Unser Freund hat Glück«, brummte Pinky Goldstein, ein grimmiger Geselle mit ewig zerrauftem Scheitel. »Er raubt uns ganz schön aus.«

»Was hat er davon«, vernahm man aus der Ecke Jochanans Weib. »Was kann ich mir dafür schon kaufen. Bei der Auswahl, die man hier hat. Wachteln oder Manna. Und zur Abwechslung Manna oder Wachteln. Eines Tages werden mir noch Flügel wachsen, und weg bin ich. Es ist zum Verzweifeln. Keine Gurke, keine Tomaten, keine Zwiebeln, kein Knoblauch. Nicht für alles Gold der Welt.«

»Und ich werde euch aus Ägypten führen in das Land, wo Milch und Honig fließen.« Zum hundertsten Mal machte Pinky Goldstein das mühsame Stottern von Moses nach. »Diese verdammten Zionisten«, fügte er hinzu. »Wenn ich an das Roastbeef denke, daß mir mein Schwager aus Goshen immer geschickt hat.«

Dr. Salomon seufzte, und sein Mund mit den großen, gelben Zähnen wässerte hörbar.

»Jedes Jahr hat er ein Kalb für uns gemästet. Jedes Jahr. Bis es diesem verrückten ägyptischen Hauptmann plötzlich einfiel, das ganze Dorf niederzubrennen und die Einwohner zu vierteilen. Nie wieder hab ich solche Kalbsschnitzel gegessen. Ja, das waren noch Zeiten.«

Eine Weile war es still. Man hörte nur das Jaulen der Wachhunde vor dem Lager.

»Um es einmal ganz deutlich zu sagen«, ergriff Pinky

Goldstein abermals das Wort. »Ich finde diesen Auszug aus Ägypten einfach idiotisch. Ich frage mich, was habe ich, Pinky Goldstein, ein Ägypter israelitischen Religionsbekenntnisses, hier in der Wüste zu suchen? Ist es mir vielleicht schlecht gegangen in Ägypten? Warum bin ich nicht dort geblieben?«

»Weil du ein Dummkopf bist, Pinky. Darum.« Es war Gloria, Pinkys rotblonde Sekretärin, die sich einmischte, während sie ihre Augenbrauen mit grünem Kalkstaub färbte. »Wie oft habe ich dir gesagt: Pinky, du bist ein Intellektueller, die Aufseher haben Vertrauen zu dir, weil sie sehen, daß du nicht zu dem übrigen Gesindel gehörst. Du hättest deine Stellung glatt behalten können. Aber nein, nach Kanaan muß er gehen.«

»Liebling«, protestierte Pinky Goldstein. »Liebling, du tust ja gerade so, als ob ich unbedingt hätte gehen wollen. Habe ich Moses nicht immer wieder gebeten, uns gefälligst in Ruhe zu lassen, weil wir den Ägyptern gerne dienen? Es hat nichts genützt. Und daß die Situation auf die Dauer unhaltbar wurde, weißt du so gut wie ich. Schließlich und endlich hat Pharao befohlen, unsere Erstgeborenen zu töten.«

»Mach dich nicht lächerlich. Jeder vernünftige Mensch weiß, daß dieser Befehl niemals ausgeführt worden wäre.«

»Aber Liebling, der Nil war ja schon voll mit toten hebräischen Kindern.«

»Nicht in unserer Gegend. Und überhaupt hat das alles erst angefangen, als Moses sich bei Pharao unbeliebt machte. Bis dahin wurde uns kein Haar gekrümmt.«

Die Spieler hatten ihre Karten hingelegt.

»Man mußte hart arbeiten in Ägypten, das stimmt«, ergänzte Jochanan. »Aber die Arbeit wurde auch geschätzt. Man lebte im Schweiße seines Angesichts. Nicht so wie hier, wo diese Nahrung vom Himmel fällt. Das hat's zu Hause nicht gegeben. Und wenn ich die vorgeschriebene Anzahl von Ziegeln ablieferte, wurde ich niemals länger geschlagen als nötig.«

»Na, na, na. Einmal hat man Sie doch beinahe totgeprügelt.«

»So schlimm war's gar nicht. Ganz abgesehen davon, daß der Aufseher nur seine Pflicht tat, denn ich hatte schließlich Pharaos Namen ausgesprochen. Muß man denn Pharaos Namen aussprechen? Man muß wirklich nicht. Das nenne ich Disziplin.«

»Pharao war streng, aber gerecht«, bekräftigte Pinky Goldstein. »Wer ehrlich arbeitete und den Mund hielt, dem geschah nichts.«

»Ganz unter uns«, sagte Jochanan. »Wir hätten auf Pharao hören sollen, als er uns nicht gehen lassen wollte. Er wußte, was von Moses' Propagandaquatsch zu halten war. Jetzt hocken wir hier und sterben wie die Fliegen.«

Ein Windstoß riß einen der Vorhänge auf und wirbelte heißen Wüstensand ins Zelt. Dr. Salomon schleuderte sein Trinkhorn in die Ecke und spuckte angewidert aus.

»Zum Teufel mit diesem lauwarmen Gesöff. In Goshen hat man keine Wunder gebraucht, um Wasser zu bekommen. Gutes Trinkwasser! Und überhaupt. Wäre ich doch nur wieder in meiner geschmackvoll eingerichteten Zweizimmerhöhle …«

Gloria kämmte ihr Haar.

»Seit dem letzten Wunder sind schon wieder Wochen vergangen«, sagte sie schnippisch.

»Das Unglück ist«, meinte Dr. Salomon, »daß Moses lieber auf Jethro hört, seinen nichtjüdischen Schwiegervater, als auf unsere Fachleute. Was ist das Resultat? Ein Kastensystem mit lauter Obersten und Hauptleuten und solchem Zeug. Aber dafür werden keine Zinsen mehr eingetrieben. Wie will er unter solchen Umständen das Budget ausgleichen? Oder nehmen wir dieses blödsinnige neue Sklavengesetz. Wer wird denn noch investieren, wenn man die Sklaven alle sieben Jahre freilassen muß?«

»Angeblich plant Aaron ein neues Goldbesteuerungssystem«, flüsterte Pinky. »Das gibt uns den Rest.«

»Was Moses oben auf dem Berg wohl erreicht hat«, brummte Dr. Salomon.

Jochanan kratzte sich am Kinn, seine Stimme klang verschwörerisch:

»Stellen wir Radio Kairo ein«, sagte er. »Es kursieren Gerüchte, daß man uns die Rückreise ermöglichen will. Ich weiß allerdings noch nichts Konkretes. Pharao soll auf der Tötung unserer Erstgeborenen bestehen, verspricht uns aber im übrigen humane Behandlung, geregelte Arbeit und gesicherte Verpflegung. Moses müßte natürlich ausgeliefert werden ...«

Die Männer steckten ihre Köpfe zusammen. Und genau in diesem Augenblick geschah es, daß Moses vom Herrn die steinerne Tafel mit den Zehn Geboten empfing.

Onkel Morris und das Kolossalgemälde

Der Tag begann wie jeder andere Tag. Im Wetterbericht hieß es »wechselnd wolkig bis heiter«, die See war ruhig, alles sah ganz normal aus. Aber zu Mittag hielt plötzlich ein Lastwagen vor unserem Haus. Ihm entstieg Morris, ein angeheirateter Onkel meiner Gattin mütterlicherseits.

»Ihr seid übersiedelt, höre ich«, sagte Onkel Morris. »Ich habe euch ein Ölgemälde für die neue Wohnung mitgebracht.«

Und auf einen Wink seiner freigebigen Hand brachten zwei stämmige Träger das Geschenk angeschleppt.

Wir waren tief bewegt. Onkel Morris ist der Stolz der Familie meiner Frau, ein sagenhaft vermögender Mann von großem Einfluß in einflußreichen Kreisen. Gewiß, sein Geschenk kam ein wenig spät, aber schon die bloße Tatsache seines Besuchs war eine Ehre, die man richtig einschätzen mußte.

Das Gemälde bedeckte ein Areal von vier Quadratmetern, einschließlich des gotisch-barocken Goldrahmens, und stellte das jüdische Gesamterbe dar. Rechts vorne erhob sich ein kleines »Städel«. Es lag teils in der Diaspora, teils in einem Alptraum und war von vielem Wasser und vielem sehr blauen Himmel umgeben. Zuoberst prangte die Sonne in natürlicher Größe, zuunterst weideten Kühe und Ziegen. Auf einem schmalen Fußpfad wandelte ein Rabbi mit zwei Thorarollen, ihm folgte eine Anzahl von Talmudschülern, darunter einige Wunderkinder sowie ein Knabe kurz vor Erreichung des dreizehnten Lebensjahrs, der sich für seine Bar-Mizwa vorbereitete. Im Hintergrund sah man eine Windmühle, eine Gruppe von Geigern, den Mond, eine Hochzeit und einige arbeitende Mütter, die im Fluß ihre Wäsche wuschen. Auf der linken Seite öffnete sich die hohe See, komplett mit Segelbooten und Fischernetzen. Aus der Ferne grüßten Vögel und die Küste Amerikas.

Noch nie in unserem ganzen Leben hatten wir ein derartiges Konzentrat von Scheußlichkeit erblickt, obendrein in quadratischem Format, in neoprimitivem Stil und in Technicolor.

»Wahrhaft atembeklemmend, Onkel Morris«, sagten wir. »Aber das ist ein viel zu nobles Geschenk für uns. Das können wir nicht behalten!«

»Macht keine Geschichten«, begütigte Onkel Morris. »Ich bin ein alter Mann und kann meine Sammlung nicht mit ins Grab nehmen.«

Als Onkel Morris, der Stolz der Familie meiner Frau, gegangen war, saßen wir lange vor dem in Öl geronnenen Schrecknis und schwiegen. Die ganze Tragik des jüdischen Volkes begann uns zu dämmern. Es war, als füllte sich unsere bescheidene Wohnung bis zum Rande mit Ziegen, Wolken, Wasser und Talmudschülern. Wir forschten nach der Signatur des Täters, aber er hatte sie feig verborgen. Ich schlug vor, die quadratische Ungeheuerlichkeit zu verbrennen. Meine Gattin schüttelte traurig den Kopf und wies auf die eigentümliche Empfindlichkeit hin, durch die sich ältere Verwandte auszeichnen. Onkel Morris würde uns eine solche Kränkung niemals verzeihen, meinte sie.

Wir beschlossen, daß wenigstens niemand anderer das Grauen je zu Gesicht bekommen sollte, schleppten es auf den Balkon, drehten es mit der öligen Seite zur Mauer und ließen es stehen.

Eine der dankenswertesten Eigenschaften des menschlichen Geistes ist die Fähigkeit, zu vergessen. Wir vergaßen das Schreckensgemälde, das von hinten nicht einmal so schlecht aussah, und gewöhnten uns allmählich an die riesige Leinwand auf unserem Balkon. Eine Schlingpflanze begann sie instinktiv zu überwuchern.

Manchmal des Nachts konnte es freilich geschehen, daß meine Frau jäh aus ihrem Schlaf emporfuhr, kalten Schweiß auf der Stirn.

»Und wenn Onkel Morris zu Besuch kommt?«

»Er kommt nicht«, murmelte ich verschlafen. »Warum sollte er kommen?«

Er kam.

Bis ans Ende meiner Tage wird mir dieser Besuch im Gedächtnis haften. Wir saßen gerade beim Essen, als die Türglocke erklang. Ich öffnete. Onkel Morris stand draußen und kam herein. Das Ölgemälde schlummerte auf dem Balkon, mit dem Gesicht zur Wand.

»Wie geht es euch?« fragte der Onkel meiner Gattin mütterlicherseits.

Im ersten Schreck – denn auch ich bin nur ein Mensch – erwog ich, mich durch die offengebliebene Tür davonzuschleichen und draußen im dichten Nebel zu verschwinden. Gerade da erschien meine Frau, die beste Ehefrau von allen. Bleich, aber gefaßt stand sie im Türrahmen und zwitscherte:

»Bitte nur noch ein paar Sekunden, bis ich Ordnung gemacht habe! Ephraim, unterhalte dich solange mit Onkel Morris. Das kann nur gut für dich sein.«

Ich versperrte Onkel Morris unauffällig den Weg ins Nebenzimmer und verwickelte ihn in ein angeregtes Gespräch. Von nebenan klangen verdächtige Geräusche, schwere Schritte und ein sonderbares Pumpern, als schleppte jemand eine Leiter hinter sich her. Dann machte ein fürchterlicher Krach die Wände erzittern, und dann klang die schwache Stimme der besten Ehefrau von allen: »Ihr könnt hereinkommen.«

Wir betraten das Nebenzimmer. Meine Frau lag erschöpft auf der Couch und atmete schwer. An der Wand hing, noch leise schaukelnd, Onkelchens Ölgeschenk, verdunkelte das halbe Fenster und sah merkwürdig dreidimensional aus, denn es bedeckte noch zwei kleinere Gemälde nebst der Kuckucksuhr, und zwar dort, wo die Berge waren, die sich infolgedessen deutlich hervorwölbten.

Auf Onkel Morris machte die bevorzugte Behandlung, die wir seinem Geschenk angedeihen ließen, den denkbar günstigsten Eindruck. Nur den Platz, an dem wir es aufgehängt hatten, fand er ein wenig dunkel. Wir baten ihn, nächstens nicht unangemeldet zu kommen, damit wir uns auf seinen Besuch vorbereiten könnten.

»Papperlapapp«, brummte Onkel Morris leutselig.

»Für einen alten Mann wie mich braucht man keine Vorbereitungen. Ein Glas Tee, ein paar belegte Brote, etwas Gebäck – das ist alles …«

Seit diesem Zwischenfall lebten wir in ständiger Bereitschaft. Von Zeit zu Zeit hielten wir Alarmübungen ab: Wir stellen uns schlafend – meine Frau ruft plötzlich: »Morris!« – ich springe mit einem Panthersatz auf den Balkon – unterdessen fegt meine Frau alles von den Wänden des Zimmers herunter – eine Notleiter liegt griffbereit unterm Bett – und im Handumdrehen ist alles hergerichtet. Wir nannten diese Übung »Unternehmen Haman« (weil es etwas mit Aufhängen zu tun hat).

Nach einer Woche intensiven Trainings bewältigten wir die ganze Prozedur – vom Ausruf »Morris« über das aufgehängte Bild bis zur Verwischung sämtlicher Spuren – in knappen zweieinhalb Minuten. Ein bemerkenswerter sportlich-artistischer Rekord.

Eines schicksalsschweren Sabbats kündigte uns Morris seinen Besuch an. Da er erst am Nachmittag kommen wollte, hatten wir genügend Zeit zur Vorbereitung und beschlossen, das Äußerste aus der Sache herauszuholen. Ich stellte rechts und links in schrägem Winkel zum

Gemälde zwei Scheinwerfer auf, die ich mit rotem, grünem und gelbem Zellophanpapier verkleidete. Meine Frau besteckte den Goldrahmen mit erlesenen Blumen und Blüten. Und als wir dann noch das Scheinwerferlicht einschalteten, durften wir uns sagen, daß kein Grauen jemals diesem hier gleichkäme.

Pünktlich um fünf Uhr nachmittags ging die Türglocke. Während meine Frau sich anschickte, Onkel Morris liebevoll zu empfangen, richtete ich zur Steigerung des Effekts den einen Scheinwerfer auf die weidenden Ziegen und den andern auf die waschenden Mütter. Dann öffnete sich die Tür. Dr. Perlmutter, einer der wichtigsten Männer im Ministerium für Kultur und Erziehungswesen, trat mit seiner Gattin ein.

Dr. Perlmutter gehört zur geistigen Elite unseres Landes. Sein Geschmack ist in intellektuellen Kreisen geradezu sprichwörtlich. Seine Gattin leitet eine repräsentative Galerie. Und diese beiden kamen jetzt herein.

Einige Sekunden lang schien die Zeit stillzustehen. Dann sah es aus, als wollte Dr. Perlmutter in Ohnmacht fallen. Dann unternahm ich, mit dem Rücken zum Öl, eine lahme Rettungsaktion und verdeckte wenigstens die weidenden Ziegen. Dann sagte jemand in meiner Kehle:

»Was für eine freudige Überraschung. Bitte nehmen Sie Platz.«

Dr. Perlmutter, immer noch leise schwankend, hatte seine Brille abgenommen und rieb hartnäckig die Gläser.

Die verdammten Blumen. Wenn wenigstens diese verdammten Blumen auf dem gotisch-barocken Goldrahmen nicht wären.

»Eine sehr hübsche Wohnung haben Sie«, murmelte Frau Dr. Perlmutter. »Und so hübsche … hm … Gemälde …«

Ich fühlte ganz deutlich, wie die Talmudschüler in meinem Rücken chassidische Tänze aufführten. Im übrigen vergingen die nächsten Minuten in angespannter Reglosigkeit. Die Augen unserer Gäste waren starr auf das Ding gerichtet. Schließlich gelang es meiner tapferen Frau, den einen der beiden Scheinwerfer abzuschalten, aber von den Schultern des Rabbiners abwärts blieb die Szenerie in gleißendes Licht getaucht. Dr. Perlmutter klagte über Kopfschmerzen und verlangte ein Glas Wasser. Als meine tapfere Frau mit dem Glas Wasser aus der Küche zurückkam, schmuggelte sie mir einen kleinen Zettel mit einer Nachricht zu. Der Text lautete: »Ephraim, mach was!«

»Entschuldigen Sie, daß wir so plötzlich bei Ihnen eindringen«, sagte Frau Dr. Perlmutter mit belegter Stimme. »Aber mein Mann wollte mit Ihnen über eine Vortragsreise nach Amerika sprechen.«

»Ja!« jauchzte ich. »Wann?«

»Keine Eile«, sagte Dr. Perlmutter und erhob sich. »Die Angelegenheit ist nicht mehr so dringend.«

Es war klar, daß ich jetzt endlich mit einer Erklärung herausrücken mußte, sonst wären wir aus dem Kreis der zivilisierten Menschheit für immer ausgestoßen. Meine kleine tapfere Frau kam mir zur Hilfe.

»Sie wundern sich wahrscheinlich, wie dieses Bild hierhergekommen ist?« wisperte sie.

Beide Perlmutters, schon an der Tür, wandten sich um.

»Ja«, sagten sie beide.

In diesem Augenblick kam, mit genauer Berechnung, Onkel Morris. Wir stellten ihn unseren Gästen vor und merkten mit Freude, daß sie Gefallen an ihm fanden.

»Sie wollten uns etwas über dieses ... hm ... über dieses Ding erzählen«, mahnte Frau Dr. Perlmutter meine kleine tapfere Frau.

»Ephraim«, sagte meine kleine tapfere Frau. »Ephraim. Bitte.«

Ich ließ meinen Blick in die Runde wandern – vom verzweifelten Antlitz meiner Gattin und den versteinerten Perlmutter-Gesichtern – über die Wunderkinder im Schatten der Windmühle – bis zum stolzgeschwellt strahlenden Onkel Morris.

»Es ist ein sehr schönes Bild«, brachte ich krächzend hervor. »Es hat Atmosphäre ... einen meisterhaften Pinselstrich ... und Sonne ... sehr viel Sonne ... Wir haben es von unserem Onkel hier geschenkt bekommen.«

»Sie sind Sammler?« fragte Frau Dr. Perlmutter. »Sie sammeln –«

»Nein, solche Sachen nicht«, unterbrach Onkel Morris und lächelte abwehrend. »Aber die Jugend von heute – seid nicht bös, Kinder, wenn ich offen bin –, die völlig geschmacklose Jugend von heute bevorzugt diese monströsen Potpourris.«

»Nicht unbedingt«, sagte ich mit einer Stimme, deren plötzliche Härte und Entschlossenheit mich selbst ein wenig überraschte. Aber jetzt gab es kein Halten mehr. Schon blitzte die Schere in meinen Händen. »Wir haben auch für Bilder kleineren Formats etwas übrig.«

Damit hatte ich die Schere am linken Flußufer angesetzt. Dieses, drei Kühe und ein Stückchen Himmel waren ihr erstes Opfer. Als nächstes schnitt ich den Kahn und die zwei Geiger aus. Dann die Windmühle. Dann ging es durcheinander. Die elementare Wollust des Schöpferischen überkam mich. Mit heiserem Gurgeln stürzte ich mich auf das Fischernetz und stülpte es über den Rabbi. Die waschenden Mütter mischten sich unter die Wunderkinder. An der Küste Amerikas herrschte Mondfinsternis. Die Ziegen bereiteten sich zur Bar-Mizwa vor …

Als ich aufsah, waren wir allein in der Wohnung. Um so besser. So konnten meine Frau und ich alles in Ruhe arrangieren.

Eine Viertelstunde später waren wir im Besitz von zweiunddreißig Bildern in handlichem Format. Wir werden eine Galerie im Zentrum der Stadt eröffnen.

Minestrone alla televisione

Man kann sich heute kaum mehr vorstellen, daß vor einigen Jahren noch ein Fernsehapparat als Sensation empfunden wurde. Meine erste Begegnung mit dem neuen Wunderkasten fand im Jahre 1958 vor einem kleinen italienischen Restaurant statt. Vor seinem Eingang drängte sich eine dichte Menschenmenge, die mit gereckten Hälsen zu erspähen versuchte, was drinnen vorging. Meine journalistische Neugier ließ sich das nicht zweimal sagen. Ich zwängte mich in das Restaurant.

Der Anblick, der sich mir bot, war einigermaßen enttäuschend. Keine Rauferei, nicht einmal eine erregte Diskussion, nichts. Die Gäste saßen schweigend an den Tischen, streng nach einer Richtung angeordnet, und rührten sich nicht.

Ich wandte mich um Auskunft an eine Kellnerin, die ebenso reglos an der Theke lehnte.

»Beirut«, antwortete sie, ohne ihre Blickrichtung zu ändern. »Es hat gerade begonnen.«

Als ich ihrem Blick folgte, entdeckte ich in der Ecke des Raumes einen Fernsehapparat, auf dessen Bildschirm soeben die Hölle losgebrochen war. Jetzt erst ging mir auf, daß die streng ausgerichteten Gäste im Saal – und die wild drängende Menschenmasse draußen – der Fernsehübertragung eines Wildwestfilmes beiwohnten.

Der Empfang war klar, die hindustanische Synchronisation laut und deutlich, und wer diese Sprache nicht beherrschte, konnte sich an die arabischen Untertitel halten. Die Handlung drehte sich um ein fülliges Mädchen, das von einem braven Jungen geliebt wurde, jedoch einen reichen Mann liebte. Oder umgekehrt. Jedenfalls sang sie eine Variation auf das mir völlig unbekannte Lied »Itschi Kakitschi«, worauf die beiden Rivalen in einen Zweikampf gerieten. Ich verspürte Hunger. Schließlich war ich in einem Restaurant. »Wo kann ich mich hinsetzen?« fragte ich eine Kellnerin, diesmal eine andere, die nicht reglos an der Theke, sondern reglos an der Wand lehnte und das Duell verfolgte. Sie würdigte mich keines Blicks.

»Irgendwohin«, zischte sie. »Und stören Sie nicht.«

Ich sah mich um. Es gab tatsächlich ein paar freie Stühle, aber in der verkehrten Richtung.

»Dort, wo frei ist, sehe ich nichts«, gab ich der Kellnerin zu bedenken. »Können Sie mir nicht helfen?«

»Warten Sie, bis die Reklamesendung kommt.«

Als die Reklamesendung kam, kehrte das Leben ringsum wieder in halbwegs normale Bahnen zurück. Die Kellnerin fand einen Sessel für mich und zwängte ihn zwischen zwei andere, so daß ich mittels eines Schuhlöffels tatsächlich Platz nehmen konnte. Meine Sitznachbarn störte das nicht, denn mittlerweile hatte der Film wieder angefangen. Jetzt liebte das dicke Mädchen einen ganz anderen, der sich daraufhin mit ihren beiden früheren Liebhabern in körperliche Auseinandersetzungen verwickelte. »Entschuldigen Sie bitte.« Ich sprach meinen Nachbarn zur Linken an. »Kann man hier etwas zu essen bestellen?«

»Wer sind Sie?« fragte er zurück, während der arme Liebhaber die größte Mühe hatte, den Nachstellungen seines neuen Rivalen zu entgehen.

»Ich bin seit kurzem ein Gast in diesem Lokal und sitze neben Ihnen. Was gibt es hier zu essen?«

»Sind Sie alt oder jung?«

»Jung.«

»Wie sehen Sie aus?«

»Mittelgroß. Edle, scharfgeschnittene Gesichtszüge. Brille. Blond.«

Soeben floh der reiche Liebhaber durch ein plötzlich aufgetauchtes Fenster, verfolgt von einem Lied der Molligen.

»Bestellen Sie Minestrone«, riet mir mein Nachbar. Mehr war aus ihm nicht herauszubringen.

Eine Viertelstunde später seufzte er tief auf: »Ich muß leider gehen. Zu dumm. Der Film dauert sicherlich noch drei Stunden. Zahlen!« Es bedurfte mehrerer Rufe, ehe eine Kellnerin den Weg zu ihm fand, wobei sie sich mit ausgestreckter Hand zwischen Stühlen und Gästen hindurchtastete. Kaum aber hatte sie die Stimmwelle meines Nachbarn angepeilt, als sie mit einer anderen Kellnerin zusammenstieß. Niemand kümmerte sich um das

Getöse der stürzenden Tassen und der zerbrechenden Teller, denn auf dem Bildschirm bekamen die Leibwächter des reichen Liebhabers gerade den Neuankömmling unter die Fäuste.

»Viereinhalb Pfund.« Die Kellnerin gab meinem Nachbarn das Ergebnis ihrer Kopfrechnung bekannt, worauf der mit bewundernswertem Fingerspitzengefühl die entsprechenden Banknoten aus seinen Taschen hervorholte. Mit einem hastigen »Danke« steckte mir die Kellnerin ein halbes Pfund Wechselgeld in die Hand.

»Ich möchte eine Minestrone«, sagte ich.

»Warten Sie«, sagte die Kellnerin.

Das dicke Mädchen war jetzt im Schloß des reichen Mannes gefangen. Durchs Fenster stieg der dritte Liebhaber ein und sang mit ihr ein Duett. Der nächste Zweikampf konnte nicht mehr lange auf sich warten lassen. »Eine Minestrone, bitte!«

Die Kellnerin tastete mein Gesicht ab, um sich einzuprägen, von wem die Bestellung kam. Dann entfernte sie sich rückwärts.

Wenige Minuten später schrie eine Dame in der andern Ecke des Lokals schrill auf, weil die Minestrone, die ihr die Kellnerin in den Busen geschüttet hatte, so heiß war.

»Das ist heute schon das dritte Mal!« schluchzte sie, wurde aber von ihren Nachbarn heftig zur Ruhe gewiesen. Der arme Liebhaber hatte den reichen an der Gurgel und hielt dem dicken Mädchen die Tür ins Freie frei, nicht ahnend, daß dort ein Dritter auf sie wartete, der sie aber trotzdem nicht bekommen würde, da das Schloß bereits von aufständischer Kavallerie umzingelt war.

In diesem Augenblick fühlte ich die Hand der Kellnerin prüfend über mein Gesicht streichen.

»Hier ist Ihre Minestrone, mein Herr«, sagte sie und stellte den Teller auf meine rechte Schulter. Ich roch ganz deutlich, daß es nicht Minestrone war. Mit meinem linken Zeigefinger identifizierte ich den Inhalt des Tellers als gehackte Gänseleber. Man sah den Bildschirm zweifellos auch von der Küche aus.

Vorsichtig begann ich zu essen. Der Faustkampf der beiden Liebhaber strebte seinem Höhepunkt zu. Der merkwürdig schale Geschmack in meinem Mund kam vom unteren Ende meiner Krawatte, das ich in der Dunkelheit abgeschnitten hatte.

Als die beiden verliebten Faustkämpfer einander in die Arme fielen, weil sie entdeckt hatten, daß sie Blutsbrüder waren, entschloß ich mich zum Verlassen des Lokals, weil ich sonst nie wieder hinauskäme. Begleitet von einem dritten Lied aus molligem Mädchenmund schlich ich zum Ausgang. Ich mußte ihn unbedingt vor Beginn des nächsten Zweikampfes erreichen. Am Ausgang wartete eine angenehme Überraschung: Der Kassierer lauschte den Klängen des Liedes so hingerissen, daß er keine Zeit für meine Rechnung hatte und mich unwirsch hinausschob.

Das Geheimnis der Melone

Eine Kurztragödie

DR. FEINHOLZ: *(kommt auf dem Heimweg am Obstmarkt vorbei und erinnert sich, daß seine Gattin Elsa immer vergißt, Melonen zu kaufen, die das einzige Mittel gegen die unerträgliche Sommerhitze sind. Tritt auf einen Berg von Melonen zu, der in der Mitte des Marktes emporragt, und wendet sich an Zuriel, den Besitzer des Berges.)* Sind sie süß?

ZURIEL: *(antwortet nicht.)*

DR. FEINHOLZ: Also gut. Geben Sie mir eine.

ZURIEL: *(läßt einen konzentrierten Röntgenblick über den grünen Berg schweifen, ergreift eine besonders aufgeschwollene Melone, wirft sie in die Luft, fängt sie auf, streichelt sie, drückt sie, beklopft sie, hält sie ans Ohr, wirft sie auf den Haufen zurück, nimmt eine andere ... Luft ... auffangen ... streicheln ... drücken ... beklopfen ... Ohr ... weg ... eine dritte ... die vierte ist in Ordnung; wiegt sie im finstersten Winkel seines Obststandes ab, mit dem Rücken zur Kundschaft.)* 6 Kilo. 75 Piaster.

DR. FEINHOLZ: Die ist also süß?

ZURIEL: Sehr süß.

DR. FEINHOLZ: Wieso wissen Sie das?

ZURIEL: Erfahrung

DR. FEINHOLZ: Erfahrung?

ZURIEL: Erfahrung. In den Fingerspitzen. Beim Betasten. Beim Auffangen aus der Luft. Eine Melone, die nicht ganz reif ist, macht »plopp«. Eine Melone, die reif ist, macht »plopp«.

DR. FEINHOLZ: Ich verstehe. *(Zahlt, schultert die fünf Kilo schwere Melone und tritt den Heimweg an. Die Hitze ist so entsetzlich, daß der Asphalt zu schmelzen beginnt. Dr. Feinholz begreift mit einem Mal, warum seine Gattin Elsa immer vergißt, Melonen zu kaufen. Zu Hause angelangt, versteckt er die Melone im Eisschrank. Nach Schluß der Mahlzeit zieht er sie als freudige Überraschung hervor und schneidet sie auf.)*

DIE MELONE *(ist gelb, schmeckt wie gefrorener Badeschwamm, wurde vermutlich mit Kerosin bewässert.)*

DR. FEINHOLZ: *(spuckt aus, wütend.)* Also bitte. Da hast du unser gelobtes Land in seiner ganzen Pracht. 75 Piaster hat mich das Zeug gekostet.

ELSA: Trag's zurück.

DR. FEINHOLZ: Jawohl. Alles hat seine Grenzen, sogar meine Geduld. *(Schleppt die Melone in der kochenden Hitze auf den Markt zurück und wirft sie vor Zuriels Füße.)* Was haben Sie mir da angehängt?

ZURIEL: *(antwortet nicht.)*

DR. FEINHOLZ: Das kann man nicht essen.

ZURIEL: Dann essen Sie's nicht.

DR. FEINHOLZ: Ich habe Sie ausdrücklich gefragt, ob die Melone süß ist, und Sie haben ja gesagt.

ZURIEL: Das Plopp beim Auffangen war in Ordnung. Aber wer kann in das Innere einer Melone sehen?

DR. FEINHOLZ: Das weiß ich nicht. Ich weiß nur, daß Sie für die Melonen, die Sie verkaufen, verantwortlich sind.

ZURIEL: Nicht für Melonen, die Sie ohne Garantie von mir gekauft haben.

DR. FEINHOLZ: Es gibt Melonen mit Garantie?

ZURIEL: Ja.

DR. FEINHOLZ: Und was ist der Unterschied?

ZURIEL: 6 Piaster per Kilo. Melonen ohne Garantie kosten 12 Piaster per Kilo, Melonen mit Garantie 18. Dann bin ich verantwortlich.

DR. FEINHOLZ: *(tritt heftig nach einer Melone, die ihm gerade vor die Füße kollert.)*

ZURIEL: *(antwortet nicht.)*

DR. FEINHOLZ: Also gut. Geben Sie mir eine Melone mit Garantie. Aber wenn sie wieder ungenießbar ist, können Sie sich auf etwas gefaßt machen.

ZURIEL: *(wirft eine Melone in die Luft, fängt sie auf, streichelt sie, drückt sie, beklopft sie, hält sie ans Ohr, wirft sie weg. Zweite ebenso, dritte ebenso, die vierte ist in Ordnung.)* 7 Kilo 80.

DR. FEINHOLZ: Meintwegen.

ZURIEL: *(schneidet eine schmale, dünne Scheibe aus der Melone heraus und zeigt sie Dr. Feinholz.)* Rot?

DR. FEINHOLZ: Rot.

ZURIEL: Ohne zu prahlen: das ist wirklich eine ganz besonders rote Melone.

Dr. Feinholz: *(zahlt, schleppt die sechs Kilo schwere Melone schwitzend und ächzend nach Hause.)* Der alte Gauner hat sie ohne ein Wort des Widerspruchs umgetauscht.

Elsa: Klar.

Dr. Feinholz: *(gibt die Melone in den Kühlschrank, wartet eine halbe Stunde, zieht sie hervor, schneidet sie auf.)* Eine prachtvolle rote Melone, wirklich.

Elsa: Hast du sie gekostet?

Dr. Feinholz: Gekostet habe ich sie nicht. Aber man sieht ja, daß sie gut sein muß.

Die Melone *(schmeckt schal, alt, abgestanden, faul, bitter.)*

Elsa: Bubi wird die Melone brav zurücktragen, ja?

Dr. Feinholz: *(Abschleppdienst, Schweiß, Keuchen, Flüche, Melone vor Zuriels Füße.)* Da haben Sie den Dreck.

Zuriel: *(antwortet nicht.)*

Dr. Feinholz: Habe ich diese Melone mit Garantie gekauft oder nicht?

Zuriel: Ja.

Dr. Feinholz: Kosten Sie sie.

Zuriel: Danke. Ich esse Melonen nicht gern. Ich muß dann immer schwitzen.

Dr. Feinholz: Das nennen Sie süß? Das soll eine süße Melone sein?

Zuriel: Ich habe Ihnen keine süße Melone garantiert. Ich habe Ihnen eine rote Melone garantiert.

Dr. Feinholz: Ich pfeife auf die Farbe. Von mir aus kann sie marineblau sein.

ZURIEL: Warum haben Sie mir nicht gesagt, daß es Ihnen auf den Geschmack ankommt? Die Garantie für süße Melonen ist 21 Piaster pro Kilo.

DR. FEINHOLZ: *(nach einer kurzen Erholungspause)* Also gut. Geben Sie mir eine garantiert süße Melone.

ZURIEL: *(Prozedur von Wurf bis Nummer vier wie zuvor.)* 9 Kilo 30.

DR. FEINHOLZ: Einen Augenblick! Ich möchte sie kosten.

ZURIEL: Bitte sehr. *(Schneidet ein pyramidenförmig zugespitztes Stück aus der Melone heraus, und zwar dergestalt, daß die Spitze der Pyramide dem geometrischen Mittelpunkt des Meloneninhalts entspringt.)*

DR. FEINHOLZ: *(beißt die Spitze ab.)* Sehen Sie, guter Mann, das ist eine süße Melone!

ZURIEL: *(steckt die Pyramide rasch an ihren Platz zurück.)* 2 Pfund 10.

DR. FEINHOLZ: *(zahlt, schwitzt, taumelt heimwärts.)* Ich habe ihn gezwungen, sie umzutauschen.
Und jetzt koste einmal.

ELSA: *(kostet, spuckt aus.)*

DIE MELONE *(vollkommen schal, schmeckt bestenfalls nach Abwaschwasser, besteht fast ausschließlich aus Samenkernen, verwandelt sich in unmittelbarer Nähe des geometrischen Mittelpunktes in feuchte Watte.)*

ELSA: Zurücktragen!

DR. FEINHOLZ: *(Qualprozedur wie zweimal zuvor bis zum Ende.)* Und das? Was ist das?

ZURIEL: *(antwortet nicht.)*

DR. FEINHOLZ: Was ist das?!?

ZURIEL: Sie haben ja gekostet.

DR. FEINHOLZ: Was ich gekostet habe, war süß.

ZURIEL: Hier ist es süß und zu Hause ist es sauer? Was machen Sie zu Hause mit den Melonen? Marinieren?

DR. FEINHOLZ: *(bekommt einen Erstickungsanfall und flucht auf deutsch.)*

ZURIEL: *(klopft ihm auf den Rücken.)* Wollen Sie eine andere?

DR. FEINHOLZ: *(keuchend)* Ja …

ZURIEL: *(beginnt mit dem Prüfungsritual.)*

DR. FEINHOLZ: Werfen Sie Ihre Großmutter in die Luft! Ich suche mir meine Melone selbst aus.

ZURIEL: Wie Sie wünschen.

DR. FEINHOLZ: *(fühlt sich nach kurzem Umblick mit magischer Gewalt von einer flaschengrünen Frucht angezogen, betastet sie und weiß mit jener unfehlbaren Sicherheit, die sonst nur den schöpferischen Augenblicken des Genies innewohnt, daß diese Melone einfach süß sein muß.)*

ZURIEL: 16 Kilo 80. Wollen Sie die Garantie schriftlich?

DR. FEINHOLZ: Krepier! *(Stöhnen, Schwitzen, Ankunft zu Hause.)* Der Lump hat mir eine andere geben müssen.

ELSA: Das sehe ich.

DR. FEINHOLZ: *(schließt sich mitsamt der Melone im Eiskasten ein, kommt aber, da es dort sehr kalt ist, schon nach wenigen Minuten wieder heraus und schneidet die Melone auf.)*

DIE MELONE *(süß, reif, rot, zart, saftig, kernlos, delikat. Exportqualität.)*

Dr. Feinholz: *(strahlt, verjüngt sich, das Leben ist wieder schön, die Sonne geht in großer Farbenpracht unter, Vöglein zwitschern.)* Das nenne ich Melone, was? Liebling, so eine Melone hast du noch nie gegessen! Weil ich sie selbst ausgesucht habe. Dieser Verbrecher. Dreimal hintereinander hat er nichts Brauchbares gefunden. Und ich, gleich beim ersten Mal, von einem geheimnisvollen Instinkt geleitet –

Elsa: Sprich keinen Unsinn.

Dr. Feinholz: Unsinn? Du wirst ja sehen. Von jetzt an mache ich's immer so. *(Sucht am nächsten Tag seine Melone wieder selbst aus, fühlt sich wieder mit unerklärlicher Magie zu einer bestimmten Frucht hingezogen, zahlt, schwitzt, taumelt, Kühlschrank, halbe Stunde, Schnitt.)*

Die Melone *(schmeckt nach verfaultem Laub, ist vollkommen ungenießbar und spottet der menschlichen Eitelkeit.)*

Dr. Feinholz: *(versucht sich eine Kugel in den Kopf zu schießen, zielt schlecht, trifft daneben und lebt weiter.)*

Seligs atmosphärische Störungen

Ich spreche aus eigener Erfahrung. Wir haben seit langem Schwierigkeiten mit unseren Nachbarn, den Seligs. Was die mit ihrem Radio aufführen, ist einfach unerträglich. Jeden Abend um 18 Uhr kommt Felix Selig todmüde nach Hause, hat aber noch genug Kraft, zum Radio zu wanken und es auf volle Stärke einzustellen. Ob Nachrichten, Musik oder literarische Vorträge herauskommen, ist ihm gleichgültig. Wenn es nur Lärm macht. Und dieser Lärm dringt bis in die entlegensten Winkel unserer Wohnung.

Die Frage, wie wir uns dagegen wehren könnten, beschäftigt uns schon seit geraumer Zeit. Meine Frau, die den Seligs unter ungeheurer Selbstüberwindung einen Besuch abgestattet hat, behauptet, daß wir das Opfer eines akustischen Phänomens seien: Das Radio dröhnt bei uns noch lauter als bei den Seligs selbst. Jedenfalls ist die Trennwand zwischen den beiden Wohnungen so dünn, daß wir beim Ausziehen das Licht abdrehen, um keine lebenden Bilder an die Wand zu werfen. Daß durch diese Wand selbst das leiseste Flüstern zu hören ist, versteht sich von selbst.

Nur ein Wunder konnte uns retten.

Und das Wunder geschah.

Eines Abends, als Seligs Höllenmaschine wieder ihren ohrenbetäubenden Lärm entfaltete, mußte ich mich wegen eines unvorhergesehenen Theaterbesuchs rasieren. Kaum hatte ich meinen elektrischen Rasierapparat eingeschaltet, als es in Seligs Radio laut zu knacksen begann. Ich zog den Steckkontakt heraus – und das Knacksen hörte auf. Ich schaltete ihn wieder ein – es knackste und knackste. Dann hörte ich Felix Seligs Stimme: »Erna! Was ist mit unserem Radio los? Dieses Knacksen macht mich verrückt!«

Ungeahnte Perspektiven eröffneten sich.

Der nächste Abend fand mich wohl vorbereitet. Als Felix Selig um 18 Uhr nach Hause kam, wartete ich bereits mit gezücktem Rasierapparat. Felix torkelte zum Radio und drehte es an. Eine Minute ließ ich verstreichen – dann suchte mein elektrischer Rasierapparat Kontakt und fand ihn. Augenblicklich verwandelte sich in der nachbarlichen Wohnung eine wunderschöne Pianopassage von Rachmaninow in ein Fortissimo-Krkrkrk. Felix nahm es zunächst noch hin, offenbar in der Hoffnung, daß die atmosphärische Störung bald vorüber sein würde. Endlich hatte er genug.

»Hör auf, um Himmels willen!« brüllte er entnervt in den Kasten, und seine Stimme klang so beschwörend, daß ich unwillkürlich den Stecker aus der Wand zog.

Jetzt stellte Felix das Radio ab, rief mit heiserer Stimme nach seiner Frau und sagte, für unsere angespannten Ohren deutlich zu hören:

»Erna, es ist etwas sehr Merkwürdiges geschehen. Der Apparat hat geknackst – ich habe ›Hör auf!‹ gebrüllt – und er hat aufgehört.«

»Felix«, antwortete Erna, »du bist schon länger überarbeitet. Heute wirst du früher schlafen gehen.«

»Du glaubst mir nicht?« brauste Felix auf. »Du mißtraust den Worten deines Mannes? Höre selbst!«

Und er drehte das Radio auf.

Wir konnten sie beinahe sehen, wie sie vor dem Kasten standen und auf das ominöse Knacksen warteten. Um die Spannung zu steigern, wartete ich eine Weile.

»Ganz wie ich sagte«, meinte Frau Selig. »Du redest dummes Zeug. Wo bleibt das Knacksen?«

»Wenn ich's dir vorführen will, kommt's natürlich nicht«, fauchte der enttäuschte Felix. Dann wandte er sich mit hämischer Herausforderung direkt an das Radio: »Also du willst nicht knacksen, was?«

Ich schaltete den Rasierapparat ein. Krkrkrk.

»Tatsächlich«, flüsterte Erna. »Jetzt knackst er. Es ist wirklich unheimlich. Ich habe Angst. Sag ihm, daß er aufhören soll.«

»Hör auf«, sagte Felix gepreßt. »Bitte hör auf …«

Ich zog den Stecker heraus.

Am nächsten Tag traf ich Felix im Stiegenhaus. Er sah angegriffen aus, ging ein wenig schlotternd, und unter seinen verquollenen Augen standen große dunkle

Ringe. Wir plauderten zunächst über das schöne Wetter – dann packte mich Felix plötzlich am Arm und fragte:

»Glauben Sie an übernatürliche Phänomene?«

»Selbstverständlich nicht. Warum?«

»Ich frage nur.«

»Mein Großvater, der ein sehr gescheiter Mann war«, sagte ich sinnend, »glaubte an derartige Dinge.«

»An Geister?«

»Nicht gerade an Geister. Aber er war überzeugt, daß tote Gegenstände – es klingt ein wenig lächerlich, entschuldigen Sie –, also daß Dinge wie ein Tisch, eine Schreibmaschine, ein Grammophon sozusagen ihre eigene Seele haben. Was ist mit Ihnen, mein Lieber?«

»Nichts … danke …«

»Mein Großvater schwor, daß sein Grammophon ihn haßte. Was sagen Sie zu diesem Unsinn?«

»Es haßte ihn?«

»So behauptete er. Und eines Nachts – aber das hat natürlich nichts damit zu tun – fanden wir ihn leblos neben dem Grammophon liegen. Die Platte lief noch.«

»Entschuldigen Sie«, sagte mein Nachbar. »Mir ist ein wenig übel.«

Ich stützte ihn die Treppe hinauf, sauste in meine Wohnung und stellte den Rasierapparat bereit. Nebenan hörte ich Felix Selig mehrere Gläser Brandy hinabgurgeln, ehe er mit zitternder Hand sein Radio andrehte.

»Du haßt mich!« rief der Leidgeprüfte. (Seine Stimme kam, wie wir zu hören glaubten, von unten; wahrscheinlich kniete er.) »Ich weiß, daß du mich haßt. Ich weiß es.«

Krkrkrk. Ich ließ den Rasierapparat etwa zwei Minuten eingeschaltet, ehe ich ihn abstellte.

»Was haben wir dir getan?« erklang Frau Seligs flehende Stimme. »Haben wir dich schlecht behandelt?«

»Krkrkrk.«

Jetzt war es soweit. Unser Schlachtplan trat in die entscheidende Phase. Meine Frau ging zu den Seligs.

Schmunzelnd hörte ich, wie die Seligs meiner Frau erzählten, daß ihr Radio übernatürliche Kräfte besäße.

Nach einigem Nachdenken rückte meine Frau mit dem Vorschlag heraus, das Radio zu exorzieren.

»Geht das?« riefen die zwei Seligs wie aus einem Munde. »Können Sie das? Dann tun Sie's bitte!«

Das Radio wurde angedreht. Der große Augenblick war gekommen.

»Geist im Radio«, rief die beste Ehefrau von allen. Wenn du mich hörst, dann gib uns ein Zeichen!«

Rasierapparat einstellen – krkrkrk.

»Ich danke dir.«

Rasierapparat abstellen.

»Geist«, rief meine Frau, »gib uns ein Zeichen, ob dieses Radio in Betrieb bleiben soll?«

Rasierapparat bleibt abgestellt.

»Willst du vielleicht, daß es lauter spielen soll?«

Rasierapparat bleibt abgestellt.

»Dann willst du vielleicht, daß die Seligs ihr Radio überhaupt nicht mehr benützen sollen?«

Rasierapparat einstellen.

Rasierapparat einstellen! Einstellen!!

Um Himmels willen, warum hört man nichts ... kein Knacksen, kein Krkrkrk, nichts ...

Der Rasierapparat streikte. Der Motor oder sonstwas. Jahrelang hatte er tadellos funktioniert, und gerade jetzt ...

»Geist, hörst du mich nicht?« Meine Frau hob die Stimme. »Ich frage: Willst du, daß die Seligs aufhören, diesen entsetzlichen Kasten zu verwenden? Gib uns ein Zeichen! Antworte!!«

Verzweifelt stieß ich den Apparat in den Steckkontakt, wieder und wieder – es half nichts. Nicht das leiseste Krkrkrk erklang. Vielleicht haben tote Gegenstände wirklich eine Seele.

»Warum knackst du nicht?« rief meine Frau schon ein wenig schrill. »Gib uns ein Zeichen, du Idiot! Sag den Seligs, daß sie nie wieder ihr Radio spielen sollen! Ephraim!!«

Jetzt war sie um eine Kleinigkeit zu weit gegangen. Ich glaubte zu sehen, wie die Seligs sich mit einem vielsagenden Blick ihr zuwandten.

Am nächsten Tag ließ ich den Rasierapparat reparieren. Expreßreparaturen kosten viel Geld.

»Der Motor war kaputt«, sagte mir der Elektriker. »Ich habe einen neuen hineingetan. Jetzt wird es auch in Ihrem Radio keine Störungen mehr geben.«

Seither dröhnt das Radio unseres Nachbarn ungestört in jedem Winkel unserer Wohnung. Ob tote Gegenstände eine Seele haben, weiß ich nicht. Aber sie haben bestimmt keinen Humor.

Die roten Lichter von Amsterdam

Wie so viele unserer Landsleute hegen wir aufrichtige Zuneigung zu den Holländern, die sich ihre Anständigkeit und Menschlichkeit größtenteils bewahrt hatten. Außerdem hatten wir immer wieder die Kunstschätze Hollands rühmen hören und die baulichen Schönheiten der holländischen Städte. Amsterdam, so sagte man uns, stünde um nichts hinter Venedig zurück: imposante Kanäle … Gärten und Statuen … prächtige Theater und Konzertsäle … zauberhafte Giebelhäuser … ganz zu schweigen von … also von diesem gewissen Viertel, wo man an den Fenstern … angeblich gibt es so ein Viertel in Amsterdam … mit Mädchen an den Fenstern … ein berühmtes Viertel … und dort sitzen sie also an den Fenstern, die Mädchen.

Selbstverständlich hatten wir diesem albernen Touristengewäsch weder Ohr noch Glauben geschenkt. Auch ich selbst hatte kaum hingehört. Solche Dinge interessieren mich nicht. Ich bin ein ernster, reifer, vom Leben hart geprüfter Mann, der seine Erfahrungen bereits hinter sich hat. Ich mache in einer Stadt, die für ihre Museen berühmt ist, nicht etwa deshalb Station, um dann vielleicht … ich denke nicht daran.

»Also du denkst nicht daran«, nickte die beste Ehefrau von allen. »Ganz wie du willst. Was mich betrifft, so möchte ich keinesfalls darauf verzichten, die Mädchen in den Fenstern sitzen zu sehen.«

Ich fragte, wo ihre frauliche Würde bliebe, bekam aber eine ausweichende Antwort.

»Es gibt sogar einen Film mit Marian Vlady, der in diesem Amsterdamer Viertel spielt. Das muß man sich anschauen.«

Ich bin lange genug verheiratet, um zu wissen, wann jeder Widerspruch sinnlos wird. Und da auch ich im Grund meines Herzens eine gewisse Neugierde nicht ganz unterdrücken konnte, gab ich nach. Als wir das Taxi bestiegen, war die Sache entschieden. Wir würden hingehen.

Hin? Wohin? Und wie? Das bewußte Viertel war in keinem Stadtplan eingezeichnet und der Weg in keinem Touristenführer beschrieben.

»Dann mußt du jemanden fragen«, sagte die beste Ehefrau von allen.

»Frag doch du!«

»Ich? Wenn mich nicht alles täuscht, bin ich die Dame von uns beiden.«

Eine ungemein anregende Diskussion war die Folge. Ich erklärte meiner Gattin, daß gerade deshalb, weil sie eine Dame und als solche über jeden Verdacht erhaben wäre, das Einholen derartiger Auskünfte ihr zufiele, nicht mir. Oder sollte ich mich vielleicht auf die Straße stellen, den erstbesten Passanten aufhalten und – ich arbeitete das Lächerliche der Situation kraß heraus – ihn ganz einfach fragen, wo man in Amsterdam die … also die Fenstersitzerinnen fände. Das kann man mir doch nicht zumuten.

Ich sei ein Feigling und sollte mich schämen, resümierte meine Gattin und beugte sich zum Fahrer vor.

»Sagen Sie einmal … was ist denn hier in Amsterdam besonders sehenswert? Ich meine: besonders?«

»Im Königlichen Museum wurde gestern eine moderne Kunstausstellung eröffnet«, antwortete der gutunterrichtete Chauffeur. »Und das internationale Musikfestival soll ganz hervorragend besetzt sein.«

»Ja gewiß. Aber das meine ich eigentlich nicht. Mein Mann und ich würden gerne etwas wirklich Aufregendes sehen.«

»Ich verstehe. Dann gehen Sie doch um Mitternacht in den Hafen, wenn die Gemüsekähne ausgeladen werden. So etwas sieht man nicht oft …«

»Danke für die Auskunft. Vielen Dank.«

Ich saß im Fond, das Gesicht von Schamröte übergossen. Andererseits begann sich mein männlicher Stolz zu melden. Ich bin ja kein kleines Kind mehr, das sittsam an der Hand seiner Gouvernante dahinzutrippeln hat. Wenn ich wissen will, wo man die … wo man diese Fenster findet, dann gehe ich eben zum Hotelportier, beuge mich lässig zu ihm vor und frage ohne alle Umschweife: »Hören Sie, lieber Freund, wo sind hier … Sie wissen schon … das mit den Fenstern …«

Ein freundliches, verständnisvolles Lächeln erhellte das Gesicht des Portiers. »Die Königin weilt um diese Zeit in ihrer Sommerresidenz. Aber den königlichen Palast können Sie jederzeit besuchen. Sie finden ihn mühelos. Jeder Mensch zeigt Ihnen den Weg.«

»Danke sehr.«

Es war wirklich zu dumm. Der Gedanke, daß vielleicht ein paar Straßenzüge weiter, ja vielleicht schon hinter der nächsten Ecke die Gegend anfing, wo Scharen lässig hingelehnter Frauen aus allen Fenstern hervorlugten, ohne daß wir sie zu finden wußten – dieser Gedanke konnte einen empfindsamen Menschen sehr wohl an den Rand des Wahnsinns treiben. Ein Glück, daß unser Abend bereits durch eine Einladung des holländischen Pen-Clubs belegt war.

»Wir fliegen morgen um acht Uhr ab«, zischte die beste Ehefrau von allen. »Wir brauchen die Adresse noch heute nacht!«

Heute nacht. Dann blieb nur der Pen-Club als Auskunftsstelle übrig. Aber wie sollte ich das Gespräch in die geeigneten Bahnen lenken?

Als das Einleitungsgeplauder zu verebben begann, stürzte ich ein Glas des schärfsten indonesischen Reisschnapses hinunter und wandte mich an einen Vertreter des einheimischen Geisteslebens.

»Spinoza, zu dem Sie ja sicherlich eine besondere, lokalbedingte Beziehung haben – Spinoza hat die These aufgestellt, daß die Philosophie eigentlich nur als Katharsis eines hypokritischen Humanismus aufzufassen sei. Das heißt, der Philosoph entlarvt die konventionellen Lügen der Gesellschaft, in deren Schatten und unter deren Schutz die menschliche Hypokrisie ihre Paläste baut, die in Wahrheit nichts weiter sind als – verzeihen Sie den Ausdruck – Bordelle!«

»Ja, ja«, bestätigte mein Gesprächspartner, einer der führenden Erkenntnistheoretiker des Landes. »Spinozas scharfer, analytischer Verstand ist bis heute unübertroffen.«

Der Mann war ein Kretin. Hätte er nur ein wenig Intelligenz und Instinkt besessen, so müßte seine Antwort ungefähr folgendermaßen gelautet haben: Apropos Bordelle – gleich hier, mitten in Amsterdam, gibt es ein ganzes Viertel, wo Frauen in jeder Preislage in den Fenstern sitzen. Wollen Sie sich das nicht ansehen? Das wäre die passende Antwort gewesen. Statt dessen erzählt mir dieser Kretin etwas von den philosophischen Analysen eines getauften Juden ... Ich kippte einen noch schärferen Brandy, schloß die Augen und versuchte es aufs neue.

»Spinoza hin, Spinoza her – was mich an Ihrem Land fasziniert, ist seine gesunde, freimütige, von keinen Hemmungen beeinträchtigte Lebensart. Wenn ich richtig informiert bin, gibt es hier, mitten in Amsterdam, ein ganzes Viertel, von dem jedermann weiß, daß es der öffentlichen Prostitution vorbehalten ist?«

Meine Gattin hatte sich herangepirscht und nickte mir aufmunternd zu.

»Ach«, lächelte der Erkenntnistheoretiker. »Sie meinen offenbar ... hehehe ... Sie meinen das Viertel, wo die Damen in den Fenstern sitzen!«

»Wie bitte? In den Fenstern?«

»Ganz richtig. Ein solches Viertel gibt es bei uns.«

»Tatsächlich? Und wo?!

»Hier, in Amsterdam. Die Touristen strömen scharenweise hin.«

In den Augen meiner Gattin flammten zornige Pünktchen, die soviel bedeuteten wie: Siehst du! Alles strömt, nur wir sitzen noch hier ...

»Um die Wahrheit zu sagen«, fuhr der Auskunftgeber fort, »tolerieren wir dieses Viertel überhaupt nur der Touristen wegen. An sich ist es eine Kulturschande. Tag und Nacht stehen die Fremden mit ihren Fotoapparaten vor den Fenstern und knipsen drauflos, als ob sie im Zoo wären. Einfach abscheulich!«

»Abscheulich«, wiederholte ich. »Ich kann mir das sehr gut vorstellen. Die gierigen Gesichter und das Klicken der Kameras ... die ganze Straße ist voll davon ... die ganze ... wie hieß die Straße doch gleich?«

»Straße? Das spielt sich nicht auf der Straße ab. Wenn die Herren Touristen genug geknipst haben, verschwinden sie in den Häusern und feilschen mit den armen Mädchen stundenlang um die Preise. Es ist wirklich degoutant!«

»Degoutant ist gar kein Ausdruck.« Ich biß die Zähne zusammen, um meine Erbitterung nicht zu verraten. Die Depression, in der ich mich jetzt befand, rechtfertigte unseren baldigen Aufbruch.

Unsere Strategie stand fest. Wir würden die Stadt durchkämmen, würden aus dem östlichen Zipfel nach Norden vorstoßen, dann die Querstraßen in westlicher

Richtung durchstreifen und uns schließlich so lange südwärts halten, bis wir irgendwo auf ein rotes Licht stießen. Früher oder später mußten wir eines finden.

Wir mußten nicht, und wir fanden keines.

Gegen zwei Uhr nachts hielten wir erschöpft Rast, ohne eine einzige lebende Prostituierte gesehen zu haben. Da und dort hatte zwar ein rotes Licht aufgeblinkt, aber das war dann immer eine Verkehrsampel. Ein Nachtapotheker, den ich aus tiefem Schlaf geweckt hatte, um ihn in ein Gespräch über den »ältesten Beruf der Welt« zu verwickeln, gab mir höflich zu verstehen, daß das Ackerbauministerium nachts geschlossen sei. Niedergeschlagen und hoffnungslos setzten wir unsern Weg fort. Um 3.30 Uhr hatten wir erst ein Fünftel der Stadtfläche bewältigt. Die Straßen standen leer. Amsterdam schlief.

Es war nach vier, als ich vor dem Konzertgebäude einen Polizisten stehen sah. Jetzt war mir alles egal. Mit letzter Kraft stolperte ich auf ihn zu, hielt mich an seinem Uniformkragen fest und keuchte: »Wo sind die Huren?«

»Die zweite Brücke hinter dem Dom«, antwortete der Hüter des Gesetzes bereitwillig. »Kanalstraat.«

Dieses, geneigter Leser, ist also die Adresse. Manchmal lohnt es sich, auch eine überlange Geschichte zu Ende zu lesen.

Der Zug nach St. Petersburg

Es war ein verhängnisvoller Fehler gewesen, ein Gespräch mit Jarden Podmanitzki zu beginnen. Damit hatte sich im Schatten des Schafotts eine Beziehung angebahnt, von der ich bis ans Ende meines Lebens nicht mehr loskommen sollte.

Schon wenige Tage später, an einem sonnigen Vormittag, erfolgte auf der Dizengoff-Straße mein nächstes Zusammentreffen mit dem namhaften Menschendarsteller. Er selbst führte es herbei.

»Wir müssen unser interessantes Gespräch von neulich unbedingt fortsetzen«, sagte er und packte mich am Arm. »Habe ich Sie im ›Segel am Horizont‹ wirklich so sehr beeindruckt?«

»Was für eine Frage, Herr Podmanitzki! Sie waren großartig.«

»Wie meinen Sie das?«

Da ich das Stück nicht gesehen hatte, beschränkte ich mich auf eine knappe Erläuterung.

»Ich meine, daß Sie großartig waren.«

»Hatten Sie einen guten Platz? Haben Sie gut gehört?«

»Jedes einzelne Wort. Bei Ihrer Sprechtechnik, Herr Podmanitzki, versteht sich das von selbst.«

»Kommen Sie. Setzen wir uns. Trinken Sie etwas.«

Ohne meine Zustimmung abzuwarten, zerrte er mich

in das Kaffeehaus, vor dem wir standen. Ich versuchte ihm begreiflich zu machen, daß ich eine Verabredung mit einem gewissen Salzmann hätte, was sogar den Tatsachen entsprach – aber Podmanitzki fegte meinen Widerstand mit einer grandiosen Gebärde beiseite. »Salzmann kann warten«, entschied er.

Meine Verabredung mit Salzmann war auf 12 Uhr mittags festgesetzt. Die Uhr zeigte drei Minuten vor zwölf. Podmanitzki bestellte russischen Tee und kam auf einige Probleme zu sprechen, die gerade im Mittelpunkt des Weltinteresses standen – wie etwa sein kommendes Auftreten am Freitag abend vor einem reinen Gewerkschaftspublikum.

»Es ist wirklich ein Jammer, daß ich jetzt gehen muß.« Ich erhob mich. »Meine Verabredung ist leider sehr wichtig.«

»Einen Augenblick.« Jarden Podmanitzki umklammerte meine Hüften und zog mich zurück. »Auch ich habe eine wichtige Verabredung und leiste Ihnen trotzdem Gesellschaft. Aber sprechen wir nicht länger von mir. Sprechen wir von Ihnen. Haben Sie mich im ›Verblühten Nußbaum‹ gesehen?«

»Noch nicht«, sagte ich. »Nächste Woche hole ich es bestimmt nach. Und jetzt muß ich gehen. Salzmann verreist heute nachmittag und wartet auf mich.«

»Dabei ist die Rolle, die ich im ›Verblühten Nußbaum‹ spiele, gar nicht so groß. Aber ich, Jarden Podmanitzki, mache selbst aus dem kleinsten Auftritt eine Hauptrolle. Und was für eine. Warten Sie, ich lese sie Ihnen vor.«

Damit zog er aus seiner Brusttasche ein mehrmals zusammengefaltetes Papier.

»Vielleicht ein andres Mal«, sagte ich. »Salzmann wartet, und –«

»Dritter Akt, zweite Szene. Ein gutgekleideter Herr tritt von rechts auf. Entschuldigen Sie, Madame, wann geht der Zug nach St. Petersburg? Katharina Nikolajewna: Morgen vormittag, Monsieur. Der gutgekleidete Herr sanft: Wie schade, Madame. Wie schade. Geht links ab. Nun?«

»Nun? Sie wollten mir doch Ihre Rolle vorlesen?«

»Das ist schon die Rolle. Wie gefällt sie Ihnen? Aufregend, was?«

»Hm. Klingt nicht schlecht. Man wird ja sehen. Aber jetzt müssen Sie mich wirklich entschuldigen. Ich –«

»Mein ganzer Text im ›Verblühten Nußbaum‹ besteht aus diesen wenigen Worten. Erst durch mich, Jarden Podmanitzki, wird aus diesen wenigen Worten eine Rolle. Stanislawski sagte mir einmal: ›Merken Sie sich, Podmanitzki – es gibt keine schlechten Rollen. Es gibt nur schlechte Autoren.‹ Natürlich hätte ich in diesem Stück auch die Hauptrolle bekommen können. Aber das wahre schauspielerische Genie, zum Beispiel meines, beweist sich am besten in Nebenrollen.«

»Sehr richtig. Und jetzt muß ich zu Salzmann.«

»Sicherlich interessiert es Sie, wie ich die Rolle auffasse. Stanislawski hat mich gelehrt, daß man zuerst den Hintergrund jeder Rolle analysieren muß, ehe man sie überhaupt spielen kann. ›Es genügt nicht, lieber Freund‹ – so sagte er mir –, ›es genügt nicht, den Text auswendig zu lernen. Man muß den Charakter des ganzen Menschen kennen, den man darstellen will. Seine Träume, seine Enttäuschungen, seine Mentalität. Man muß sogar wissen, ob er an Schlaflosigkeit leidet oder nicht. Man muß eins werden mit der Rolle, muß mit ihr verschmelzen, lieber Freund. Wenn Sie das nicht können, werden Sie nie ein Schauspieler.‹ Nach diesen Worten Stanislawskis habe ich mich mein Leben lang gerichtet. Und als ich die Rolle des gutgekleideten Herrn im ›Verblühten Nußbaum‹ übernahm, begann ich sie sofort zu analysieren. Was ist's mit Ihnen, Sie gutgekleideter Herr? fragte ich. Wer sind Sie? Woher kommen Sie? Wohin gehen Sie?«

»Zu Salzmann«, antwortete ich hastig. »Wenn ich ihn jetzt verfehle, muß ich wieder zwei Wochen –«

»Vielleicht ist dieser gutgekleidete Herr innerlich weniger vornehm als außen. Vielleicht ist er robust, vielleicht ein Invalide, vielleicht ein Verbrecher. Langsam, langsam begann er vor meinem geistigen Auge Gestalt anzunehmen. Ich gestehe, daß ich nahezu eine Woche völlig im dunkeln tappte. Aber eines schönen Mittags erwachte ich, setzte mich im Bett auf und hörte mich ausrufen: Er ist klein und gedrungen! Er muß klein und gedrungen sein, es geht gar nicht anders. Er ist mindestens einen Kopf kleiner als ich. Jetzt wollen Sie wahrscheinlich wissen, wie ich das machen werde? Nun, Stanislawski sagte mir einmal: ›Nicht jeder Versteller ist ein Schauspieler, aber jeder Schauspieler ist ein Versteller.‹ Begreifen Sie? Wenn ich will, kann ich auf der Bühne wie ein Zwerg wirken, und wenn ich will, wie eine chinesische Porzellanfigur. Außerdem trägt er einen Zwicker. Das war bei den gutgekleideten Herren jener Zeit üblich. Er ist weitsichtig. Nicht sehr, höchstens zwei oder drei Dioptrien – aber er braucht den Zwicker zum Sehen. Schließlich ist er nicht mehr der Jüngste. Das Haar an seinen Schläfen ist graumeliert. Vielleicht spiele ich auch eine kleine Andeutung von Ischias. Ganz diskret, ich chargiere nicht gern. Und eine Spur Rouge Nr. 3 auf der Nase. Man kennt ja den Typ. Er ist mir unlängst leibhaftig begegnet, am Omnibusbahnhof. Das ist er! sagte ich mir sofort. Das ist mein gutgekleideter Herr! Und ich folgte ihm in den Bus, ich fuhr mit ihm bis nach Haifa, ich ließ kein Auge von ihm, ich saugte seine Persönlichkeit förmlich in mich auf. Glauben Sie, daß er wohlhabend ist?«

»Wie soll ich das wissen? Ich komme nur selten nach Haifa.«

»Nein, mein Lieber, er ist nicht wohlhabend! Das überrascht Sie, was? Er ist mit irdischen Gütern keineswegs gesegnet, sage ich Ihnen. Seine gutgekleidete Erscheinung ist eitel Schaumschlägerei. Vielleicht bewohnt er eine Zweieinhalbzimmerwohnung, vielleicht hat er sogar einen Ventilator – aber das ist alles. Und er weiß es. Er weiß es!«

»Meister, jetzt muß ich aber –«

»Selbstverständlich. Jetzt müssen Sie wissen, warum er Katharina Nikolajewna nach dem Zug fragt. Ja glauben Sie denn wirklich, daß dieser läppische Zug ihn interessiert? Keine Spur. Er muß ganz einfach etwas fragen, muß mit irgendeinem Menschen in diesem Augenblick über irgend etwas reden, sonst wird er verrückt. Das ist es. Hier reiße ich ihm die Maske vom Gesicht und zeige den Gram, der ihn durchfurcht, das ewige Leiden, die große Einsamkeit. Wie lange erträgt ein Mensch diese Einsamkeit auf einer Bahnstation?«

»Bis zwölf –«

»Drei oder vier Monate zuvor hat er sich scheiden lassen. Seither ist er ein gebrochener Mann. Nicht nach außen hin, o nein. Da läßt er sich nichts anmerken. Innerlich. Eine Saite seiner Seele ist gerissen. Er hat dieses Weib angebetet – ach, nicht wegen ihrer Schönheit, so schön war sie gar nicht, aber sie war eine Frau. Eine echte, heißblütige Frau. Und als er an jenem schicksalsschweren Abend aus der Botschaft nach Hause kam ...«

»Um Himmels willen, das alles ist in der Rolle drin?«

»... hörte er Stimmen aus dem blauen Salon. Er schlich auf Zehenspitzen näher und sah Margaret in Stanislawskis Armen. Wie vom Schlag gerührt stand er da, unfähig, einen Laut hervorzubringen. Sein ganzes Leben zog blitzartig an ihm vorüber. Sein Heimatdorf, der alte Friedhof, der Schmied, der bucklige Schneider –«

»Salzmann –«

»Salzmann, der Schuster, seine erste Liebe, die Müllerstochter, die Überschwemmung … dann wandte er sich ab und ging davon, auf Zehenspitzen, wie er gekommen war. Vierzehn Tage später wurde die Ehe geschieden. Der kleine Wladimir blieb bei der Mutter. Er wuchs als komplexbeladenes Kind heran, litt an chronischer Appetitlosigkeit, starrte aus großen blauen Kinderaugen ins Leere –«

»Hören Sie, Podmanitzki –«

»Ich bin fertig. Und Salzmann ist sowieso schon längst weggegangen. Aber jetzt verstehen Sie die Worte, die er an Katharina Nikolajewna richtet. Wie schade, Madame, wie schade. Geht links ab. Wem gilt sein Bedauern? Der Frau? Dem Zug? ›Was ist ein Zug?‹ hat Stanislawski mich einmal gefragt. Nein. In diesem Satz liegt sein ganzes Mitleid mit der Kreatur, liegt alles Aufbegehren gegen die Tyrannis des Schicksals. Warten Sie, ich spiele Ihnen die Szene vor …«

Jarden Podmanitzki stand auf, trat ein paar Schritte zurück, zerraufte sein Haar, ließ sich plötzlich zu Boden fallen und begann auf allen vieren zu kriechen. Ich nützte die unverhoffte Chance und sprang mit einem kühnen Satz über ihn hinweg. Sofort nahm er die Verfolgung auf, aber diesmal half ihm nichts. Im zweiten Stock eines nahegelegenen Hauses fand ich Asyl bei einer barmherzigen Familie.

Nur keine Rechtsbeugung

In den frühen Abendstunden der vergangenen Woche tauchte vor unserer Wohnungstür ein Polizist auf. Zweck seines überraschenden Besuches war eine Vorladung für den nächsten Morgen um acht Uhr auf die nächste Polizeistation.

Meine Frau wurde blaß.

»Warum laden sie dich so dringend vor?« fragte sie. »Was hast du angestellt?«

»Nichts«, antwortete ich.

Meine Frau sah mich prüfend an.

»Du solltest nicht allein hingehen. Nimm einen Anwalt mit.«

»Wozu?«

»Frag nicht so dumm. Damit du jemanden bei dir hast, wofern du in Schwierigkeiten kommst.«

Die Tatsache, daß meine Frau zum ersten Mal im Leben das Wort »wofern« gebrauchte, übte eine zutiefst demoralisierende Wirkung auf mich aus. Noch am Nachmittag rief ich Dr. Jonathan Shay-Sheinkrager an, einen der gefinkeltsten Rechtsanwälte unseres Landes. Er ließ sich den Fall in allen Details vortragen, überlegte eine Weile und erklärte sich dann bereit, meine Verteidigung zu übernehmen. Ich unterschrieb die nötigen Papiere und ging erleichtert nach Hause.

Am nächsten Morgen verabschiedete ich mich schweren Herzens von meiner Ehefrau und begab mich in Begleitung meines Rechtsanwaltes zur Polizeistation. Der wachhabende Polizeibeamte empfing uns freundlich. Er überflog die Vorladung, griff in eine Schublade und zog die Aktentasche heraus, die ich vor ein paar Wochen verloren hatte.

»Wir haben Ihre Aktentasche gefunden, Herr Kishon«, sagte er mit gewinnendem Lächeln. »Hier ist sie.«

»Danke vielmals. Ich weiß Ihre Mühe zu schätzen.« Damit griff ich nach der Aktentasche und wollte mich wohlgelaunt entfernen.

Ich hatte jedoch die Rechnung ohne meinen Anwalt gemacht.

»Sehr rührend«, sagte Shay-Sheinkrager sarkastisch. »Aber darf ich Sie, Herr Inspektor, fragen, woher Sie wissen, daß es sich um die Aktentasche meines Klienten handelt?«

Der Polizist grinste gutmütig.

»Wir haben in der Aktentasche eine Wäschereirechnung auf den Namen dieses Herrn gefunden.«

»Und es ist Ihnen nicht eingefallen«, fuhr Shay-Sheinkrager fort, »daß die Aktentasche Eigentum der Wäscherei sein könnte?«

»Aber sie gehört mir«, versicherte ich meinem Anwalt. »Ich habe sie an den Joghurtflecken auf der rechten Seite sofort erkannt.«

»Bitte mischen Sie sich nicht in ein schwebendes Verfahren ein«, ermahnte mich Shay-Sheinkrager. »Herr Inspektor, ich verlange ein Protokoll!«

»Was heißt da Protokoll? Nehmen Sie die Aktentasche und gehen Sie.«

»Wir sollten wirklich gehen«, stimmte ich zu.

Mein Anwalt trat ans Fenster und sah hinaus. Nach ungefähr einer Minute drehte er sich um.

»Ich werde Ihnen sagen, was wir hier noch zu tun haben, meine Herren. Wir haben den Inhalt der Aktentasche zu überprüfen.«

Schweigen. Shay-Sheinkrager hatte natürlich recht. Zu dumm, daß mir das nicht selbst eingefallen war. Da zeigte sich wieder einmal der Unterschied zwischen einem Laien und einem Profi.

»Dann machen wir sie eben auf«, seufzte der Polizist und griff nach der Aktentasche.

»Ich protestiere!« Wie ein Tiger fuhr Shay-Sheinkrager dazwischen. »Das strittige Objekt muß unbedingt in Anwesenheit eines Zeugen geöffnet werden.«

Mit seinem letzten Rest an Selbstbeherrschung ging der Beamte einen Kollegen holen. Als die beiden wiederkamen, lag leichte Zornesröte über ihren Gesichtern.

»Herr Kishon«, ließ sich mein Anwalt vernehmen, »fertigen Sie jetzt bitte eine Liste der Gegenstände an, die, soweit Sie sich erinnern können, in dieser Aktentasche waren.«

»Gerne«, antwortete ich. »Aber ich kann mich nicht erinnern.«

»Um so besser«, sagte der Polizist und traf neuerdings Anstalten, die Aktentasche zu öffnen. Aber mein Anwalt hinderte ihn daran.

»Das Eingeständnis meines Klienten, den Inhalt der Aktentasche nicht rekonstruieren zu können, darf amtlicherseits nicht dahingehend verstanden werden, daß die Aktentasche zur Zeit ihres Verlustes keinerlei Wertgegenstände enthalten hätte.«

Die Blicke, mit denen die beiden Polizisten ihn daraufhin ansahen, konnte man wirklich nicht mehr als »liebevoll« bezeichnen. Shay-Sheinkrager war das offenbar gewohnt. Ungerührt zog er mich zur Seite.

»Bitte sprechen Sie von jetzt an kein Wort, ohne mich vorher zu fragen«, schärfte er mir ein. »Von jetzt an liegt die Sache in meinen Händen!«

Dann begann er, das Protokoll zu diktieren.

»Aufgrund einer freiwillig gemachten Aussage meines Klienten, und ohne seine Rechte als einziger gesetzlicher Eigentümer des strittigen Fundobjektes im mindesten zu präjudizieren, wird hiermit festgestellt, daß mein Klient infolge einer Erinnerungslücke außerstande ist, verbindliche Angaben über den Inhalt der Aktentasche zu machen, die sich zur Zeit der Ausfertigung dieses Protokolls auf der das Protokoll ausfertigenden Polizeistation befindet, deren diensthabende Beamte die in Rede stehende, vor einer bestimmten Anzahl von Tagen aufgefundene Aktentasche nach bestem Wissen und Gewissen als Eigentum meines Klienten bezeichnet und …«

»Einen Augenblick«, unterbrach der Polizist und stand auf, um aus dem Nebenzimmer einen Oberinspektor herbeizuholen.

Noch ehe der Oberinspektor seinen Unmut äußern konnte, hatte sich Shay-Sheinkrager vorgestellt und bat ihn, diese Angelegenheit fair und objektiv zu behandeln. Dann wandte er sich nochmals an mich.

»Ich muß Sie pflichtgemäß darüber belehren, daß von jetzt an jedes Ihrer Worte gegen Sie verwendet werden kann.«

Ich fragte ihn, ob ich vereidigt werden müßte, aber er beruhigte mich: Soweit wären wir noch nicht.

Nachdem alle Anwesenden das Protokoll unterzeichnet hatten, erklärte Shay-Sheinkrager laut und langsam:

»Mein Klient erhebt keine Einwände gegen die Öffnung des strittigen Fundobjektes.«

Der Oberinspektor steckte die Hand in die Aktentasche und zog einen Bleistift heraus.

»Herr Kishon«, fragte mein Anwalt, wobei er jede Silbe scharf betonte, »ist das Ihr Bleistift?«

Ich sah mir den Bleistift an. Er war kurz und abgenützt, ein ganz gewöhnlicher Bleistift.

»Wie soll ich das heute noch wissen?« fragte ich. »Beschwören kann ich's nicht.«

In Shay-Sheinkragers Augen glomm ein heiliges Feuer.

»Meine Herren, jetzt kommt alles darauf an, kühlen Kopf zu bewahren. Herr Kishon! Sind Sie ganz sicher, daß Sie dieses Schreibinstrument nicht als Bestandteil der von Ihnen ständig gebrauchten Schreibutensilien identifizieren können?«

»Ich habe Ihnen doch schon gesagt, daß ich das nicht kann.«

»Dann verlange ich die sofortige Vorladung des Bezirkskommandanten!«

»Des Bezirkskommandanten?« tobte der Oberinspektor. »Und warum, wenn ich fragen darf?«

Er durfte fragen. Jede Frage war meinem Anwalt willkommen, weil er auf jede Frage eine Antwort hatte. Diesmal lautete sie:

»Herr Oberinspektor! Wenn der sogenannte ›ehrliche Finder‹ einen nicht meinem Klienten gehörenden Bleistift in diese Aktentasche hineinpraktiziert hat, kann er ebensogut ein anderes und möglicherweise wertvolleres Objekt aus dieser Aktentasche entfernt haben.«

Nach einer Weile erschien der Bezirkskommandant und prallte bereits in der Tür entsetzt zurück.

»Um Gottes willen! Sie hier, Shay-Sheinkrager? Schon wieder? Das darf nicht wahr sein!«

Auch jetzt ließ sich mein Anwalt nicht erschüttern. Er pflanzte sich vor dem Bezirkskommandanten auf. Seine Stimme bebte vor Bedeutsamkeit.

»Im Namen meines Klienten erstatte ich hiermit Anzeige gegen den Finder dieser Aktentasche, und zwar a) wegen widerrechtlichen Gebrauchs der meinem Klienten gehörenden Schreibutensilien und b) wegen möglicher Entfernung von Gegenständen aus der gefundenen Aktentasche.«

»Soll das heißen«, fragte drohend der Bezirkskommandant, »daß Sie hier einen Diebstahl unterstellen?«

»Allerdings. Mein Klient glaubt mit ausreichender Sicherheit behaupten zu können, daß im Zusammenhang mit der ihm gehörenden Aktentasche ein Diebstahl unbestimmten Ausmaßes begangen wurde.«

»Na schön«, stöhnte der Bezirkskommandant. »Wer hat die verdammte Aktentasche gefunden?«

Unmutig kramte der Polizist in seinen Papieren.

»Der Verkehrspolizist vom Dienst. Vorgestern nachmittag.«

»Sie wollen einen Polizisten des Diebstahls beschuldigen?« fragte mich der Bezirkskommandant.

»Nicht antworten!« Shay-Sheinkrager war mit einem Satz bei mir und hielt mir den Mund zu. »Sagen Sie kein Wort! Die Kerle wollen Ihnen einen Strick drehen. Ich kenne ihre Tricks. – Herr Bezirkskommandant«, fuhr er amtlich fort. »Wir haben dem Gesagten nichts mehr hinzuzufügen. Weitere Aussagen machen wir nur vor dem zuständigen Gerichtshof.«

»Wie Sie wünschen. Sie sind sich hoffentlich klar darüber, daß Sie soeben einen Beamten des öffentlichen Dienstes beleidigt haben?«

»Einspruch«, brüllte Shay-Sheinkrager. »Das grenzt an Erpressung.«

»Erpressung?« Auch die Stimme des Bezirkskommandanten steigerte sich. »Sie beleidigen einen uniformierten Polizisten im Dienst! Paragraph 18 des Strafgesetzbuches!«

»Einspruch! Ich beziehe mich auf Anhang 47 zur Verordnung über Pflichten und Rechte der öffentlichen Sicherheitsorgane, Gesetzblatt Nr. 317!«

»Darüber wird das zuständige Gericht entscheiden«, schnarrte der Bezirkskommandant und wandte sich an mich: »Im Namen des Gesetzes erkläre ich Sie für verhaftet.«

Shay-Sheinkrager begleitete mich bis an die Zellentür.

»Kopf hoch«, sagte er. »Man kann Ihnen nichts anhaben. Es gibt kein Beweismaterial gegen Sie. Wir werden das Alleinverschulden des Polizisten nachweisen und notfalls einen Haftbefehl gegen den Justizminister erwirken. Dann soll er uns einmal erklären, warum der ›ehrliche Finder‹ nicht verhaftet wurde! Schlafen Sie gut. Ich verständige Ihre Frau.« Und er verabschiedete sich mit einem trostreichen Händedruck.

Es ist wahr, der beste Freund eines einsamen Häftlings ist sein Anwalt. Ich durfte mich glücklich schätzen, einen so brillanten Kopf als Verteidiger zu haben. Vielleicht setzt er es sogar durch, daß ich gegen Kaution entlassen werde.

Autokauf

Es kam, wie es kommen mußte. Eines katastrophalen Morgens entschloß ich mich, mir einen Gebrauchtwagen anzuschaffen und ging zu einem Gebrauchtwagenhändler namens »Smiling Joe« (was mit »lächelnder Josef« durchaus zureichend übersetzt wäre). Smiling Joe nahm in den Zeitungen täglich einige Quadratkilometer Inseratenraum in Anspruch, auf denen er seine 600 Gebrauchtwagen begeistert anpries. Er war ein kräftiger, gutgelaunter, temperamentvoller junger Mann, und als er hörte, daß ich aus Israel kam, kannte seine Begeisterung keine Grenzen. Er selbst, wie er ausdrücklich betonte, war zwar kein Jude, aber er hatte einen Freund, der Finkelstein oder so ähnlich hieß, und das genügte.

Smiling Joe zeigte mir persönlich seine 20 Gebrauchtwagen und pries jeden einzelnen von ihnen begeistert an. Als ich mich nach den restlichen 580 erkundigte, raunte er mir vertraulich zu, daß sie für prominente Gäste aus dem Nahen Osten – also zum Beispiel für mich oder König Ibn Saud – auf einem Geheimgelände bereit gehalten würden.

»Es ist nur fünf Minuten von hier«, sagte Smiling Joe. »Fahren wir los.« Und er lud mich in seinen eigenen Wagen ein.

Nach ungefähr eineinhalb Stunden flotter Fahrt fragte

ich ihn, was eigentlich mit den fünf Minuten los wäre. Smiling Joe gestand mir unter dröhnendem Gelächter, daß er dabei an ein Überschallflugzeug gedacht hätte. Aber jetzt würde es wirklich nur noch zehn Minuten dauern.

Dämmerung sank herab. Die Wüste, die wir durchfuhren, zeigte alle Merkmale subtropischer Vegetation. Immerhin waren wir noch vor Einbruch der völligen Dunkelheit in Arizona. Auf dem geheimen Gelände standen, leicht überschaubar, neun Gebrauchtwagen.

»Ist das alles?« fragte ich. »Wo sind die anderen?«

»Verkauft«, grinste Smiling Joe. »Die Dinger gehen weg wie die warmen Semmeln. Am Morgen hatte ich noch 500 Wagen hier. Wenn ich's mir recht überlege, bin ich gar nicht scharf drauf, den Rest zu verkaufen. Ich kann mit dem Geld sowieso nichts anfangen.«

Unwillkürlich drängte sich die Frage auf meine Lippen, warum er mich dann überhaupt hergeführt habe.

Smiling Joe grinste abermals. Geld bedeute ihm nichts, meinte er. Viel wichtiger sei der gute Ruf, »Fairneß und Ehrlichkeit« lautete die Devise.

Ich hatte währenddessen den rudimentären Wagenpark besichtigt und zu meiner Freude einen verhältnismäßig gut erhaltenen Chevrolet entdeckt, der laut kreidiger Aufschrift auf der Windschutzscheibe nur 299,99 Dollar kosten sollte.

»Der Wagen gefällt mir«, sagte ich. »Den will ich haben.«

»Junge, Junge!« Smiling Joe hieb mir anerkennend seine Pranke auf die Schulter. »Das nenne ich ein sicheres

Auge! Schaut hin – und hat auch schon mein bestes Stück! Der Wagen ist zwar verkauft, an den Gouverneur dieses aufstrebenden Staates – aber wenn ich Sie damit glücklich machen kann, dann blättern Sie 400 Dollar auf den Tisch des Hauses und der Chevy gehört Ihnen.«

»Wieso 400? Da steht doch ganz deutlich 299,99?«

»Listenpreis, mein Junge. Ohne Reifen. Wenn Sie für 299,99 einen Wagen ohne Reifen kaufen wollen – ich habe nichts dagegen. Aber vergessen Sie nicht, daß Chevrolet eine der teuersten Automarken Amerikas ist.«

Ich zeigte wortlos auf die Neonlicht-Reklame am Eingang, die in großen Blinklichtern besagte: »Chevrolet – der preisgünstigste Wagen Amerikas!«

Smiling Joe büßte weder seine Ruhe noch sein Grinsen ein. »Wer kümmert sich heute noch um Neonreklame? Längst überholt!«

Ich hatte den Wagen mittlerweile von allen Seiten geprüft und fand ihn immer mehr nach meinem Geschmack.

»Okay«, sagte ich. »Ich nehme ihn.«

»Großartig!« Smiling Joe schüttelte begeistert meine Hände. »Sie sind ein Glückspilz! Machen Sie, daß Sie 'rauskommen, bevor ich's mir überlege! Sie werden diesen Wagen mit 500 Dollar Profit verkaufen.«

»Wo sind die Schlüssel?«

»Schon mal was von automatischer Kupplung gehört?« grinste Smiling Joe, während er mir die Schlüssel aushändigte. »Und das Lenkrad können Sie mit einem Finger ganz herumdrehen.«

Ich versuchte das Lenkrad mit einem Finger ganz herumzudrehen, hörte aber sofort auf, als es in zwei Hälften zu zerbrechen drohte.

»Sehen Sie«, triumphierte Smiling Joe. »Es rührt sich nicht. Solide wie Stahl. Und erst der Zehnzylindermotor! Junge Junge.«

Ich öffnete die Haube und zählte knappe sechs Zylinder.

»Eben!« Smiling Joe überschlug sich vor Begeisterung. »Was das nur für eine Benzinersparnis bedeutet! Und die automatische Vorzündung!«

Ich demonstrierte ihm mühelos, daß die Vorzündung in keiner Weise automatisch war, sondern mühsam mit der Hand bedient werden mußte.

Smiling Joe beglückwünschte mich aufs neue zu meinem Fang. Die automatische Vorzündung sei ohnehin nichts wert gewesen und werde zu den neuesten Modellen nicht mehr geliefert.

»Glauben Sie, ich würde Ihnen einen schlechten Wagen verkaufen, he? Ich Ihnen? Ein Jude dem andern? Sie werden sich in diesem Wagen wie ein König vorkommen! Und wenn Sie Musik hören wollen, brauchen Sie nur das Radio anzudrehen.«

Smiling Joe zeigte mir den Knopf und drehte ihn an. Sofort setzten sich die Scheibenwischer in Betrieb.

»Wer zum Teufel braucht ein Radio?« fragte Smiling

Joe beseligt. »Was bekommt man da schon zu hören? Den ganzen Tag lang Schallplatten. Vollkommen überflüssig. Viel wichtiger ist, daß Sie einen phantastischen Fahrersitz haben, den Sie sogar verschieben können.«

Ich versuchte den Sitz zu verschieben – und er verschob sich. Ich versuchte es noch einmal – und er verschob sich wieder. Warum hatte Smiling Joe dann aber gesagt, daß sich der Sitz verschieben ließ? Das war verdächtig. Ich nahm eine gründliche Untersuchung des Wagens vor – er war so gut wie neu.

»Er ist so gut wie neu«, grinste Smiling Joe. »Er hat nicht mehr drauf als 17 000 Meilen.«

Das konnte nicht wahr sein. Ich warf einen Blick auf den Zähler. Er zeigte 3000 Meilen. Mein Mißtrauen wuchs.

»Wieso zeigt er nur 3000?«

»Leicht zu erklären. Der frühere Besitzer war ein Leuchtturmwächter, der immer nur um seinen Leuchtturm herumfahren konnte.«

Jetzt hatte ich genug. Wenn ich Smiling Joes Verkaufstechnik richtig interpretierte, mußte der Wagen spätestens nach hundert Metern auseinanderfallen.

»Schön«, sagte ich. »Dann werden wir leider kein Geschäft miteinander machen. Ich lasse mich nicht zum Narren halten.«

»Ganz wie Sie wünschen.«

Zum ersten Mal verlor sich das Grinsen aus Smiling Joes Gesicht.

»Wie komme ich nach Hause?«

»Per Auto?«

»Nein. Zu Fuß.«

»Immer nach Osten, mein Freund, immer nach Osten …«

Ich überlegte: Wenn Smiling Joe »Osten« sagte, wäre »Westen« vermutlich das Richtige. Aber da man sich bei ihm nicht einmal auf das Gegenteil seiner Aussagen verlassen kann, ginge ich wohl am besten nach Süden.

Auf meinem Weg in nördlicher Richtung kam ich durch fruchtbares Ackerland, durch schattige Wälder mit Bächen und Wasserfällen – und trotzdem nach Hause. Unser Nachbar stützte mich die Stiegen hinauf und informierte mich (leider zu spät), daß man in Amerika zum Kauf eines Gebrauchtwagens unbedingt mit dem eigenen Wagen vorfahren müsse.

Im Schweiße deines Angesichts

Vor drei Jahren erschien der Hausierer zum ersten Mal. Er klingelte an allen Wohnungstüren und hob, wenn eine Tür sich öffnete, seinen kleinen Handkoffer ein wenig hoch.

»Seife? Rasierklingen?«

»Nein, danke«, lautete die regelmäßige Antwort.

»Zahnbürsten?«

»Danke, nein.«

»Kämme?«

»Nein!«

»Toilettenpapier?«

Hier schlug ich ihm die Tür vor der Nase zu. Gestern klingelte er wieder.

»Seife? Rasierklingen?«

Mich packte die Abenteuerlust.

»Ja. Geben Sie mir eine Rasierklinge.«

»Zahnbürsten?«

»Ich wollte eine Rasierklinge haben.«

»Kämme?«

»Eine Rasierklinge!«

Grenzenlose Verblüffung zeigte sich auf seinem Gesicht.

»Toiletten ...«, wimmerte er. »Toilettenpapier?«

Ich riß ihm den Koffer aus der Hand und öffnete ihn. Der Koffer war leer. Vollkommen leer.

»Was soll das?«

»Was soll das, was soll das?« rief der Hausierer zornig. »Noch nie hat jemand etwas von mir gekauft. Wozu also das ganze Zeug herumschleppen?«

»Ich verstehe«, lenkte ich ein. »Aber warum steigen Sie dann die vielen Stiegen hinauf und klingeln an jeder Tür?«

»Man muß sich ja irgendwie seinen Lebensunterhalt verdienen.«

Ein Vater wird geboren

Gegen Morgen setzte sich meine Frau, bekanntlich die beste Ehefrau von allen, im Bett auf, starrte eine Weile in die Luft, packte mich an der Schulter und sagte:

»Es geht los. Hol ein Taxi.«

Ruhig, ohne Hast, kleideten wir uns an. Dann und wann raunte ich ihr ein paar beruhigende Worte zu, aber das war eigentlich überflüssig. Wir beide sind hochentwickelte Persönlichkeiten von scharf ausgeprägter Intelligenz, und uns beiden ist klar, daß es sich bei der Geburt eines Kindes um einen ganz normalen biologischen Vorgang handelt, der sich seit Urzeiten immer wieder milliardenfach wiederholt und schon deshalb keinen Anspruch hat, als etwas Besonderes gewertet zu werden.

Während wir uns gemächlich zum Aufbruch anschickten, fielen mir allerlei alte Witze oder Witz-Zeichnungen ein, die sich über den Typ des werdenden Vaters auf billigste Weise lustig machen und ihn als kettenrauchendes, vor Nervosität halb wahnsinniges Wrack im Wartezimmer der Gebärklinik darzustellen lieben. Nun ja. Wir wollen diesen Scherzbolden das Vergnügen lassen. Im wirklichen Leben geht es anders zu.

»Möchtest du nicht ein paar Illustrierte mitnehmen, Liebling?« fragte ich. »Du sollst dich nicht langweilen.«

Wir legten die Zeitschriften zuoberst in den kleinen

te seine Antwort. »Bis dahin würden Sie hier nur Ihre Zeit vergeuden.«

Nach diesem kurzen, aber aufschlußreichen Gedankenaustausch machte ich mich beruhigt auf den Heimweg. Ich setzte mich an den Schreibtisch, merkte aber bald, daß es heute mit der Arbeit nicht so recht klappen würde. Das war mir nie zuvor geschehen, und ich begann intensive Nachforschungen anzustellen, woran das denn wohl läge. Zuwenig Schlaf? Das Wetter? Oder störte mich die Abwesenheit meiner Frau? Ich wollte diese Möglichkeit nicht restlos ausschließen. Auch wäre die kühle Distanz, aus der ich die Ereignisse des Lebens sonst zu betrachten pflege, diesmal nicht ganz am Platze gewesen. Das Ereignis, das mir jetzt bevorstand, begibt sich ja schließlich nicht jeden Tag, auch wenn der Junge vermutlich ein Kind wie alle anderen sein wird, gesund, lebhaft, aber nichts Außergewöhnliches. Er wird seine Studien erfolgreich hinter sich bringen und dann die Diplomatenlaufbahn ergreifen. Schon aus diesem Grund sollte er einen Namen bekommen, der einerseits hebräisch ist und andererseits auch Nichtjuden leicht von der Zunge geht. Etwa Rafael. Nach dem großen niederländischen Maler. Am Ende wird der Schlingel noch Außenminister, und dann können sie in den Vereinten Nationen nicht einmal seinen Namen aussprechen. Man muß immer an die höheren Staatsinteressen denken. Übrigens soll er nicht allzu früh heiraten. Er soll Sport betreiben und an den Olympischen Spielen teilnehmen, wobei es mir vollkommen gleichgültig ist, ob er das Hürdenlaufen gewinnt oder das Diskuswerfen. In dieser Hinsicht bin ich kein Pedant. Und natürlich muß er alle Weltsprachen beherrschen. Und in der Aerodynamik Bescheid wissen. Wenn er sich allerdings mehr für Kernphysik interessiert, dann soll er eben Kernphysik studieren.

Und wenn es ein Mädchen wird?

Eigentlich könnte ich jetzt in der Klinik anrufen.

Gelassen, mit ruhiger Hand, hob ich den Hörer ab und wählte.

»Nichts Neues«, sagte der Portier. »Wer spricht?«

Ein sonderbar heiserer Unterton in seiner Stimme ließ mich aufhorchen. Ich hatte den Eindruck, als ob er mir etwas verheimlichen wollte. Aber die Verbindung war bereits unterbrochen.

Ein wenig nervös durchblätterte ich die Zeitung.

»Geburt einer doppelköpfigen Ziege in Peru.«

Was diese Idioten erfinden, um ihr erbärmliches Blättchen zu füllen! Man müßte alle Journalisten vertilgen.

Im Augenblick habe ich freilich Dringenderes zu tun. Zum Beispiel darf ich meinen Kontakt mit dem Arzt nicht gänzlich einschlafen lassen.

Ich sprang in ein Taxi, fuhr zur Klinik und hatte das Glück, unauffälligen Anschluß an eine größere Gesellschaft zu finden, die sich gerade zu einer Beschneidungsfeier versammelte.

»Schon wieder Sie?« bellte der Doktor, als ich ihn endlich gefunden hatte. »Was machen Sie hier?«

»Ich bin zufällig vorbeigekommen und dachte, daß ich mich vielleicht erkundigen könnte, ob es etwas Neues gibt. Gibt es etwas Neues?«

»Ich sagte Ihnen doch, daß Sie erst um fünf Uhr kommen sollen! Oder noch besser: Kommen Sie gar nicht. Wir verständigen Sie telefonisch.«

»Ganz wie Sie wünschen, Herr Doktor. Ich dachte nur…«

Er hatte recht. Dieses ewige Hin und Her war vollkommen sinnlos und eines normalen Menschen unwürdig. Ich wollte mich nicht auf die gleiche Stufe stellen mit diesen kläglichen Gestalten, die sich immer noch bleich und zitternd auf der Bank vor der Portiersloge herumdrückten.

Aus purer Neugier nahm ich unter ihnen Platz, um ihr Verhalten vom Blickpunkt des Psychologen aus zu analysieren. Mein Sitznachbar erzählte mir unaufgefordert, daß er der Geburt seines dritten Kindes entgegensähe. Zwei hatte er schon, einen Knaben (3,15 kg) und ein Mädchen (2,7 kg). Andere Bankbenützer ließen Fotografien herumgehen. Aus Verlegenheit, und wohl auch um den völlig haltlosen Schwächlingen einen kleinen Streich zu spielen, zog ich ein Bild meiner Frau aus dem achten Monat hervor.

»Süß«, ließen sich einige Stimmen vernehmen. »Wirklich herzig.«

Während ich ein neues Päckchen Zigaretten kaufte, beschlich mich das dumpfe Gefühl, etwas Wichtiges vergessen zu haben. Ich fragte den Portier, ob es etwas Neues gäbe. Der ungezogene Lümmel machte sich nicht einmal die Mühe einer artikulierten Auskunft. Er schüttelte nur den Kopf. Eigentlich schüttelte er ihn nicht einmal, sondern drehte ihn gelangweilt in eine andere Richtung.

Nach zwei Stunden begab ich mich in das Blumengeschäft auf der gegenüberliegenden Straßenseite, rief von dort aus den Arzt an und erfuhr von einer weiblichen Stimme, daß ich erst am Morgen wieder anrufen sollte. Es war, wie sich auf Befragen erwies, die Telefonistin. So springt man hierzulande mit angesehenen Bürgern um, die das Verbrechen begangen haben, sich um die nächste Generation zu sorgen.

Dann also ins Kino. Der Film handelte von einem jungen Mann, der seinen Vater haßt. Was geht mich dieser Bockmist aus Hollywood an. Außerdem wird es ein Mädchen. Im Unterbewußtsein hatte ich mich längst darauf eingestellt. Ich könnte sogar sagen, daß ich es schon längst gewußt habe. Ich hätte nichts dagegen einzuwenden, daß sie Archäologin wird, wenn sie nur keinen Piloten heiratet. Nichts da. Unter gar keinen Umständen akzeptiere ich einen Piloten als Schwiegersohn. Um Himmels willen – über kurz oder lang bin ich Großpapa. Wie die Zeit vergeht. Aber warum ist es hier so dunkel? Wo bin ich? Ach ja, im Kino. Zu dumm.

Ich tastete mich hinaus. Die kühle Luft erfrischte mich ein wenig. Nicht sehr, nur ein wenig. Und was jetzt?

Vielleicht sollte ich in der Klinik nachfragen.

Ich erstand zwei große Sträuße billiger Blumen, weil man als Botenjunge eines Blumengeschäftes in jede Klinik Zutritt hat, warf dem Portier ein tonlos geschäftiges »Zimmer 24« hin und bewerkstelligte unter dem Schutz der Dunkelheit meinen Eintritt.

Um den Mund des Arztes wurden leichte Anzeichen von Schaumbildung bemerkbar.

»Was wollen Sie mit den Blumen, Herr? Legen Sie sie auf Eis, Herr! Und wenn Sie nicht verschwinden, lasse ich Sie hinauswerfen!«

Ich versuchte ihm zu erklären, daß es sich bei den Blumen lediglich um eine List gehandelt hätte, die mir den Eintritt in die Klinik ermöglichen sollte.

Natürlich, so fügte ich hinzu, wüßte ich ganz genau, daß noch nichts los sei, aber ich dachte, daß vielleicht doch etwas los sein könnte.

Der Doktor sagte etwas offenbar Unfreundliches auf russisch und ließ mich stehen.

Auf der Straße draußen fiel mir plötzlich ein, was ich vorhin vergessen hatte: Ich hatte seit vierundzwanzig Stunden keine Nahrung zu mir genommen. Rasch nach Hause zu einem kleinen Imbiß. Aber aus irgendwelchen Gründen blieb mir das Essen in der Kehle stecken, und ich mußte mit einigen Gläsern Brandy nachhelfen. Dann schlüpfte ich in meinen Pyjama und legte mich ins Bett.

Wenn ich nur wüßte, warum sich die Geburt dieses Kindes so lange verzögert.

Wenn ich es wüßte? Ich weiß es. Es werden Zwillinge. Das ist so gut wie sicher. Zwillinge. Auch recht. Da bekommt man alles, was sie brauchen, zu Engrospreisen. Ich werde ihnen eine praktische Erziehung angedeihen lassen. Sie sollen in die Textilbranche gehen und niemals Mangel leiden. Nur dieses entsetzliche Summen in meinem Hinterkopf müßte endlich aufhören. Und das Zimmer dürfte sich nicht länger drehen. Ein finsteres Zimmer, das sich trotzdem dreht, ist etwas sehr Unangenehmes.

Der Portier gibt vor, noch nichts zu wissen. Möge er eines qualvollen Todes sterben, der Schwerverbrecher. Sofort nach der Geburt meiner Tochter rechne ich mit ihm ab. Er wird sich wundern.

Rätselhafterweise sind mir schon wieder die Zigaretten ausgegangen. Wo bekommt man so spät in der Nacht noch Zigaretten? Wahrscheinlich nur in der Klinik.

Ich sauste zur Bushaltestelle, wurde aber von einem Hausbewohner eingeholt, der mich aufmerksam machte, daß ich keine Hosen anhatte.

»Wie überaus dumm und kindisch von mir!« lachte ich, sauste zurück, um mir die Hosen anzuziehen, und konnte trotzdem nicht aufhören, immer weiter zu lachen. Erst in der Nähe der Klinik erinnerte ich mich an Gott. Im allgemeinen bete ich nicht, aber jetzt kam es mir wie selbstverständlich von den Lippen.

»Herr im Himmel, bitte hilf mir nur dieses eine Mal, laß das Mädchen einen Buben sein und wenn möglich einen normalen, nicht um meinetwillen, sondern aus nationalen Gründen, wir brauchen junge, gesunde Pioniere …«

Nächtliche Passanten gaben mir zu bedenken, daß ich mir eine Erkältung zuziehen würde, wenn ich so lange auf dem nassen Straßenpflaster kniete.

Der Portier machte bei meinem Anblick schon von weitem die arrogante Gebärde des halben Kopfschüttelns.

Mit gewaltigem Anlauf warf ich mich gegen das Gittertor, das krachend aufsprang, rollte auf die Milchglastür zu, kam hoch, hörte das Monstrum hinter mir brüllen … brüll du nur, du Schandfleck des Jahrhunderts … wer mich jetzt aufzuhalten versucht, ist selbst an seinem Untergang schuld …

»Doktor! Doktor!« Meine Stimme hallte schaurig durch die nachtdunklen Korridore. Und da kam auch schon der Arzt herangerast.

»Wenn ich Sie noch einmal hier sehe, lasse ich Sie von der Feuerwehr retten! Sie sollten sich schämen! Nehmen Sie ein Beruhigungsmittel, wenn Sie hysterisch sind!«

Hysterisch? Ich hysterisch? Der Kerl soll seinem guten Stern danken, daß ich mein Taschenmesser kurz nach der Bar-Mizwa verloren habe, sonst würde ich ihm jetzt die Kehle aufschlitzen. Und so etwas nennt sich Arzt. Ein Wegelagerer in weißem Kittel. Ein getarnter Mörder, nichts anderes. Ich werde an die Regierung einen Brief schreiben, den sie sich hinter den Spiegel stecken wird. Und von dieser Bank bei der Portiersloge weiche ich keinen Zoll, ehe man mir nicht mein Kind ausliefert. Hat jemand von den Herren vielleicht eine Zigarette? Beim Portier kann ich keine mehr kaufen, er verfällt in nervöse

Zuckungen, wenn er mich nur sieht. Na wenn schon. Natürlich bin ich aufgeregt. Wer wäre das in meiner Lage nicht. Schließlich ist heute der Geburtstag meines Sohnes. Auch wenn die Halle sich noch so rasend dreht und das Summen in meinem Hinterkopf nicht und nicht aufhören will …

Es geht auf Mitternacht, und noch immer nichts. Wie glücklich ist doch meine Frau, daß ihr diese Aufregung erspart bleibt. Guter Gott – und jetzt haben sie womöglich entdeckt, daß sie gar nicht schwanger ist, sondern nur einen aufgeblähten Magen hat vom vielen Popcorn. Diese Schwindler. Nein, Rafael wird nicht die Diplomatenlaufbahn ergreifen. Das Mädel soll Kindergärtnerin werden. Oder ich schicke die beiden in einen Kibbuz. Mein Sohn wird für meine Sünden büßen, ich sehe es kommen. Ich würde ja selbst in einen Kibbuz gehen, um das zu verhindern, aber ich habe keine Zigaretten mehr. Bitte um eine Zigarette, meine Herren, eine letzte Zigarette.

Es ist vorüber. Etwas Fürchterliches ist geschehen. Ich spüre es. Mein Instinkt hat mich noch nie betrogen. Das Ende ist da …

Auf allen vieren schleppte ich mich zur Portiersloge. Ich brachte kein Wort hervor. Ich sah meinen Feind aus flehentlich aufgerissenen Augen an.

»Ja«, sagte er. »Ein Junge.«

»Was?« sagte ich. »Wo?«

»Ein Junge«, sagte er. »Dreieinhalb Kilo.«

»Wieso?« sagte ich. »Wozu?«

»Hören Sie«, sagte er. »Heißen Sie Ephraim Kishon?«

»Einen Augenblick«, sagte ich. »Ich weiß es nicht genau.«

Ich zog meinen Personalausweis heraus und sah nach. Tatsächlich: Es sprach alles dafür, daß ich Ephraim Kishon hieß.

»Bitte?« sagte ich. »Was kann ich für Sie tun, gnädige Frau?«

»Sie haben einen Sohn!« röhrte der Portier. »Dreieinhalb Kilo! Einen Sohn! Verstehen Sie? Einen Sohn von dreieinhalb Kilo ...«

Ich schlang meine Arme um ihn und versuchte sein überirdisch schönes Antlitz zu küssen. Der Kampf dauerte eine Weile und endete unentschieden. Dann entrang sich meiner Kehle ein fistelndes Stöhnen. Ich stürzte hinaus.

Natürlich kein Mensch auf der Straße. Gerade jetzt, wo man jemanden brauchen würde, ist niemand da.

Wer hätte gedacht, daß ein Mann meines Alters noch Purzelbäume schlagen kann.

Ein Polizist erschien und warnte mich vor einer Fortsetzung der nächtlichen Ruhestörung. Rasch umarmte ich ihn und küßte ihn auf beide Backen.

»Dreieinhalb Kilo«, brüllte ich ihm ins Ohr. »Dreieinhalb Kilo!«

»Maseltow!« rief der Polizist. »Gratuliere!«

Und er zeigte mir ein Foto seiner kleinen Tochter.

Kleine Beinchen, trippel-trapp

Eines Abends besuchte mich das Ehepaar Steiner, zwei nette Leute mittleren Alters. Herr Steiner ist ein ruhiger, bescheidener Mann mit guten Manieren, Frau Steiner ist ein wenig schüchtern und hält sich gern im Hintergrund, zumal wenn dieser mit der Küche identisch ist. Kurzum, ein Paar, dem man sein stilles Lebensglück schon von weitem ansieht.

»Es ist wahr«, ließ sich Herr Steiner vernehmen, nachdem wir uns gemütlich niedergelassen hatten. »Wir dürfen zufrieden sein, meine Frau und ich. Wir erfreuen uns bester Gesundheit, sind einander herzlich zugetan, haben ein Dach über dem Kopf und ein kleines Konto auf der Bank. Nicht einmal unsere Steuererklärung bringt einen Mißton in unser friedliches Leben, denn sie wird von meinem Schwager besorgt, einem anerkannten Experten. Und doch, und doch. Es fehlt uns etwas. Wir sind kinderlos. Wie sehr haben wir uns ein Kind gewünscht! Aber es war uns nicht vergönnt.«

Herr Steiner schwieg. Frau Steiner seufzte.

»Es ist immer so ruhig bei uns zu Hause!« Abermals seufzte sie. »Und wir wären glücklich, wenn in diese Ruhe ein wenig Abwechslung käme. Helles Kinderlachen, zum Beispiel. Oder ein süßes Babystimmchen aus der Wiege.«

Frau Steiner schwieg. Herr Steiner seufzte.

»Nach gründlicher Beratung«, sagte er dann, »haben wir uns entschlossen, ein Kind zu adoptieren.«

»Ich gratuliere«, sagte ich.

»Wir wollen einen Sohn«, sagten Herr und Frau Steiner gleichzeitig.

»Das liegt auf der Hand«, sagte ich.

»Wir haben sogar schon einen Namen für ihn ausgesucht: Ben.«

»Ein schöner Name«, sagte ich.

»Die Sache ist nicht ganz einfach«, sagte Frau Steiner. »Wir sind nicht mehr die Jüngsten, und ich zweifle, ob ich mich noch um ein Baby kümmern kann, wie man sich um ein Baby kümmern muß. Deshalb dachten wir an ein Kind im Alter von zwei bis drei Jahren.«

»Sehr richtig«, stimmte ich zu. »Das Alter ist ein wichtiger Faktor. Mit zwei oder drei Jahren ist das Kind noch klein und süß – und dennoch schon imstande, alles aufzunehmen und wieder von sich zu geben.«

»Eben davor fürchten wir uns ein wenig«, warf jetzt Herr Steiner ein. »Das Kleinkind befindet sich ständig in Bewegung und rennt den ganzen Tag herum. Meine Füße aber tragen mich nicht mehr so geschwind wie ehedem. Ein Kind von sechs Jahren« – er hob den Finger, um seine Worte zu unterstreichen – »wäre das richtige. Es ist bereits um vieles selbständiger. Außerdem hat es Spielgefährten.«

»Sie müssen unbedingt ein sechsjähriges Kind adoptieren«, bestätigte ich.

»Mit sechs Jahren«, wandte Frau Steiner ein, »beginnt

es allerdings zur Schule zu gehen, und das, wie Sie wissen, ist ein Wendepunkt im Leben eines jeden Kindes. Vielleicht wäre es besser, ein Kind zu adoptieren, das diesen Wendepunkt bereits hinter sich hat, das an Schule und Leben bereits einigermaßen gewöhnt ist. Ein zehn- oder zwölfjähriges Kind.«

»Was Sie sagen, klingt sehr vernünftig«, gestand ich.

Frau Steiner, sichtlich erfreut über meine anerkennenden Worte, fuhr fort.

»Andererseits darf man nicht vergessen, daß ein Kind in diesem Alter bei seinen Schul- und Hausaufgaben der elterlichen Hilfe bedarf. Wer weiß, ob wir – zwei bescheidene Bürgerleute mittleren Alters – dazu noch in der Lage sind?«

»Bestimmt nicht«, sagte Herr Steiner mit dem Überzeugungstone der Brust. »Und das bedeutet nicht mehr und nicht weniger, als daß wir einen Jungen adoptieren müssen, der zumindest seine Mittelschulstudien abgeschlossen hat.«

»Nein.« Frau Steiner schüttelte bekümmert den Kopf. »Da wird er ja sofort zum Militär eingezogen.«

»Richtig«, nickte Herr Steiner. »Ich fürchte, wir müssen mit dem Adoptieren bis zur Beendigung seiner Militärdienstzeit warten.«

»Dann«, gab Frau Steiner zurück, »wird er sich um einen Posten kümmern müssen. Vergiß nicht: Er ist um diese Zeit ein erwachsener Mensch ohne jedes Einkommen und ohne finanzielle Mittel. Oder willst du für seinen Lebensunterhalt aufkommen?«

»Das ginge leider über meine Kräfte«, gestand Herr Steiner.

Ich schaltete mich wieder ins Gespräch ein:

»Frau Steiner hat recht. Ein Dreißigjähriger wäre in jeder Hinsicht vorteilhafter.«

»Dessen bin ich nicht so sicher«, widersprach Frau Steiner. »In diesem Alter pflegt man zu heiraten, gründet eine eigene Familie und kümmert sich nicht mehr um seine Eltern.«

»Also was wollen Sie eigentlich?« Ich konnte nicht verhindern, daß in meiner Stimme ein leiser Beiklang von Ungeduld mitschwang.

Das Ehepaar Steiner sah zuerst einander und dann mich verwundert an. Darauf hin räusperte sich Herr Steiner und sprach:

»Unserer wohlerwogenen Meinung nach wäre es am besten, ein Kind zu adoptieren, das seinen Platz im Leben und in der Gesellschaft bereits gefunden und seine Fähigkeiten bereits bewiesen hat. Schließlich weiß ja nur Gott allein, was aus einem kleinen Buben werden mag, wenn er heranwächst, und das Risiko ist groß. Aber wenn er bereits auf beiden Beinen im Leben steht, hat man nichts mehr zu fürchten. Auf so einen Sohn kann man stolz sein. Auch ist er gegebenenfalls in der Lage, seine Eltern zu unterstützen.«

»Goldene Worte«, sagte ich. »Und haben Sie jemand Bestimmten im Auge?«

»Ja«, sagte das Ehepaar Steiner. »Ben Gurion.«

Warten auf Nebenzahl

7. April. Heute brach unser Tisch unter der Last des festlichen Mahls endlich zusammen. Meine Frau war darüber sehr froh. Sie hatte das wackelige Möbelstück ohnehin schon lange loswerden wollen. Ich zersägte es freudig, und wir machten einen schönen Scheiterhaufen daraus.

Meine Frau behauptet, daß man in Jaffa Tische direkt beim Hersteller kaufen kann. Das geht rascher und ist billiger.

8. April. Der Hersteller, bei dem wir den Tisch bestellt haben, heißt Josef Nebenzahl. Er machte auf uns einen besseren Eindruck als seine Konkurrenten. Er ist ein ehrlicher, aufrechter Mann von sympathischem Äußeren. Als wir bei ihm erschienen, steckte er bis über beide Ohren in der Arbeit. Sein gewaltiger Brustkorb hob und senkte sich mit imposanter Regelmäßigkeit, während er Brett um Brett zersägte, und die tadellosen Maschinen stampften den Takt dazu. Für den Tisch verlangte er 360 Pfund Anzahlung. Meine Frau versuchte zu handeln, hatte aber kein Glück.

»Madame«, sagte Josef Nebenzahl und sah ihr mit festem Blick ins Auge, »Josef Nebenzahl leistet ganze Arbeit und weiß, was sie wert ist. Er verlangt nicht einen Piaster mehr und nicht einen Piaster weniger!«

So ist's recht, dachten wir. Das ist die Rede eines ehrlichen Mannes.

Ich fragte, wann der Tisch fertig wäre. Nebenzahl zog ein kleines Notizbuch aus seiner Hosentasche: Montag mittag. Meine Frau schilderte ihm lebhaft, wie es ohne Tisch bei uns zuginge, daß wir stehend essen müßten und daß unser Leben kein Leben sei. Nebenzahl ging in die Nebenwerkstatt, um sich mit seinem Partner zu beraten, kam zurück und sagte: »Sonntag abend.« Aber wir müßten den Transport bezahlen. Nachdem ich die Hälfte der Transportkosten bezahlt hatte, nahmen wir Abschied. Nebenzahl schüttelte uns kräftig die Hand und sah uns mit festem Blick in die Augen: Mir könnt ihr vertrauen.

14. April. Bis Mitternacht haben wir auf den Tisch gewartet. Er kam nicht. Heute früh rief ich Nebenzahl an. Sein Partner sagte mir, Nebenzahl hätte auswärts zu tun, und er wüßte nichts von einem Tisch. Aber sobald Nebenzahl zurückkäme, würde er uns anrufen. Nebenzahl rief uns nicht an. Unsere Mahlzeiten nahmen wir auf dem Teppich ein.

15. April. Ich fuhr nach Jaffa, um Krach zu schlagen. Nebenzahl steckte bis über beide Ohren in der Arbeit. Die Kreissäge, die er mit mächtiger Hand bediente, warf Fontänen von Sägespänen um sich. Ich mußte mich vorstellen, da er sich nicht mehr an mich erinnerte. Dann erklärte er mir, daß sein bester Arbeiter vorzeitig zum Militärdienst eingezogen worden sei, und versprach mir den

Tisch für morgen vier Uhr nachmittag. Wir einigten uns auf 15.30 Uhr.

»Nebenzahl ist wie ein Präzisionsuhrwerk«, sagte Nebenzahl. »Keine Sekunde früher und keine Sekunde später.«

17. April. Nichts. Ich rief an. Nebenzahl, so erfuhr ich von seinem Kompagnon, hatte sich in die Hand geschnitten und hatte sich verbinden lassen müssen, so daß der Tisch erst morgen zugestellt werden könnte. Nun, ein Tag mehr oder weniger spielte wirklich keine Rolle.

18. April. Der Tisch kam nicht. Meine Frau behauptet, das von Anfang an gewußt zu haben. Nebenzahls schiefer, betrügerischer Blick hätte ihr sofort mißfallen. Dann rief sie in Jaffa an. Nebenzahl selbst war am Telefon und fand überzeugende Trostworte. Das Tischholz hätte unvorhergesehene Schwellungen entwickelt, jetzt aber sei es im Druckrahmen und der Tisch so gut wie fertig. Außerdem seien die Beine noch nicht eingesetzt, aber das würde nicht länger als drei Tage dauern, und das Polieren nicht länger als zwei.

Wir haben bereits große Übung im Sitzen mit untergeschlagenen Beinen. Die Japaner, ein altes Kulturvolk, nehmen ihre Mahlzeiten schließlich seit Jahrtausenden so ein.

21. April. Nebenzahls Partner rief uns von sich aus an, um uns mitzuteilen, daß der Polierer Mumps bekommen hätte. Meine Frau erlitt einen hysterischen Anfall. »Madame«, sagte Nebenzahls Partner, »wir könnten den Tisch im Handumdrehen fertigmachen, aber wir wollen Ihnen doch eine erstklassige Handwerksarbeit liefern. Morgen um zwei Uhr bringen wir Ihnen den Tisch und trinken zusammen eine Flasche Bier.«

22. *April.* Sie brachten den Tisch weder um zwei Uhr noch danach. Ich rief an. Nebenzahl kam ans Telefon und wußte von nichts, versprach uns aber einen Anruf seines Partners.

23. *April.* Ich fuhr mit dem Bus nach Jaffa. Nebenzahl steckte bis über beide Ohren in der Arbeit. Als er mich sah, fuhr er mich unbeherrscht an, ich sollte ihn nicht unentwegt stören, unter solchem Druck könne er seine Verpflichtungen nicht erfüllen. Der Tisch sei in Arbeit. Was wollte ich also noch? Er zeigte mir die Bretter. Erste Qualität. Stahlhart. Wann? Ende nächster Woche. Sonntag vormittag.

5. *Mai.* Selbst diesen strahlenden Sonntag mußte mir meine Frau durch ihre Unkenrufe verderben. »Sie werden nicht liefern«, sagte sie mit typisch weiblicher Hartnäckigkeit. »Du wirst schon sehen. Die Säge ist gebrochen.«

Zu Mittag rief ich an. Nebenzahl teilte mir mit, daß sie noch an der Arbeit wären. Sie hätten im Holz ein paar kleinere Sprünge entdeckt und wollten keine zweitklassige Handwerksarbeit abliefern.

Meine Frau hatte wieder einmal unrecht gehabt. Es

war nicht die Säge, es waren Sprünge im Holz. Ende nächster Woche.

12. Mai. Nichts. Meine Frau hat sich bereits damit abgefunden, daß wir noch mindestens einen Monat warten müßten. Höchstens vierzehn Tage, sage ich.

Ich rief an. Der Kompagnon teilte mir mit, daß Nebenzahl seit vorgestern nachmittag abwesend sei. Irgendwelche Geschichten am Zollamt. Wir brauchten gar nicht mehr anzurufen, pünktlich am Morgen des 3. Juni würde der Tisch vor unserem Haus abgeladen.

»Siehst du«, wandte ich mich an meine Frau. »Du hast von einem Monat gesprochen, ich von vierzehn Tagen. Drei Wochen sind ein schöner Kompromiß.«

Wir essen liegend, wie die Römer. Sehr reizvoll.

3. Juni. Nichts. Kein Anruf, keine Antwort. Meine Frau: Mitte August. Ich: Ende Juli. Fuhr mit dem Bus nach Jaffa. An der Endstation hielt gerade ein Taxi, der Fahrer steckte den Kopf heraus und rief: »Nebenzahl, Nebenzahl!« Sofort stiegen zwei weitere Passagiere ein. Einer von ihnen hatte seit sechs Monaten Präsenzdienst bei Nebenzahl, wegen einer Sesselgarnitur. Der andere, ein Physikprofessor, wartete erst seit zwei Monaten auf seinen Arbeitstisch. Unterwegs freundeten wir uns herzlich an. In Nebenzahls Werkstatt fanden wir nur den Kompagnon. Alles würde sich bestens regeln, sagte er. Ich warf einen Blick in die Werkstatt. Die stahlharten Bretter waren verschwunden.

Auf dem Rückweg diskutierten wir über Nebenzahls Persönlichkeit, über die Arbeit, die ihn so sehr in Anspruch nimmt, und über seinen Wunsch, es allen recht zu machen. Daran wird er noch zugrunde gehen. Schon jetzt sieht er aus wie ein gehetztes Wild. Wir beschlossen, uns nächste Woche wieder an der Nebenzahl-Linie zu treffen.

Meine Frau leugnet, sich jemals auf Ende August festgelegt zu haben. Ich verlange, daß von jetzt an alles schriftlich niedergelegt werden müßte.

30. Juli. Ich wette fünf Pfund auf den Termin Laubhüttenfest, das heuer in die erste Oktoberhälfte fällt. Meine Frau kontert mit dem Jahresende nach dem Gregorianischen Kalender. Ihre Begründung: Geburt eines Sohnes Nebenzahls. Meine Begründung: Kurzschluß. Alles schriftlich festgehalten.

An der Haltestelle stieß ein weiterer Nebenzahl-Fan zu uns, ein älteres Mitglied des Obersten Gerichtshofs mit Bücherregal, zwei Jahre. Der Konvoi rollte nach Jaffa. Nebenzahl steckte bis über beide Ohren in der Arbeit. Durch Fontänen von Sägespänen und das Dröhnen von Maschinen rief er uns zu, daß er unmöglich mit jedem einzelnen von uns sprechen könne. Ich wurde zum Sprecher der Gruppe bestimmt. Nebenzahl versprach diesmal feierlich, daß Ende November alles geliefert sein würde, mein Tisch sogar etwas früher, um das jüdische Neujahr herum. Warum so spät? Weil Nebenzahls eine Tochter erwarten. Der Physikprofessor schlug vor, daß wir auch untereinander Wetten abschließen sollten. In der gleichen Straße befände sich ein Buchdrucker, Schaukelstuhl, achtzehn Monate, der uns die nötigen Quiz-Formulare drucken würde. Gründung eines Nebenzahl-Klubs.

21. August. Diesmal fand die Klubsitzung bei uns statt. 31 Teilnehmer. Das Mitglied des Obersten Gerichtshofs brachte die endgültigen Statuten des Nebenzahl-Klubs mit. Wer ordentliches Mitglied werden will, muß mindestens drei Monate gewartet haben. Mit geringerer Wartezeit wird man nur Kandidat. Genehmigung der Wettformulare. Es sind jeweils drei Sparten auszufüllen: a) versprochenes Datum der Fertigstellung, b) Ausrede, c) tatsächliches Datum der Lieferung (Tag, Monat, Jahr). Mit großer Mehrheit wurde beschlossen, bei einem renommierten Künstler ein Porträt in Auftrag zu geben: Josef Nebenzahl, bis über beide Ohren in der Arbeit steckend und dem Besucher mit festem Blick in die Augen sehend.

Die Klubmitglieder sind ungewöhnlich nette Leute, ohne Ausnahme. Wir bilden eine einzige, große, glückliche Familie. Alle essen auf dem Fußboden.

2. Januar. Heute war ich an der Reihe, bei Nebenzahl vorzusprechen. Er entschuldigte sich für die Verspätung. Zeugenaussage vor Gericht. Zeitverlust. Dann zog er das kleine Notizbuch aus seiner Hosentasche, blätterte, überlegte angestrengt und versprach mir in die Hand, übermorgen nachmittag mit der Arbeit an unserem Tisch zu beginnen. Wir füllten sofort die Formulare aus.

Meine Frau: 1. Juni.

Ich: 7. Januar nächsten Jahres.

1. Februar. Festversammlung des Nebenzahl-Klubs. Ständiges Anwachsen der Mitgliederzahl. Am Quiz beteiligen sich bereits 104 Personen. Die Inhaberin hatte 50 Pfund auf die Lieferung einer Ersatzschublade gewettet, 15. Januar, Grippe, 7. Juli, und gewann 500 Pfund, da sie sowohl die beiden Daten als auch die Ausrede richtig erraten hatte. Die Festsetzung wurde durch ein Konzert unseres Kammerquartetts eröffnet, drei Stühle, eine Gartenbank. Im Rahmen des Kulturprogrammes hielt der Prorektor des Technikums in Haifa einen Vortrag über das Thema »Der Tisch, ein überflüssiges Möbel«. Seine farbigen Schilderungen über die Speisegewohnheiten des frühen Neandertalers fanden größtes Interesse. Nach dem Bankett erfolgte in drei Bussen die traditionelle Pilgerfahrt nach Jaffa.

Nebenzahl steckte bis über beide Ohren in der Arbeit. Er versprach, bis Freitag nachmittag alles fertigzustellen. Die Verzögerung sei auf eine unangenehme Affäre in seiner Familie zurückzuführen.

4. September. Unser Exekutivkomitee bereitet die Einrichtung eines medizinischen Hilfsfonds für Nebenzahl-Kunden vor. Ferner wurde eine Monatszeitschrift mit dem Titel »Ewigkeit« beschlossen, die sich mit aktuellen

Fragen beschäftigen soll: Beschreibung neuer Maschinen in den Nebenzahl-Werkstätten, mit Fotos, Namenslisten, Lehrlingen und Gehilfen, Resultate des Nebenzahl-Quiz, Führungen durch Jaffa, eine ständige Rubrik »Neues aus der Tischlerei« und anderes mehr. Das Training unserer Basketballmannschaft findet jetzt zweimal wöchentlich statt. Wir machen gute Fortschritte. Das Geld für den Bau eines Nebenzahl-Klubhauses soll durch Anleihen aufgebracht werden.

Nach Schluß der Sitzung wurde der in den Statuten vorgeschriebene Anruf nach Jaffa durchgeführt. Nur der Kompagnon da. Nebenzahl befindet sich auf Hochzeitsreise. Der Kompagnon versprach, für beschleunigte Abwicklung zu sorgen. Meine Frau setzte 300 Pfund auf den 17. August in drei Jahren.

10. Januar. Etwas vollkommen Unerklärliches ist geschehen. Heute vormittag erschien Josef Nebenzahl vor unserem Haus und zog eine Art von Tisch hinter sich her. Wir fragten uns, was er wohl vorhätte. Nebenzahl erinnerte uns, daß wir vor einiger Zeit, er wüßte nicht mehr genau, wann, bei ihm einen Tisch bestellt hätten, und der wäre jetzt also fertig. Offenbar handelte er in geistiger Umnachtung. Seine Augen flackerten. »Nebenzahl verspricht, Nebenzahl liefert«, sagte er. »Bitte zahlen Sie den Transport.«

Es war ein fürchterlicher Schlag für uns. Adieu Nebenzahl-Klub, adieu Vorstandssitzungen, Kulturprogramm und Wetten.

Aus und vorbei.

Und das Schlimmste ist: Wir wissen nicht, was wir mit dem Tisch machen sollen. Wir können längst nicht mehr im Sitzen essen. Ein Glück, daß meine Frau den rettenden Einfalll hatte. Sie meint, wir sollten uns nach den Mahlzeiten unter dem Tisch zur Ruhe legen.

Wie man ein Buch bespricht, ohne es zu lesen

Die Sache mit Tolaat Shani bedrückte mich schon seit langem. Nein, das war wirklich nicht schön von mir: Vor einem halben Jahr hatte er mir sein neues Buch geschickt, das ich sofort auf den Schreibtisch oder sonstwohin gelegt hatte – und dort, wo immer es war, setzte es seither Spinnweben an.

Zu Beginn kam ich noch mit den üblichen Ausreden durch.

»Schon bekommen!« rief ich vorbeugend, wenn ich Tolaat Shani von weitem sah. »Sobald ich ein paar freie Stunden habe, lese ich es!«

Und der vielversprechende junge Autor lächelte mir dankbar zu.

Als ich ihn nach ein paar Wochen unversehens beinahe über den Haufen rannte, ließ ich mich zu der Bemerkung hinreißen, daß ich bereits mitten in der Lektüre sei und daß wir nachher darüber sprechen müßten.

Vor ein paar Tagen, als ich mich um Kinokarten anstellte, fühlte ich mich plötzlich am Arm gepackt. Es war Tolaat Shani, und es gab kein Entrinnen.

»Haben Sie das Buch schon ausgelesen?« fragte er mich.

Ich nickte mehrmals und ernsthaft.

»Wir müssen uns ausführlich darüber unterhalten. Ich

habe Ihnen eine ganze Menge zu sagen. Aber hier – in dieser Schlange – auf einem Bein ...«

Ich hatte noch nicht zu Ende gesprochen, als an der Kasse das Schild »Ausverkauft« hochging. Mein Schicksal war besiegelt. Nur ein plötzlich herabstoßender Steinadler hätte mich retten können, und im Nahen Osten gibt es leider keine Steinadler. Hingegen gibt es sehr viele Kaffeehäuser, so viele, daß man in einem von ihnen mit größter Wahrscheinlichkeit einen Tisch für zwei Personen findet. Tolaat Shani, der meinen Arm noch immer nicht losgelassen hatte, fand einen Tisch für zwei Personen. Und jetzt saßen wir einander gegenüber.

»Also«, sagte Tolaat Shani. »Sie wollen mit mir über mein Buch sprechen.«

»Ja«, sagte ich. »Ich bin froh, daß ich Sie endlich getroffen habe.«

Irgendwie erinnerte mich die Situation an den dramatischen Höhepunkt mancher Wildwestfilme, wenn Sheriff und Schurke im Saloon der menschenleeren Hauptstraße zusammenstoßen und die endgültige Abrechnung sich nicht mehr aufhalten läßt. Auch die Straße schien plötzlich menschenleer. Ich kann mich nicht erinnern, sie jemals so entvölkert gesehen zu haben. Kein einziges bekanntes Gesicht wollte auftauchen.

Verzweifelt suchte ich mir das Buch ins Gedächtnis zu rufen, aber vor meinem geistigen Auge erschien immer nur die braune Packpapierhülle, die ich noch nicht entfernt hatte. Wenn ich wenigstens wüßte, um was für eine Art von Buch es sich handelte! War es ein Roman? Eine

Sammlung von Kurzgeschichten? Von Gedichten? Ein Theaterstück? Ein Essayband?

Die bleierne Stille nahm mir den Atem. Ich mußte etwas sagen.

»Etwas muß ich sagen«, sagte ich. »Sie haben enorme Arbeit an dieses Buch gewendet.«

»Drei Jahre«, nickte Tolaat Shani. »Aber das Thema habe ich noch viel länger mit mir herumgetragen.«

»Das spürt man sofort. Es ist ein reifes Werk.«

Stille. Bleierne Stille. Mein Puls raste.

»Sagen Sie mir jetzt bitte Ihre Meinung«, forderte mich der vielversprechende junge Autor mit vor Erwartung bebender Stimme auf.

»Ich bin sehr beeindruckt.«

»Von allem, was drinsteht?«

Im letzten Augenblick entging ich der Falle. Tolaat Shani beobachtete mich scharf aus den Augenwinkeln. Hätte ich jetzt geantwortet: »Ja, von allem« – er hätte sofort gewußt, daß ich das Buch nicht gelesen habe.

»Ich will jetzt ganz offen sein«, sagte ich. »Den Anfang finde ich nicht gerade überwältigend.«

»Auch Sie?« Tolaat Shani seufzte resigniert. »Das hätte ich nicht gedacht. Ein erfahrener Schriftsteller wie Sie müßte doch wissen, daß jedes Buch eine Exposition braucht.«

»Exposition, Schmexposition«, gab ich ein wenig unbeherrscht zurück. »Die Frage ist, ob man von einem Buch sofort gefesselt wird oder nicht.«

Tolaat Shani senkte den Kopf und sah so traurig drein, daß er mir leid tat. Aber warum schreibt er auch so langweilige Expositionen.

»Später kommt die Sache in Schwung«, tröstete ich ihn. »Ihre Figuren sind sehr gut gezeichnet. Und die Geschichte hat Atmosphäre. Und Rhythmus.«

»Sind Sie auch der Meinung, ich hätte die rein beschreibenden Teile des Buches um die Hälfte kürzen sollen?«

»Wenn Sie das getan hätten, wäre es ein Bestseller geworden.«

»Möglich«, sagte Tolaat Shani frostig. »Aber mir war es wichtiger, ganz genau zu erklären, warum Boris sich den Rebellen anschließt.«

»Boris ist allerdings ein Charakter, den man nicht so bald vergessen wird«, mußte ich zugeben. »Man merkt, daß ihm Ihre ganze Liebe gilt.«

Aus schreckgeweiteten Augen starrte Tolaat Shani mich an.

»Liebe? Ich liebe Boris? Dieses Schwein? Diesen Verbrecher? Ich halte ihn für die widerwärtigste Figur, die ich je geschaffen habe!«

»Das glauben Sie nur«, wies ich ihn zurecht. »Lassen Sie sich von mir gesagt sein, daß Sie sich im innersten Kern Ihres geheimen Ichs mit ihm identifizieren.«

Tolaat Shani erbleichte.

»Was Sie da sagen, trifft mich wie ein Keulenschlag«,

murmelte er tonlos. »Als ich das Buch zu schreiben begann, habe ich Boris gehaßt, das weiß ich genau. Aber dann, als er in den Streit zwischen Peter und dem Marine-Attaché verwickelt wird und trotzdem seiner Mutter nichts davon erzählt, daß er Abigail vergewaltigt hat … Sie erinnern sich doch?«

»Und ob ich mich erinnere! Er erzählte seiner Mutter nichts …«

»Richtig. Da fragte ich mich also: Ist dieser Boris, mit all seinen Verirrungen und Unzulänglichkeiten, nicht immer noch ein wertvollerer Mensch als der Zoologe?«

»Wir alle sind Menschen«, bemerkte ich tolerant. »Manche sind so, manche sind anders, aber im Grunde sind wir alle gleich.«

»Eben darauf wollte ich ja hinaus. Haarscharf.«

Sollte ich das Buch am Ende doch gelesen haben? Sozusagen unterbewußt, ohne es zu merken? Ich muß dringend einen Spezialisten aufsuchen.

»Man versichert mir von vielen Seiten«, sagte Tolaat Shani zögernd, »daß dieses Buch, zumindest was die Handlung betrifft, mein bisher stärkstes ist.«

Ich sah nachdenklich zur Decke hinauf, als wollte ich die bisherige Produktion des vielversprechenden jungen Autors mit einem einzigen Blick umfassen. Dabei habe ich noch keine Zeile von ihm gelesen. Wozu auch? Wer ist dieser Tolaat Shani überhaupt? Warum schickt er mir seine Bücher? Es galt, die Dinge an ihren Platz zu rücken.

»Ich würde nicht direkt sagen, daß es Ihr stärkstes Buch ist. Aber es ist bestimmt Ihr spannungsreichstes.«

Tolaat Shani zuckte zusammen. Kein Zweifel, ich hatte ihn an seinem empfindlichsten Punkt erwischt. Tut mir leid. Oder soll ich vor Ehrfurcht zusammenknikken, wenn er seinen Dilettantismus ins Kraut schießen läßt?

»Ich wußte es. So wahr mir Gott helfe, ich wußte es.« Die ganze Bitterkeit des Nichtskönners, der sich von einem überlegenen Geist durchschaut weiß, schwang in seiner Stimme mit. »Sie meinen das Abendessen in der Wohnung des Sturmtruppenkommandanten, nicht wahr. Ich hätte schwören können, daß Ihr Chauvinismus an dieser Szene Anstoß nehmen würde. Hätte ich vielleicht die ganzen Ereignisse in diesem von der Flucht heimgesuchten Gebirgstal in Saccharin verpacken sollen, damit sie sich angenehmer lesen? Wenn Sie – erinnern Sie sich –«

»Stottern Sie nicht«, ermahnte ich ihn. »Meine Geduld hat Grenzen.«

»Erinnern Sie sich an die Schilderung des nächtlichen Kamelwettrennens um den Harem des Scheichs? Das hat Ihnen doch gefallen, oder nicht?«

»Sogar sehr gut. Das war eine farbige Szene.«

»Und daß Jekaterina die Tischlampe am Kopf des Richters zerschlägt – auch damit sind Sie einverstanden?«

»Unter Umständen.«

»Dann können Sie unmöglich etwas gegen das Schicksal einzuwenden haben, das ich Meir-Kronstadt und seinesgleichen bereite!«

Heftiger Kopfschmerz befiel mich. Hoppla, mein Junge, dachte ich. Du kannst begeifern, wen du willst – aber

Meir-Kronstadt laß mir ungeschoren! Der ganze Verlauf des Gesprächs widerstrebte mir. Viel zu vage und unsachlich war das alles. Jetzt ging es mit meiner Zurückhaltung zu Ende. »Hören Sie, Tolaat Shani! Ich an Ihrer Stelle wäre auf diese Sache mit Meir-Kronstadt nicht so stolz!«

»Ich bin aber stolz auf ihn!«

Das Blut schoß mir in den Kopf. Unglaublich! Der Kerl wagte mir zu widersprechen!

»Kronstadt ist ein Schwindler«, sagte ich scharf. »Was er tut, überzeugt keinen Menschen. Mehr als das: Er ist überflüssig. Sie könnten ihn ohne Schaden für das Buch vollkommen weglassen.«

»Und wie, wenn ich fragen darf, soll ich dann den eigentlichen Konflikt vorbereiten?«

»Nun – wie? Was glauben Sie wohl?«

»Sie denken wahrscheinlich an den Zoologen.«

»An wen denn sonst.«

»Und Jekaterina?«

»Soll mit dem Richter durchgehen!«

»Im neunten Monat?«

»Nachher.«

»Stellen Sie sich das nicht ein wenig zu einfach vor? Außerdem scheinen Sie zu vergessen, daß Jekaterina ein psychosomatisches Asthma hat!«

»Muß sie denn unbedingt Asthma haben? Gerade sie? Wenn schon jemand Asthma haben soll, dann Abigail.«

»Lächerlich. Was soll das für einen Sinn haben?«

Das war mir zuviel. Das darf man einem Fachmann wie mir nicht sagen. Seit dreißig Jahren lese ich so gut wie ununterbrochen Bücher – und dann kommt so ein Stümper und sagt »lächerlich«.

»Sagten Sie ›lächerlich‹, Sie Stümper? Und Ihr idiotisches Kamelwettrennen ist vielleicht nicht lächerlich? Was sage ich: lächerlich. Ekelhaft ist es! Ich hatte Mühe, nicht zu erbrechen!«

»Ausgezeichnet. Genau das lag in meiner Absicht. Ein Mensch, dem vor sich selber übel wird, lernt sich wenigstens kennen. Und ich meine Sie!«

Wir hatten uns auf das unabsehbar weite Feld persönlicher Beleidigungen begeben. Tolaat Shani war gelb vor Ärger. Sein Atem keuchte.

»Ich werde Ihnen sagen, was Ihnen an meinem Buch mißfällt«, gurgelte er. »Daß ich gewagt habe, auf banale Lösungen zu verzichten! Daß ich Boris nicht in der Überschwemmung zugrunde gehen lasse! Stimmt's?«

Boris! Der hat mir gerade noch gefehlt.

»Scheren Sie sich zum Teufel mit Ihrem Boris!« schnarrte ich. »Sie sind diesem Lumpen ja geradezu verfallen! Und wenn Sie es wissen wollen: Seine Liebesaffäre mit Abigail ist ganz und gar unwesentlich!«

»Unwesentlich«, stöhnte der vielversprechende junge Autor. »Zu irgend jemandem muß sie doch gehören!«

»Aber doch nicht zu Boris! Gibt es denn keinen anderen?«

»Wen?« Tolaat Shani sprang mich an, packte mich am Rockaufschlag und schüttelte mich. »Wen?«

»Meinetwegen den Zoologen – wie heißt er gleich – Kronstadt!«

»Kronstadt ist kein Zoologe.«

»Er ist ein Zoologe! Und wenn nicht Kronstadt, dann der Sturmtruppenkommandant.«

»Kronstadt ist der Sturmtruppenkommandant!«

»Da haben Sie's! Von mir aus kann er sein, was er will! Und von mir aus kann es jeder sein, nur Boris nicht! Sogar der Marine-Attaché wäre logischer! Peter! Oder Birnbaum!«

»Wer ist Birnbaum!«

»Er ist nicht schlechter als Kronstadt, das garantiere ich Ihnen! Sie glauben offenbar, daß es schon genügt, Papier zu bekritzeln, damit ein Buch daraus wird. Hüten Sie sich! Wie steht's mit der Handlung, Sie Stümper? Mit den Charakteren? Mit den inneren Konflikten? Mit der Tiefe?« Jetzt war ich es, der ihn würgte. »Auf die Tiefe kommt es an – nicht auf Blabla und Abrakadabra wie bei Ihnen! Boris! Boris! Das soll ein Buch sein? Für wen? Für das Publikum gewiß nicht! Kein Mensch liest so ein Buch! Auch ich habe es nicht gelesen!«

»Sie haben es nicht gelesen?«

»Nein. Und ich denke auch gar nicht daran, es zu tun!«

Damit ließ ich ihn sitzen und ging schnurstracks in die Apotheke gegenüber. Nicht im Traum hätte ich gedacht, daß ich wegen eines solchen Gauners wie Boris Beruhigungsmittel schlucken würde.

Ich brauche einen Agenten

Während einer meiner Flüge nach Hollywood war mein Sitznachbar ein guterhaltener, wohlgenährter Fünfziger, der die meiste Zeit in klangreichem Schlummer verbrachte. Über Chicago hatte ich genug davon und rüttelte ihn wach.

»Entschuldigen Sie – wann kommen wir in Hollywood an?«

»Keine Ahnung.«

»Leben Sie denn nicht in Hollywood?«

»Nein.«

»Warum fliegen Sie dann hin?«

»Wie soll ich das wissen? Fragen Sie meinen Agenten.«

Nach ein paar weiteren Sätzen besaß Mr. Maxwell – dies sein Name – volle Klarheit darüber, daß ich ein ahnungsloser Ausländer war, ein Neuling, ein Greenhorn ohne die mindeste Kenntnis amerikanischer Lebensgewohnheiten. Als ich ihm vollends auf die Frage, wer mein Agent sei, wahrheitsgemäß antworten mußte, daß ich keinen hätte, fiel er beinahe vom Sitz. »Um Himmels willen – wie wollen Sie ohne Agenten leben? Wer kümmert sich um Ihre Angelegenheiten? Wer sorgt für Sie?«

»Vielleicht der liebe Gott«, murmelte ich zaghaft.

Maxwell schüttelte ungläubig den Kopf, sagte aber nichts, weil ihm in diesem Augenblick – wir überflogen gerade Texas – ein Telegramm ausgehändigt wurde, in das er mir lässig Einblick gewährte: »Wetter in Hollywood unsicher empfehle grauen Pullover 20.45 Dinner mit Präsidenten Paramount Gruss – Moe.«

»Da sehen Sie's«, nickte Maxwell. »Alles, was Sie brauchen, ist ein guter Agent.«

Und er begann mir klarzumachen, daß der Agent die wichtigste nationale Institution Amerikas sei. Selbstverständlich, so sagte er mir, beschränken sich die Aufgaben des Agenten nicht auf die Wahl der Pulloverfarbe; sie liegen vielmehr auf dem Gebiet der Publicity, der öffentlichen Geltung, des beruflichen Aufstiegs. Ein guter Agent hat nichts anderes im Sinn, als die einmaligen, die einzigartigen Fähigkeiten seines Klienten zu rühmen, zu verherrlichen und zu lobpreisen, laut und pausenlos, zu Lande, zu Wasser und in der Luft, bis zum letzten Atemzug, bis zum letzten Schreck, in Ewigkeit, Amen.

Maxwells hymnische Worte beeindruckten mich tief. Als er eine kurze Pause machte, fragte ich ihn nach seinem Beruf.

»Ich bin Agent«, antwortete er. »Warum?«

»Ja, aber – wenn Sie selbst Agent sind, wozu brauchen Sie dann einen Agenten?«

Maxwell lächelte nachsichtig. »Ich gehöre zur höchsten Rangklasse. Zur allerersten Garnitur. Soll ich mich vielleicht selbst als den größten Agenten der Welt vorstellen? Das geht nicht. Das muß jemand andrer für mich machen. Und dazu brauche ich einen Agenten.«

Meine neidvolle Bewunderung für Maxwell stieg bei der Landung sprunghaft an. Noch während wir das Flugzeug verließen, kam aus vier Lautsprechern die mehrfach wiederholte Durchsage: »Mr. Maxwell wird gebeten, zum blauen Cadillac vor der Ankunftshalle zu kommen ... wird gebeten ... blauer Cadillac ... Mr. Maxwell ... blauer Cadillac ...«

In der Ankunftshalle begrüßte ihn ein strahlender Managertyp mit einem großen Blumenstrauß. Kein Zweifel: Es war der treue Moe, der ihm den grauen Pullover ins Flugzeug telegraphiert hatte.

Ich hingegen stand allein und verlassen bei meinen Koffern, ein armes Waisenkind ohne Adresse, ohne Hoffnung, ohne Brücke zur Welt, ohne Agenten. Schlotternd näherte ich mich der Prinzessin hinterm Informationsschalter.

»Bitte, können Sie mir ein gutes Hotel nennen?«

Die Prinzessin ließ ihre exquisit langen Wimpern flattern.

»Hat denn Ihr Agent kein Zimmer für Sie bestellt?«

Ich wagte nicht, ihr die Wahrheit zu sagen, und senkte nur stumm den Kopf.

Da sie mir kein gutes Hotel nennen konnte, sondern nur die Adresse von zwei guten Agenten, versuchte ich es selbst und rief im Beverly-Hills-Hotel an.

»Bedaure, Mr. Kitschen, wir sind komplett«, antwortete der Empfang. Das war das ganze Gespräch.

Ich schleppte meinen müden Leib und meine drei bleischweren Koffer an den Taxistand und begehrte zu einem Hotel gefahren zu werden.

»Zu welchem Hotel, Mister?«

»Zu irgendeinem.«

Der Fahrer wandte sich um und sah mich an.

»Nein«, sagte ich. »Ich habe keinen Agenten. Fahren Sie trotzdem los.«

Als wir am Beverly-Hills-Hotel vorbeikamen, sah ich den blauen Cadillac vor dem Eingang stehen, und vor dem blauen Cadillac stand Moe. Es war ein Wink des Himmels. Ich ließ halten und stürzte auf Moe zu. »Moe«, stammelte ich atemlos, »Sie müssen mich nehmen, Moe!«

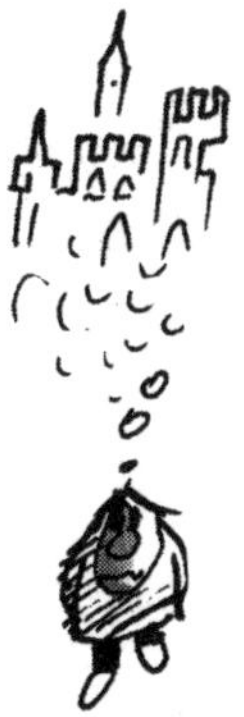

Moe maß mich prüfend von oben bis unten. Nachdem ich seinem Blick etwa eine Minute standgehalten hatte, zog er ein kleines Notizbuch aus der Tasche und zückte seinen goldenen Füllbleistift.

»Morgen um halb zehn haben Sie ein Fernseh-Interview bei der CBS, Studio F. Um viertel eins treffen Sie Hedda Hopper. Um dreiviertel zwei lunchen Sie mit dem Produktionsleiter der Paramount. Um drei kommen die Fotografen. Vergessen Sie Ihre Gitarre nicht.«

»Aber ich bin kein Pop-Sänger, ich …«

»Wollen Sie das gefälligst mir überlassen«, brauste Moe auf, »und jetzt gehen Sie auf Ihr Zimmer. Nummer 2003. Frühstück um acht. Zwei weichgekochte Eier. Das ist gut für Ihre Stimme. Unterschreiben Sie hier.«

Er hielt mir ein eng bedrucktes Formular hin, dem ich schon beim ersten Überfliegen entnahm, daß ich von meinen sämtlichen Einkünften – auf dem Gebiet der Vereinigten Staaten, des Britischen Weltreichs innerhalb der Grenzen von 1939 und überall sonst – 20 Prozent an meinen Agenten abzugeben hätte, gleichgültig wie diese Einkünfte zustande kommen, ob durch Arbeit, Erbschaft oder Glücksspiel.

»Ist das ein Vertrag auf Lebensdauer, Moe?« hieß eine innere Stimme mich fragen.

»Selbstverständlich«, antwortete Moe.

»Dann kann ich nicht unterschreiben«, stieß ich hervor, packte meine Koffer und rannte durch die Hotelhalle zum Empfangsbüro. Moe rief hinter mir her, daß ich mich nicht anstrengen sollte, hier gäbe es keine Zimmer. Aber jetzt ließ ich mich nicht mehr beirren. Ich hatte den Trick durchschaut. Schon stand ich vor dem Empfangschef.

»Mein Name ist Hyman Schwartz. Ich bin Mr. Kitschens Agent, literarischer Berater des Pentagon und Verfasser von Tolstois ›Krieg und Frieden‹. Ich brauche ein Doppelzimmer mit Bad, und zwar sofort.«

Von meinem Doppelzimmer rief ich Hedda Hopper an.

»Hedda, Darling«, flötete ich. »Weißt du, für wen ich jetzt arbeite? Du wirst es nicht glauben: für Kitschen. Ja, ganz richtig. Ein phantastischer Kerl, nicht wahr? Und du stirbst natürlich vor Neugier zu erfahren, was er vorhat …«

Dem Präsidenten der Paramount kündigte ich für Mittwoch meinen Besuch an und versprach ihm die Weltrechte einer neuen, sensationellen Story von Kitschen. Schon nach wenigen Tagen hatte ich für diesen unfähigen Schwachkopf die besten Verbindungen hergestellt und seine Karriere auf Jahre hinaus gesichert.

Mit mir wollte kein einziger meiner Verhandlungspartner sprechen. Alle zogen es vor, direkt mit meinem Agenten zu verhandeln.

Ich war überflüssig. Wer braucht einen Schriftsteller? Was ich brauche, ist ein guter Agent.

Menasche weiß es ganz genau

An einem trüben, regnerischen Abend saßen Jossele und ich auf unserem Beobachtungsposten im Café, als besagter Tolaat Shani uns schon wieder auf die Nerven ging. Er bahnte sich den Weg zu unserem Tisch und begann seine Nägel zu beißen.

»Ich bin fürchterlich nervös«, sagte er. »Das erweiterte Dramaturgenkomitee des Nationaltheaters berät gerade über das Schicksal meines Stücks.«

Wir versicherten ihn unserer aufrichtigen Anteilnahme. Die Situation war ja auch wirklich spannend. Wurde sein Stück abgelehnt, dann hatte er's hinter sich. Wurde es aber angenommen, dann ließ sich die Möglichkeit, daß es infolge eines technischen Versehens auch zur Aufführung käme, nicht gänzlich ausschließen. Wir versuchten den hartgeprüften Autor zu beruhigen, aber er hörte uns kaum zu, brach von Zeit zu Zeit in ein hysterisches Kichern aus und drohte zu emigrieren.

Plötzlich geschah etwas Merkwürdiges. Ein großer, hagerer Mensch kam am Tisch vorbei, grüßte Jossele mit einem freundlichen Winken seiner Hand, hielt direkt vor Tolaat Shani inne, legte den Kopf schräg und schien in die Luft zu schnuppern, wobei seine Nasenflügel sich blähten und sein Gesicht den Ausdruck konzentriertester Nachdenklichkeit annahm. Das Ganze dauerte höchstens eine Sekunde. Dann entspannte sich der Mann, stach mit spitzem Finger nach Tolaat Shani und ließ ein eiskaltes »Hallo« hören.

Gleich darauf verschluckte ihn die dichte Rauchwolke, die im Kaffeehaus lag.

»Schade, Tolaat Shani«, sagte Jossele mit belegter Stimme. »Das Dramaturgenkomitee hat Ihr Stück abgelehnt. Ich fürchte: einstimmig!«

Der Angesprochene begann zu zittern und hielt sich mit beiden Händen am Tischrand fest.

»Aber wieso ... woher wissen Sie das?«

»Vom Erfolgsmesser.« Jossele nickte in die Richtung, in die sich der Hagere entfernt hatte. »Menasche weiß es ganz genau.«

Wie aus Josseles Erklärungen hervorging, besaß Menasche eine schlechthin geniale Fähigkeit, die Erfolgsaussichten seiner Mitmenschen richtig einzuschätzen. »Menasche gibt sich immer nur mit erfolgreichen Autoren ab. Man könnte auch sagen: Ein Autor, mit dem sich Menasche abgibt, hat Erfolg. Und sowie der Erfolg ihn verläßt, verläßt ihn auch Menasche. Menasche ist die perfekte Ein-Mann-Marktforschung. Aus der Art, wie er jemanden grüßt, kann man bis auf drei Dezimalstellen berechnen, wieviel der Betreffende im Augenblick wert ist.«

Jetzt fielen auch mir ein paar Bestätigungen dafür ein. Natürlich! Vor ein paar Jahren hatte Menasche niemals versäumt, mir wohlwollend auf die Schulter zu klopfen, wenn er mich sah. Einmal geschah das, kurz nachdem man mich eingeladen hatte, mein neues Stück am Broadway zu inszenieren – nein, es war einen Tag bevor die Einladung eintraf! Damals hatte Menasche sich sogar zu mir gesetzt und sich nach meiner Gesundheit erkundigt.

»Sein Nervensystem«, erläuterte Jossele, »arbeitet wie ein Seismograph und registriert die kleinsten sozialen Beben. Nichts entgeht ihm, kein noch so geringes Anzeichen eines Erfolgs oder Mißerfolgs. Und danach richtet er sich. Ein lautes, herzliches ›Schalom!‹ ist das sicherste Zeichen, daß der Begrüßte auf der Erfolgsleiter ganz oben steht oder demnächst ganz oben stehen wird. Bei Leuten mit unsicherem Erfolgsstatus beschränkt er sich auf ein mehr oder weniger gleichgültiges Winken. Und wenn ein Manager in Konkurs geht oder ein Schauspieler schlechte Kritiken bekommt, wird Menasches ›Hallo‹ so leise, daß man die Lautverstärker eines Flughafens einschalten müßte, um es zu hören. Das Unglaubliche aber ist, daß der Erfolgsmesser sich nicht unbedingt auf den gerade gegebenen Zustand einstellt. Manchmal umarmt er einen Dramatiker, der in der letzten Nummer des ›Theatermagazins‹ grauenhaft mißhandelt wurde. Dann hat sein Radargehirn einen Kassenschlager vorausgespürt, von dem noch niemand etwas ahnt. Oder einen Literaturpreis. Menasche ist imstande, den Erfolgskoeffizienten eines Menschen auf Monate hinaus zu berechnen. Verstehst du das?«

»Nein«, gestand ich.

»Ich werde es dir an dem Beispiel erklären, dessen Zeugen wir soeben waren. Menasche wirft den ersten Blick auf Tolaat Shani, und seine Meßapparatur setzt sich sofort in Bewegung. ›Ein Dichter mit schwankendem

Status‹, signalisiert die Empfangsantenne. ›Gut für Standardbegrüßung Nr. 8, mittelherzlich: Wie geht's, mein Freund? Leichte Verlangsamung des Schrittes, denn der Kritiker Birnbaum hat vor kurzem seine Gedichte lobend erwähnt.‹ So weit ist alles klar. Aber beim Näherkommen erinnert sich Menasche, daß Kunstetter der Große schon seit zwei Wochen mit Tolaat Shani nicht mehr am selben Tisch sitzt. Das ›mein Freund‹ fällt weg. Andererseits hat Tolaat Shani ein neues Stück im Nationaltheater liegen; das ist ein freundliches Lächeln wert, unter Umständen sogar ein lässiges Winken beim ›Wie geht's?‹. Als Menasches Berechnungen bis hierher gediehen sind, leuchtet auf seinem Radarschirm plötzlich die bevorstehende Ablehnung des Stücks durch das Dramaturgenkomitee auf. Folglich wird in der letzten Sekunde das freundliche Lächeln abgestellt, das ›Wie geht's?‹ durch ›Hallo‹ ersetzt und das Winken mit der Hand durch ein Stechen mit dem Zeigefinger. Dieses Stechen war es, aus dem ich auf die einstimmige und endgültige Ablehnung des Stücks geschlossen habe. Andernfalls hätte Menasche mindestens zwei Finger eingesetzt und nicht gestochen.«

In diesem Augenblick betrat der Sekretär des Theaters das Café und kam auf Tolaat Shani zu.

»Leider«, sagte er. »Ihr Stück wurde abgelehnt. Alle waren dagegen.«

Gegen Mitternacht trugen wir das, was von Tolaat Shani noch übrig war, zu einem Taxi. Plötzlich bog Menasche um die Ecke. Er blieb vor Jossele stehen, kniff ihn in die Backe und fragte mit breitem, freundlichem Grinsen: »Wo steckst du denn die ganze Zeit, mein Alter?«

Ich zählte mit: Das Grinsen dauerte 1 – 2 – 3 – 4 volle Sekunden. Jossele begann zu zittern, riß einem gerade vorbeikommenden Zeitungsverkäufer die Morgenausgabe aus der Hand, sah unter »Gestrige Lotterieziehung« nach und stieß einen lauten Schrei aus: Er hatte 4000 Pfund gewonnen.

»Eines verstehe ich nicht ganz«, brummte er, nachdem er sich vergewissert hatte, daß er tatsächlich das Gewinnlos besaß. »Warum hat mich Menasche nicht geküßt? Bei mehr als 3000 Pfund küßt er sonst immer ...« Dann schlug er sich mit der flachen Hand gegen die Stirn. »Richtig! Ich habe ja noch 1600 Pfund Schulden ...«

Wir machten uns auf den Heimweg. Sicherheitshalber wandte ich mich zu Menasche um und schmetterte ihm ein fröhliches »Gute Nacht« zu.

Menasche sah durch mich hindurch, als wäre ich Luft.

Was ist geschehen? Um Himmels willen, was ist geschehen? Morgen habe ich Premiere ...

Zu Auskünften stets bereit

Es ist nur natürlich, daß die Touristen das charmante, lebensfrohe, wohlgelaunte Volk Italiens trotz einiger praktischer Schwierigkeiten lieben. Aber daß die Italiener ihrerseits die Touristen lieben, grenzt ans Perverse. Beinahe könnte man glauben, daß die Italiener es darauf angelegt hätten, die bekannte Lipschitz-Definition des Touristen Lügen zu strafen: Sie betrachten den ausländischen Reisenden als menschliches Wesen und behandeln ihn mit liebevoller Fürsorge. Manchmal geht diese Fürsorge so weit, daß man sich überhaupt nicht mehr auskennt.

Ein gutes Beispiel dafür lieferte mir der hilfreiche Luigi. Ich traf ihn in Genua, in der Nähe des Hafens. Auf einer ziellosen Wanderung durch die unübersichtlichen Straßen der Stadt hatte ich mich verirrt und hielt an einer Busstation, wo mehrere Leute warteten. Ein rundlicher, älterer Herr mit einem kleinen Paket in der Hand erweckte mein Vertrauen. Ich fragte ihn nach dem Hotel Excelsior. Wieder einmal bestätigte sich mein genialer Instinkt: Der Mann sprach leidlich Deutsch.

»Hotel Excelsior? Kommen Sie!«

Wir bestiegen den Bus und setzten uns nebeneinander. Mein freiwilliger Führer deutete auf das kleine Paket und sagte: »Ich habe mir wollene Unterhosen gekauft.«

»Ach?« antwortete ich. »Wirklich?«

»Im Winter muß man etwas Warmes um den Bauch haben«, fuhr mein Nachbar fort. »Sonst erkältet man sich. Meine Frau sagt mir immer: ›Keine falsche Scham, Luigi‹, sagt sie immer. ›Du kannst dir ruhig ein Frottierhandtuch um den Leib binden.‹ Sie weiß, daß ich in diesen Dingen ein wenig schamhaft bin. Wir haben oft Streit deswegen. Sie, zum Beispiel, hängt ihre Büstenhalter ungeniert auf dem Balkon zum Trocknen auf. Ich habe ihr schon Dutzende Male – was sage ich, Hunderte Male habe ich ihr gesagt: ›Willst du denn unbedingt‹, sage ich ihr immer wieder, ›daß die Leute über dich reden?‹ Und was sagt sie darauf? Sie sagt: ›Paß lieber auf dich selbst auf und komm nicht jede Nacht besoffen nach Haus‹, sagt sie. Was sagen Sie dazu? Dabei ist sie so dick, daß die Stühle unter ihr zusammenbrechen, wenn sie sich draufsetzt ...«

»Na ja«, warf ich ein. »So ist das Leben.«

»Ich habe sie geheiratet, obwohl sie nicht einen lausigen Centesimo Vermögen hatte«, erweiterte Luigi seine Informationen. »Rein gar nichts hat sie in die Ehe mitgebracht, rein gar nichts. Darüber schweigt sie sich natürlich aus. Alles, was sie kann, ist keppeln und keifen. Und eifersüchtig ist sie! Bei der Madonna von Padua, so etwas von Eifersucht gibt es kein zweites Mal. Schon seit Jahren verdächtigt sie mich, daß etwas zwischen mir und der Signora Cattini ist, die den Zeitungskiosk neben der Kathedrale hat, gleich rechts, unter den Arkaden. Und dabei schwöre ich Ihnen, lieber Herr, daß sie, also meine Frau, viel hübscher ist als diese Cattini. Auch wenn sie immer fetter wird. Das macht nichts. Das hab ich sogar ganz gern. Aber versuchen Sie einmal, mit einer Wahnsinnigen zu reden. Ich bekomme kaum noch etwas andres zu hören als Cattini hin und Cattini her. Jede Nacht geht's von neuem los: ›Du hast deine Zeitung schon wieder bei der Cattini gekauft. Ich hab's mit meinen eigenen Augen gesehen. Bei der Cattini.‹ Na wenn schon. Warum soll ich meine Zeitung nicht bei der Cattini kaufen? Ist das vielleicht ein Verbrechen?«

»Nein«, murmelte ich verlegen. »Ich glaube nicht, daß das ein Verbrechen ist.«

Unser Bus fuhr jetzt die Meeresküste entlang. Ein hinreißendes Panorama bot sich. Vom Hotel Excelsior allerdings keine Spur.

Luigi nahm die Schilderung seines Elends wieder auf. »Der einzige Mensch, der noch besser keppelt und keift als meine Frau, ist ihre Mutter. Manchmal keppeln und keifen sie beide gemeinsam. Dann falte ich die Hände und sage: ›Bei der heiligen Mutter von Padua‹, sage ich, ›wie kann man so viel keppeln und keifen?‹ Und was antwortet diese alte Hexe von Schwiegermutter? Sie antwortet: ›Du halt den Mund, du mit deinem Vorstrafenregister!‹ Vorstrafenregister! Einfach lächerlich. Nur weil man mich einmal, vor zwei oder drei Jahren, für eine kleine Weile eingesperrt hat. Marcello und ich hatten damals ein wenig über den Durst getrunken, wir waren in guter Laune und warfen ein paar Topfpflanzen durch ein paar Fensterscheiben. Das war alles. Sogar der Richter sagte: ›Luigi‹, sagte er, ›ich betrachte deine makellose Vergangenheit und dein bitteres Schicksal als Milderungsgrund.‹ Das war alles. Und jetzt frage ich Sie, lieber Herr: Ist das ein Vorstrafenregister? Sie kommt aus einer Familie mit Vorstrafen, sie. Das kann ich Ihnen ruhig sagen, es ist kein Geheimnis. Die ganze Welt weiß, daß ihr Vater ein Rauschgiftschmuggler war. Er hat bei dieser Gelegenheit drei Finger verloren, weil sie ihm weggeschossen wurden. So einer war das. Einmal kommt mein Töchterchen aus der Schule nach Hause und fragt: ›Papi‹, fragt sie, ›ist es wahr, daß man unseren Opa gehängt hat?‹ Was soll man da sagen. Ich kann das arme Kind doch nicht anlügen. Schlimm genug, daß sie jedes Jahr durchfällt. Zum Glück fuhren wir damals gerade im Bus, und ich konnte sie ablenken. ›Es ist Zeit zum Aussteigen.‹«

»Entschuldigen Sie – wie weit ist es jetzt noch zum Hotel Excelsior?«

»Hotel Excelsior? Nie gehört. Aber Sie werden es schon finden.« Er winkte mir zum Abschied fröhlich zu. »Nette kleine Unterhaltung, die wir miteinander hatten, wie? Auf Wiedersehen! Und viel Glück!«

Roulette in Las Vegas

»Wer in Hollywood ist und nicht nach Las Vegas fährt«, sagt ein altes mohammedanisches Sprichwort, »der ist entweder nicht normal, oder er war schon dort.«

Las Vegas im Staate Nevada gilt mit Recht als das Monte Carlo der USA. In ganz Nordamerika sind Glücksspiele verboten, ausgenommen die Börse und ausgenommen Nevada, das sich um die Gesetze der übrigen amerikanischen Staaten nicht kümmert. Übrigens ist Nevada von allen amerikanischen Staaten der ärmste. Besser gesagt, es war der ärmste, bevor meine Frau und ich hinkamen.

Natürlich wußten wir ganz genau, was uns dort erwartet. Wir würden, so sprachen wir darum zu uns selbst, wir würden 10 Dollar beim Roulette riskieren, keinen Cent mehr, 10 Dollar und Schluß.

Als wir mitten in der nevadensischen Wüste dem Flugzeug entstiegen, hatte ich überdies schon die Tickets in meiner Tasche, die uns vier Stunden später nach New Orleans bringen würden. Jedes Risiko war ausgeschlossen.

Las Vegas besteht aus einer grandiosen Hauptstraße und keinen wie immer gearteten Nebenstraßen. Die Hauptstraße besteht aus Hunderten von Casinos und Tausenden von Glücksrittern. Eines dieser Casinos betraten wir. Es hieß »Sand's«, und das verursachte uns ein anheimelndes Gefühl. Wir fühlten uns an den Negev erinnert.

Eine unübersehbare Menge Irrsinniger staute sich in der großen Halle, drängte sich um die Slotmaschinen, spielte Karten und natürlich Roulette. Die Slotmaschinen faszinierten uns ganz besonders. Man wirft mit der linken Hand eine Münze ein und betätigt mit der rechten einen Hebel, worauf hinter einer gläsernen Querleiste drei mit verschiedenen Früchten geschmückte Zylinder wild zu rotieren beginnen. Nach einiger Zeit bleiben sie stehen, und wenn dann alle drei die gleichen Früchte zeigen, ergießt sich aus Fortunas Füllhorn ein Regen kleiner und großer Münzen in die Taschen des Gewinners. Man muß nur wissen, wie man den Hebel am besten niederdrückt und wann man ihn am besten losläßt. Oft dauert es stunden- oder tagelang, ehe man dahinterkommt. Aber wenn man das weiß, versteht man auch, warum es in Nevada so viele traurige Menschen mit überentwickelten rechten Armmuskeln gibt.

Zugegeben, das Spiel ist nicht sehr intelligent. Es nahm uns auch nicht länger als drei Minuten in Anspruch. Wir sind ja keine kleinen Kinder.

Mit den verbliebenen 5 Dollar begaben wir uns an einen Roulettetisch und erstanden 10 Chips im Werte von je 50 Cents.

»Spielen wir nach der todsicheren Methode«, schlug ich vor. »Schultheiß hat damit vor ein paar Jahren 1500 Dollar gewonnen. Man muß immer dieselbe Farbe setzen. Gewinnt man, ist es gut. Wenn nicht, verdoppelt man den Einsatz. Verliert man wieder, verdoppelt man ihn noch einmal. Man verdoppelt ihn so lange, bis man gewinnt. Und einmal muß man doch gewinnen.«

Niemand wird bestreiten, daß das ganz einfach und überzeugend klingt, beinahe wissenschaftlich.

Wir setzten 50 Cents auf Schwarz. Ich wollte auf Rot setzen, aber die beste Ehefrau von allen blieb standhaft.

Rot kam. Das schadet nichts. Wir verdoppelten den Einsatz, wie es die todsichere Methode vorschrieb. Rot kam. Jetzt betrug unser Einsatz auf Schwarz bereits 2 Dollar. Es kam Rot.

»Ich hab dir doch gesagt, daß wir auf Rot setzen sollen«, zischte mir meine Gattin zu. »Wie kann man von allen Farben ausgerechnet auf Schwarz verfallen?«

Wir kauften vom Croupier 10 Ein-Dollar-Chips und zweigten sofort 4 Dollar für den nächsten Einsatz ab, diesmal auf Rot. Schwarz kam.

Jetzt erst zischte meine Gattin zurück. »Idiot!« zischte sie. »Seit wann wechselt man mitten im Spiel die Farbe?«

Die nächsten 10 Ein-Dollar-Chips, die wir gekauft hatten, setzten wir brav und folgsam auf Schwarz. Rot kam. Schultheiß kann was erleben, wenn ich ihn nächstens treffe.

16 Dollar auf Schwarz. Und was kam? Allerdings.

Kalter Schweiß stand mir auf der Stirn. Was meine Frau betraf, so war ihr Gesichtsausdruck eine pikante Mischung aus Blässe, Schrecken und mühsam zurückgedämmtem Haß.

Eine Verbrecherhöhle. Wir waren unter Verbrecher geraten. Besonders dieser Croupier mit dem unbeweglichen Gesicht. Er muß bis vor wenigen Tagen der Boß einer Gangsterbande gewesen sein. Wahrscheinlich ist er es noch. Verbrecher, wohin das Auge blickt. Das ist Amerika. Nichts als Dekadenz und Opium für die Massen. Pfui Teufel.

Ich kaufte Chips für 32 Dollar und setzte den ganzen Haufen auf Schwarz. Der Croupier drehte das Rad und ließ die Kugel rollen. Und plötzlich wußte ich, mit einer über jeden Zweifel erhabenen Sicherheit wußte ich, daß jetzt Rot kommen würde. Dieses unfehlbare Gefühl läßt sich nicht erklären. Du hast es, oder du hast es nicht. Es ist, als wären die Schuppen von deinem inneren Auge gefallen und als hätte eine innere Stimme das Wörtchen »Rot« in dein inneres Ohr geflüstert. Ich schob die Chips auf Rot.

»Nein!« kreischte die beste Ehefrau von allen und ergriff die Chips. Schon lagen sie wieder auf Schwarz.

Ein stummer, verzweifelter Kampf begann. Ich bin der Mann. Ich blieb Sieger. In der letzten Sekunde erreichten unsere Chips das rote Feld.

»Zu spät!« schnarrte der Croupier und schob das ganze Geld auf Schwarz zurück.

Das hätte er nicht tun sollen. Schwarz kam und brachte uns 64 Dollar. Roulette ist ein großartiges Spiel. Es ist nicht nur anregend und entspannend, sondern wirft auch reichen Lohn für den instinktsicheren Spieler ab, der das Glück zu meistern versteht.

Ich nickte dem Croupier, einem ungewöhnlich sympathischen jungen Menschen, freundlich zu und berechnete, wieviel wir bisher gewonnen hatten.

Einen Dollar.

Aber wir besaßen immerhin 64 Ein-Dollar-Chips.

»Dieses blöde Einsatz-Verdoppeln geht mir zu langsam«, äußerte die beste Ehefrau von allen. »Ich setze auf Zahlen.«

Es gibt 36 Zahlen auf dem Rad, und wenn die gesetzte Zahl kommt, bringt sie 36faches Geld. Einer an der Wand hängenden Ehrentafel konnte man entnehmen, daß im Jahr 1956 ein Cowboy die Bank dieses Casinos gesprengt und Las Vegas mit 680 000 Dollar in der Tasche verlassen hatte. Was ein Cowboy kann, müßten auch wir können.

Meine Frau setzte einen Dollar auf 25. Blinde Wut überkam mich. Warum gerade 25?

»Du bist verrückt! Setz auf 19! Ich garantiere für 19!«

Jetzt gab sie sich keine Mühe mehr, ihren Haß zu verbergen. »Du verdirbst mir alles. Ich hätte dich nicht mitnehmen sollen. Ich hätte dich nicht heiraten sollen. Alles verdirbst du mir.«

Da sie die Chips verwaltete, unternahm ich nichts weiter und überließ sie ihrem Schicksal. Wir werden es ja sehen.

Ich meinerseits kaufte Chips für 5 Dollar und setzte sie auf die klar zutage liegende Nummer 19. Die Spannung war unerträglich. Mit angehaltenem Atem folgten wir dem Lauf der Kugel. Endlich fiel sie.

Sie fiel auf 25. Ich verstehe bis heute nicht, wie das geschehen konnte. Meine Frau strich 36 Dollar ein. Seit frühester Kindheit habe ich mich nicht mehr so erniedrigt gefühlt. Eine Säule von runden Chips türmte sich vor ihr auf, und vor mir war alles leer. Sie aber warf auch noch einen Dollar »pour les employés« hin. Ich haßte sie.

»Hast du keine bessere Verwendung für dein Geld?« fragte ich mit vornehmer Zurückhaltung.

»Rutsch mir den Buckel herunter«, lautete ihre weit weniger vornehme Antwort. »Mit meinem Geld kann ich machen, was ich will. Verschwinde schon endlich! Es ist eine alte Regel, daß man keinen Schlemihl in seiner Nähe haben soll, wenn die Glückssträhne einsetzt.«

Ich entfernte mich tief betroffen und in der unerschütterlichen Überzeugung, daß 19 die richtige Zahl und 25 nur durch einen Zufall gekommen war.

Beim Baccarat-Tisch blieb ich stehen, entnahm meiner Brieftasche eine 20-Dollar-Note und legte sie irgendwo hin. Ich wußte weder wohin noch warum. Ich kannte das Spiel nicht. Der Bankier gab mir zwei Karten und sich selbst ebenfalls zwei. Dann deckte er die seinen auf. Dann deckte ich die meinen auf. Dann hatte ich verloren, und er raffte mein Geld an sich.

Ich ging zum Roulette zurück und fand meine Frau einer Ohnmacht nahe, so aufgeregt war sie: Berge von Chips lagen vor ihr auf dem Tisch, richtige kleine Berge. Vor freudiger Überraschung blieb mir der Mund offen. Jetzt würden wir mindestens drei Wochen in New Orleans bleiben können. Was für eine prächtige Gefährtin habe ich doch!

Ihre rosigen Wangen glühten und ihre mandelförmigen Augen blitzten, während ihre wundervoll graziösen Hände über die Beute strichen. Möge sie leben und gesund sein bis 120.«

»Putzili«, girrte ich. »Sag, wie hast du das gemacht?«

»Frag nicht so blöd«, antwortete sie mit heiserer Stimme.

»Ich hab mir für 100 Dollar Chips gekauft.«

Ein Blick auf ihr verzerrtes Gesicht bestätigte mir die fürchterliche Wahrheit ihrer Worte. Ich hatte ja gewußt, daß dieses Monstrum alles verlieren würde, Gott helfe mir. Wie sie nur dasaß! Die Augen stier an die Kugel geheftet, die Finger gierig um die Geldbörse gekrallt – wahrhaftig, sie sah kaum noch menschlich aus. Und in der Geldbörse war unser ganzes Geld. Sie warf es in frivolem Leichtsinn hinaus, sie opferte die mühsam erworbenen, im Schweiß unsres Angesichtes zum offiziellen Kurs eingewechselten Dollar dem Spielteufel. Kein Zweifel: Sie war verrückt geworden. Wann hat man je gehört, daß ein vernünftiger Mensch auf 5 setzt? Oder gar auf 3, wie sie es jetzt tat?

Das Häufchen Chips vor ihr wurde kleiner und kleiner. Eine flüchtige, eher nach unten abgerundete Berechnung ergab eine Verlustquote von 2 Dollar pro Minute.

Ich sah auf die Uhr. In anderthalb Stunden ging unser Flugzeug nach New Orleans. Wie die Dinge lagen, konnten wir dort höchstens noch drei Tage verbringen.

Und jetzt hat sie wieder auf 25 gesetzt. Werden Frauen denn nie aus ihren Fehlern lernen?

Etwas mußte geschehen. Ich kann unmöglich tatenlos mitansehen, wie unsere Zukunft mit einer Minutengeschwindigkeit von 2 Dollar ruiniert wird.

»Liebste«, flüsterte ich, »laß uns einkaufen gehen.«

»Geh allein!«

»Eine Handtasche. Wir kaufen eine schöne Handtasche für dich.«

Der Laden, so spekulierte ich, ist fünf Minuten entfernt, das sind zehn Minuten hin und zurück, das ergibt netto 20 Dollar, und das ist selbst nach Abzug des Handtaschenpreises noch immer ein ganz hübscher Reingewinn. So leicht bin ich schon lange nicht zu Geld gekommen. Genauer, wäre ich zu Geld gekommen – wenn meine Frau darauf eingegangen wäre. Statt dessen hat sie beim Croupier schon wieder einen Berg Chips gekauft.

Und keine innere Stimme, die mir zuraunt, welche Zahl jetzt kommen wird. Sie raunt nur immer wieder: »Leb wohl, New Orleans, leb wohl …«

Ich bringe meiner Gattin ein Glas Tee. Eine Minute gewonnen. Macht 2 Dollar abzüglich Getränkesteuer.

Nächster Versuch: »Gehen wir zu den Slotmaschinen.« Dort nämlich kostet die Minute höchstens einen Dollar.

Sie will nicht. Sie will Roulette spielen. Sie setzt – und zwar gleichzeitig – 8, 9, 10, die Transversale 4 – 6, Zero, Rot, erstes Dutzend. Es kommt 22, Schwarz, zweites Dutzend. Wenn wenigstens die Nummer 19 gekommen wäre, auf die ich von Zeit zu Zeit 10 Dollar setze …

Aber die Kugel ist rund, und endlich scheint's, als wollte das Glück uns lächeln. Ein sichtlich nervöser Spieler schreit meine Frau an, weil sie immer dieselben Zahlen setzt wie er und ihn dadurch um alle Chancen bringt. Meine Frau schreit zurück: Im Gegenteil, er bringe sie um alle Chancen, weil er immer knapp vor ihr seine Chips auf die Zahlen setzt, die sie spielen will. Ein lautstarkes Wortgefecht bricht aus, das Rad steht volle acht Minuten still (16 Dollar). Da meine eigene Frau in den Streit verwickelt ist, muß ich Partei ergreifen. Ich trete auf einen der bewaffneten Saalwächter zu und ersuche ihn, die schreiende Weibsperson dort am Tisch aus dem Casino zu weisen. Der Gangster zuckt die Achseln: Schreien sei kein Grund. Schade. Das hätte zwei Tage in New Orleans bedeutet.

Der geistige Verfall meiner Gattin macht rasende Fortschritte. Sie setzt gleichzeitig 18, ungerade, Schwarz, 25, 2, die Transversale 4 – 6, das dritte Dutzend, das zweite Dutzend, 6, Zero, 7, 9, 13. Und Rot. Und das erste Dutzend. Und 8.

In Panik stürze ich zu einer Telefonzelle und rufe aus dem Casino das Casino an.

»Bitte lassen Sie sofort Mrs. Kitschen ans Telefon holen. Sie sitzt am zweiten Tisch von links. Es ist dringend.«

»Um was handelt sich's?«

»Um einen Schlaganfall in der Familie.«

Zum Glück ist der Tisch ziemlich weit von der Telefonzelle entfernt, und obwohl Mrs. Kitschen in scharfem Tempo angerannt kommt, vergehen 4 Dollar.

»Hallo?«

»Mrs. Kitschen«, sage ich in fließendem Englisch, »die Direktion möchte Ihnen zur Kenntnis bringen, daß nach den Gesetzen des Staates Nevada kein Casinogast länger als zwei Stunden ununterbrochen Roulette spielen darf. Da Sie leider schon –«

»Halt den Mund, Idiot! Glaubst du wirklich, daß ich dich nicht erkannt habe?«

Und schon saust sie an den Tisch zurück. Immerhin: neun kostbare Minuten sind gewonnen, fast ein ganzer Tag in New Orleans. Und in einer halben Stunde, der Himmel sei bedankt, müssen wir am Flughafen sein.

Ich schleppe unser Gepäck zur Tür und locke durch heftiges Winken meine Gattin herbei.

»Um Himmels willen!« Ihre Stimme bebt vor jähem Entsetzen. »Wo ist meine schwarze Handtasche?!«

Ich habe keine Ahnung. In der schwarzen Handtasche befinden sich unter anderem die kosmetischen Utensilien meiner Frau. Eine Suche im Wert von mindestens 20 Dollar beginnt. Endlich wird die Handtasche gefunden. Irgend jemand hat sie hinter der Tür versteckt. Ich reiße die Tasche an mich und öffne sie, um das verbliebene Geld zu zählen.

Es ist kein Geld verblieben. Es gibt nichts zu zählen. Meine Frau hat 230 Dollar verloren. 230 Dollar sind ihr durch die Finger geglitten, für nichts und wieder nichts. Wenn sie wenigstens auf 19 gesetzt hätte, so wie ich meine 350 Dollar. Aber vielleicht können wir trotz allem noch zwei Tage in New Orleans verbringen!

Auf dem Flugplatz teilt man uns mit, daß sich der Abflug um eine halbe Stunde verzögern wird. Warum? Bald haben wir die Ursache entdeckt. Im Warteraum stehen 20 Slotmaschinen. Man braucht nur eine Münze einzuwerfen … und den Hebel zu betätigen … ganz einfach.

Wie singt der Dichter? »Meine rechte Hand verdorre, könnt ich jemals dein vergessen, o Las Vegas in Nevada.«

Übrigens: Kennen Sie New Orleans? Ich nicht.

Das Zauberpulver

Zu den vielen Talenten der italienischen Nation gehört auch ein hervorragend entwickelter Geschäftssinn. Ich kann mich nicht entsinnen, daß meine Gattin oder ich oder wir beide aus einem italienischen Laden jemals nur mit den Dingen herausgekommen wären, zu deren Einkauf wir uns hineinbegeben hatten. Noch der kleinste italienische Geschäftsinhaber verfügt über eine schlechthin unwiderstehliche Verkaufstechnik, die er durch einen pausenlosen Redeschwall und ein im wahrsten Sinne gewinnendes Lächeln unterstützt. So füllten sich unsere Koffer beklemmend rasch mit allen möglichen Schals und Halstüchern und Krawatten in allen möglichen Farben, mit scharf zugespitzten Schuhen, mit den feinsten Salatölen, mit Strohhüten und Füllfedern und Feuerzeugen. Es war einfach unmöglich, zu einem italienischen Verkäufer nein zu sagen. Und von jedem kleinen Verkaufsstand, den wir auf der Straße erspähten, fühlten wir uns mit magnetischer Gewalt angezogen. Es folgt nunmehr die Geschichte vom Zauberpulver.

Eines Tages sah ich unweit des Doms eine wogende Menge, die sich um einen jungen Mann von rustikalem Äußeren drängte.

Der junge Mann hielt einen weißgrauen Stoffetzen mit zahlreichen abscheulichen Flecken in der Hand und schwenkte ihn aufgeregt durch die Luft, während er ohne Punkt und Komma redete.

»… die Gattin schreit entsetzt auf und springt in die Höhe reißt sich büschelweise die Haare aus und schreit Papa schreit sie du hast schon wieder dein Jackett dein Hemd deine Krawatte dreckig gemacht oder deinen Pyjama deine Unterhosen deine Socken oder weiß Gott was schreit sie ununterbrochen aber kein Anlaß zur Aufregung junge Frau nur die Ruhe nur die Ruhe Sie nehmen ganz einfach dieses Zauberpulver und streuen ein klein wenig darauf nur ein klein wenig streuen Sie auf den Fleck und tauchen das Ganze kurz ins Wasser und wenn Sie's herausziehen bleibt Ihnen der Mund vor Staunen offen der Fleck ist verschwunden er ist weg er ist fort er ist nicht mehr da er hat sich in Nichts aufgelöst er ist unsichtbar es hat nie einen Fleck gegeben und Papa bekommt einen Kuß und alles ist in Ordnung …«

Den zweiten Teil seiner Rede begleitete der junge Mann mit überzeugenden Demonstrationen, indem er den Fetzen abwechselnd in Benzin, in Terpentin, in Zitronensaft, in Schwefelsäure und noch in einige andere Lösungen tauchte, ohne daß sich an den Flecken etwas änderte.

Dann bestreute er einen Fleck mit etwas Zauberpulver, ließ ihn ein kurzes Wasserbad nehmen – und siehe da: Der Fleck war weg und verschwunden und unsichtbar und nicht mehr vorhanden.

»… weit und breit alles wie neu und wenn die Hausfrau entsetzt aufschreit und in die Höhe springt und sich die Haare büschelweise ausreißt gibt Papa ein wenig Zauberpulver drauf und bekommt einen Kuß und einen zweiten Kuß die Packung zu hundert Lire nicht mehr als eine Schachtel Zündhölzchen zwei Jahre Garantie der Fleck ist weg …«

Kein Zweifel, ein gütiges Schicksal hatte mich mit diesem jungen Ökonomen zusammengeführt. Ich erstand fünf Packungen mit Gebrauchsanweisung, sauste ins Hotel und verzierte das kostbare Seidentuch, das wir erst tags zuvor gekauft hatten, mit einem kunstvollen Tintenfleck.

Und die Gattin schrie entsetzt auf sprang in die Höhe riß sich büschelweise die Haare aus aber kein Anlaß zur Aufregung junge Frau nur die Ruhe nur die Ruhe wir nehmen ganz einfach dieses Zauberpulver und streuen ein wenig drauf und tauchen das Ganze kurz ins Wasser und ziehen es heraus und der Fleck ist noch da und sichtbar und vorhanden und geht nicht mehr weg und wird immer größer.

Papa bekam keinen Kuß.

Dann fiel mir ein, daß das Zauberpulver vielleicht nur eine bestimmte Art von Flecken entfernt, die in Italien patentiert waren. Ich sauste zum Dom zurück. Aber der junge Mann mußte sich mittlerweile selbst mit einer größeren Dosis Zauberpulver bestreut haben. Er war verschwunden weg fort unsichtbar nicht mehr da.

Sollte ihm dieses Buch zufällig einmal in die Hand fallen, dann möge er mir auf raschestem Weg fünf Packungen italienische Flecken zukommen lassen. Ich zahle.

Spaghetti alla monumentale

Man weiß, daß jedes Volk seine Nationalspeise hat (die Israelis zum Beispiel den arabischen Shish-kebab). Für die Italiener bedeuten jedoch Spaghetti keine bloße Nationalspeise, sondern eine psychopathologische, traumatisch vererbte Zwangshandlung. Die Italiener essen fast pausenlos und fast pausenlos Spaghetti. Es gibt schlechthin nichts, wozu sie keine Spaghetti äßen. Wenn man ein Beefsteak bestellt, greift der Kellner zuerst einmal in einen Bottich mit Spaghetti. Ohne Spaghetti kein Fleisch, kein Fisch, keine Vorspeise, keine Nachspeise, keine Spaghetti. Einmal, als ihr wieder die nichtbestellten Spaghetti serviert wurden, wagte meine todesmutige Gattin Einspruch zu erheben.

»Bitte, wir haben keine Spaghetti bestellt.«

»Signora«, wies der Kellner sie zurecht, »das sind keine Spaghetti, sondern Allegretti con brio alla pomodore di Ottorino Respighi …«

Denn die Italiener haben immer wechselnde Namen für die immer gleichen Spaghetti. Man weiß eigentlich nie, was man ißt, wenn man Spaghetti ißt – außer daß es Spaghetti sind. Proteste fruchten nichts, da kann man reden, soviel man will. Außerdem gehört es zu des weißen Mannes schwersten Bürden, die Kunst des Aufgabelns zu erlernen. Nach Italien eingewanderte Familien brauchen oft drei Generationen, ehe sie es fertigbringen, diese acht Meter langen Gummischläuche richtig zu rollen.

Eines Tages wurde es mir zu dumm. Ich zog mein Taschenmesser und zerschnitt die wildgewordene Spaghettischlange in kleine Stücke. Meine Gattin wollte vor Scham in die Erde versinken. Mich aber rettete meine Tollkühnheit vor dem Hungertod.

Gibt es einen typisch israelischen Humor?

Vor einigen Tagen kam Stockler, der Sekretär unseres Kulturklubs, mit einer Bitte zu mir.

»Am nächsten Sonntag veranstalten wir einen Unterhaltungsabend. Wir würden uns freuen, Sie als Vortragenden zu begrüßen. Das Thema lautet: ›Gibt es einen typisch israelischen Humor, und wenn ja, warum nicht?‹«

»Meiner Meinung nach«, sagte ich abweisend, »soll ein Schriftsteller schreiben und nicht reden.«

»Sie haben vollkommen recht. Trotzdem können wir Ihnen nicht mehr als 60 Pfund zahlen.«

»Für mich ist das keine Frage des Geldes.«

»Einverstanden. Der Beginn ist um 18.30 Uhr.«

Um 18.20 Uhr fand ich mich im Klubhaus ein. Ohne zu prahlen, es herrschte ein solcher Andrang, daß die Veranstalter bereits das Gittertor geschlossen hatten, um die Massen abzuwehren. Ich wollte mich durchzwängen und kam auch wirklich bis an das Tor heran, aber dann ging's nicht weiter. Ein eisernes Gittertor ist ein eisernes Gittertor, besonders wenn es von innen versperrt ist.

Es blieb mir nichts anderes übrig, als um das ganze Gebäude herumzugehen, bis zur Hinterfront. Dort gab es, wie ich wußte, noch einen Eingang, eine kleine Glastür.

An der Innenseite dieser Tür hing eine Tafel mit der Ankündigung meines Vortrags. Ein paar optimistische junge Menschen, der Stolz unseres Landes, standen dort, in der Hoffnung, vielleicht doch noch meinen Vortrag zu erleben.

Ich klopfte an die Tür. Niemand öffnete. Ich klopfte kräftiger. Ein untersetzter Ordner näherte sich von innen, schob die Tafel ein wenig zur Seite und machte das international gebräuchliche Zeichen für »Schert euch zum Teufel!«. Ich zeigte auf mich und gab mich als Vortragenden zu erkennen. Die nicht minder ausdrucksvolle Gebärde des Ordners deutete an, daß er durchaus imstande sei, mir alle Knochen im Leib zu brechen. Die optimistischen jungen Menschen ringsum verhöhnten mich, weil ich es mit einem so alten Trick versucht hatte. Ich begann aufs neue zu klopfen, diesmal mit beiden Fäusten. Nach einiger Zeit nahm ich auch noch die Füße zu Hilfe. Tatsächlich öffnete sich die Tür, wenn auch nur einen Spaltbreit, und der Ober-Ordner schlug mir mit einem Besen über den Kopf.

»Ausverkauft!« brüllte er. »Verschwinde!«

»Ich bin der Vortragende«, stieß ich hervor und sprang hurtig zur Seite. »Lassen Sie mich hinein.«

»Nicht einmal der Staatspräsident kommt hier herein!« Der Besenstiel sauste drohend durch die Luft. »Reiz mich nicht, oder ich hol die Polizei.«

Er schlug die Tür zu, versperrte sie und schob mit hämischem Nachdruck den Riegel vor.

Von drinnen klang gedämpftes Klatschen. Die Ungeduld des Publikums wuchs. Ich mußte handeln.

Von der gegenüberliegenden Apotheke rief ich den Kulturklub an.

»Ausverkauft«, sagte eine mürrische Stimme.

»Bitte holen Sie Herrn Stockler.«

»Unmöglich. Er ist drinnen beim Vortrag.«

Klick.

Als ich zu meiner Tür zurückkehrte, hatten sich die jungen optimistischen Menschen bereits aus dem Staub gemacht. Nur ein einziger stand noch da. Er trug eine große Ziehharmonika und war, wie sich herausstellte, das »Gemischte künstlerische Programm« des Abends. Auch er war zu spät gekommen.

Rasch freundeten wir uns an und tauschten Ideen aus, wie wir die Wachsamkeit der Ordner umgehen könnten. Es fiel uns nichts Brauchbares ein. Mendel, so der Name des Gemischten Programms, begann auf seiner Ziehharmonika eine mitreißende Marschmelodie zu spielen, konnte sich aber gegen die lauten Pfiffe des ungeduldigen Publikums im Saal nicht mehr durchsetzen.

Etwas mußte geschehen. Ich ging wieder in die Apotheke und bat um irgend etwas, womit man auf Glas schreiben konnte.

»Sind Sie der Vortragende von drüben?« fragte der Apotheker. »Die Vortragenden nehmen gewöhnlich Lippenstift.«

Ich kaufte einen Lippenstift der bewährten Marke »Feurige Küsse«, ließ mich vom Gemischten Programm hochheben und schrieb in leuchtenden Lettern auf das Glas: Ich bin der Vortragende.

Der Ober-Ordner und sein vierschrötiger Assistent sahen mich und griffen nach ihren Besenstielen, aber bevor sie die Tür öffnen konnten, brachten wir uns in Sicherheit.

»Du Trottel«, keuchte das Gemischte Programm. »Du hast nicht in Spiegelschrift geschrieben.«

Als wir an einem Postamt vorbeisausten, durchzuckte mich ein grandioser Einfall. Ich stürzte hinein und fragte den Schalterbeamten, wie lange die Beförderung eines Telegramms dauerte.

»Keine Ahnung«, antwortete er.

Ich ließ mich davon nicht abhalten und schrieb auf das Formular: stehe draussen vor eingang stop hineinlasset mich raschest stop der vortragende.

Wir eilten zum Klubhaus zurück, diesmal zum Haupteingang, aber der Telegrammbote kam nicht. Die israelischen Postverhältnisse lagen damals noch sehr im argen.

Drinnen im Saal war unterdessen ein wahres Pandämonium losgebrochen. Man hatte den Eindruck, daß das Haus jeden Augenblick in die Luft gehen würde.

»Wir müssen das Tor rammen«, sagte Mendel heiser.

In einer Ecke des Vorhofs lehnte eine pensionierte Wagendeichsel. Wir nahmen sie unter die Arme, gingen ein paar Schritte rückwärts, um genügend Anlauf zu haben, und warfen uns mit aller Kraft gegen die Festung. Beim zweiten Versuch splitterte das Tor.

Der Nahkampf war kurz und heftig. Mendel brach unter der Pranke des Ober-Ordners zusammen. Ich entging dem Stuhl, den man gegen mich schleuderte, durch eine geschickte Körperdrehung und rannte im Zickzack, um den Kugeln zu entgehen, in Richtung Vortragssaal. Der Ober-Ordner ließ den leblosen Körper des Gemischten Programms liegen und sprang mich von hinten an. Mein Mantel blieb in seinen Händen. Ich selbst taumelte auf das Podium zu, blutverschmiert, aber aufrecht.

Stockler war sichtlich erleichtert, mich zu sehen, und fragte, warum ich so spät käme. Ich sagte es ihm.

»Ja, ja«, bestätigte Stockler. »So was passiert schon mal. Vielleicht sind unsere Ordner ein wenig übereifrig. Aber glauben Sie mir, es ginge sonst noch viel schlimmer zu. Voriges Jahr ist der bekannte Lyriker Melamed-Becker beinahe erstickt, als er versuchte, sich durch die Ventilation in den Saal zu zwängen.«

Dann stellte mich Stockler dem Publikum vor, das mich mit frenetischem Applaus empfing. Seitlich vom Podium stand der Ober-Ordner mit seinem Assistenten. Beide klatschten wie besessen.

»Meine Damen und Herren«, begann ich. »Es gibt ganz entschieden einen typisch israelischen Humor.«